»Nichts fällt mir wohl schwerer im Leben, als zu akzeptieren, daß ich nicht auf irgendeine Weise ›vollkommen bin‹, sondern auf verschiedenen Gebieten nur um Ausdruck ringe: im Leben (mit Menschen, und auf der Welt überhaupt) und im Schreiben.«
Die wahnsinnige Spannung und die latente Bedrohung, unter der das kurze Leben der Sylvia Plath, einer der wichtigsten Schriftstellerinnen dieses Jahrhunderts, stand, ist auch in ihrem erzählerischen Werk stets spürbar.
Die ›Bibel der Träume‹ enthält zwölf Erzählungen aus den Jahren 1958 bis 1963 – Geschichten ihres Lebens in Devon/England, ihrer Arbeit am Massachusetts General Hospital (*Johnny Panic* und *Die Töchter der Blossom Street*), Erinnerungen an ihre frühe Kindheit im Haus der Großeltern (*Ocean 1212-W*), Skizzen der Enge und Borniertheit der englischen Provinz (*Mütter*). Ihre letzte, kurz vor ihrem Tod vollendete Erzählung *Schneeangriff* schildert den verheerenden Winter 1962/63 in London, als die Stadt zusammenbrach und Sylvia Plath' Kräfte endgültig schwanden. Ihre Vorstellungen und Auseinandersetzungen mit dem Beruf der Schriftstellerin sind Thema der Prosastücke *Context* und *Ein Vergleich*.
»Diese Publikation war lange überfällig« (›Frankfurter Allgemeine Zeitung‹).

*Sylvia Plath*, die 1932 in Jamaica Plain (Massachusetts) geboren wurde, veröffentlichte 1952 als College-Studentin ihre erste, sogleich preisgekrönte Erzählung. 1956 Studienjahr in Cambridge, Heirat mit dem englischen Lyriker Ted Hughes; 1960, 1962 Geburt ihrer beiden Kinder. 1963 nahm sie sich, wenige Wochen nach Erscheinen ihres Romans ›Die Glasglocke‹, das Leben. Durch ihre Literatur, vor allem aber durch ihr kompliziertes Leben ist Sylvia Plath zu einer Kultfigur der neueren Frauenbewegung geworden.
Als *Fischer Taschenbuch* erschienen außerdem der Erzählungsband ›Zungen aus Stein‹ (Bd. 10783), ›Briefe nach Hause. 1950–1963‹ (Bd. 11358) und die Biographie ›Sylvia Plath‹ (Bd. 10780) von Anne Stevenson.

SYLVIA PLATH

# DIE BIBEL DER TRÄUME

Erzählungen
Prosa aus den Tagebüchern

Aus dem Amerikanischen von
Julia Bachstein und Sabine Techel

Fischer
Taschenbuch
Verlag

17.–18. Tausend: April 1998

Ungekürzte Ausgabe
Veröffentlicht im Fischer Taschenbuch Verlag GmbH,
Frankfurt am Main, Oktober 1990

Lizenzausgabe mit freundlicher Genehmigung
der Frankfurter Verlagsanstalt GmbH
Die Originalausgabe erschien bei Faber und Faber in London
unter dem Titel ›Johnny Panic and the
Bible of Dreams and other prose writings.
With an Introduction by Ted Hughes‹

Druck und Bindung: Clausen & Bosse, Leck
Printed in Germany
ISBN 3-596-29515-7

INHALTSVERZEICHNIS

I



II



III

# I

# DER TAG,
# AN DEM MR. PRESCOTT STARB

Der Tag, an dem der alte Mr. Prescott starb, war strahlend schön und heiß. Mama und ich saßen auf der Seitenbank des klapprigen grünen Busses auf der Fahrt von der U-Bahn-Station nach Devonshire Terrace und wurden durch- und durchgerüttelt. Ich spürte, wie mir der Schweiß den Rücken hinunterlief und mein schwarzes Leinenkleid fest an den Sitz klebte. Immer wenn ich mich bewegte, löste es sich mit einem schmatzenden Geräusch, als würde es reißen, und ich sah Mama mit einem vorwurfsvollen »da-hast-du-es«-Blick an, als ob sie daran schuld sei, was sie ja nicht war. Aber sie saß einfach nur da, die Hände im Schoß gefaltet, wurde hin- und hergerüttelt und sagte nichts, sondern sah nur resigniert und schicksalsergeben vor sich hin.

Als Mrs. Mayfair am Morgen angerufen hatte, hatte ich zu Mama gesagt: »Hör mal, ich sehe ja ein, daß ich zum Begräbnis gehen muß, obwohl ich von Begräbnissen nichts halte, aber was meinst du damit, daß wir mit ihnen zusammen Totenwache halten müßten?«

»Das tut man, wenn jemand, der einem nahegestanden hat, gestorben ist«, sagte Mama sehr bestimmt. »Man geht hin und wacht mit ihnen. Es ist eine schlimme Zeit.«

»Dann ist es eben eine schlimme Zeit«, erwiderte ich. »Und was kann ich da schon groß helfen, wo ich Liz und Ben Prescott seit meiner Kindheit nicht mehr gesehen habe, außer einmal im Jahr zu Weihnachten bei Mrs. Mayfair zum Geschenkaustausch? Soll ich vielleicht dasitzen und Taschentücher halten?«

Auf diese Bemerkung hin stand Mama auf und versetzte mir eine Ohrfeige, was sie nicht mehr getan hatte, seit ich ein kleines und sehr vorlautes Kind war. »Du kommst mit«, sagte sie mit würdevollem Unterton, der deutlich machte, daß weitere Albernheiten nicht geduldet werden.
Das also war der Grund, warum ich am heißesten Tag des Jahres in diesem Bus saß. Ich hatte keine Ahnung, wie man sich bei einer Totenwache zu kleiden pflegte, aber ich dachte, solange es schwarz war, konnte es nicht falsch sein. Deshalb hatte ich dieses wirklich schicke schwarze Leinenkostüm gewählt und einen kleinen Hut mit Schleier, den ich auch trage, wenn ich nach dem Büro abends zum Essen ausgehe, und ich fühlte mich fit für alles, was auf mich zukommen sollte.
Der Bus ratterte dahin und führte uns durch die übelsten Viertel von Ost-Boston, die ich seit meiner Kindheit nicht mehr gesehen hatte. Seit wir zu Tante Mary aufs Land gezogen waren, war ich nicht mehr in meiner Heimatstadt gewesen. Das einzige, was ich nach dem Umzug vermißt hatte, war das Meer. Sogar heute, in diesem Bus, ertappte ich mich, wie ich gespannt auf den ersten Streifen von Bläue wartete.
»Guck doch, Mama, da ist der alte Strand«, sagte ich.
Mama sah hin und lächelte. »Ja.« Dann wandte sie sich mir zu, und ihr schmales Gesicht wurde sehr ernst. »Ich möchte, daß ich heute stolz auf dich sein kann. Wenn du was sagen willst, sag es. Aber sag es nett. Und nichts von diesem übertriebenen Zeug, von wegen Leute verbrennen, wie Spanferkel auf dem Grill. Das schickt sich nicht.«
»Also, weißt du, Mama«, sagte ich genervt. Dauernd mußte ich mich rechtfertigen. »Du solltest wissen, daß ich Benimm habe. Nur weil es den alten Mr. Prescott erwischt hat und es

niemandem leid tut, glaubst du, ich wäre nicht lieb und nett.«
Ich wußte, das würde Mama hochbringen. »Was meinst du mit – niemandem leid tut?« zischte sie, nachdem sie sich vergewissert hatte, daß uns niemand hören konnte.
»Wie kannst du nur so häßlich daherreden?«
»Also wirklich, Mama«, sagte ich, »du weißt, daß Mr. Prescott zwanzig Jahre älter war als Mrs. Prescott und daß sie nur auf seinen Tod gewartet hat, um noch ein wenig Spaß zu haben. Nur darauf gewartet hat. Solange ich denken kann, war er ein mürrischer alter Mann, der für jeden nur unfreundliche Worte hatte, und dann immer diese Hautkrankheit an den Händen.«
»Das war eine traurige Sache, für die er nichts konnte«, sagte Mama fromm. »Es war sein gutes Recht, mürrisch zu sein, mit den dauernd juckenden Händen, die er immer so reiben mußte.«
»Denk doch nur ans letzte Weihnachtsessen«, fuhr ich hartnäckig fort. »Er saß am Tisch und rieb sich unausgesetzt die Hände, so laut, daß man sonst nichts hören konnte, nur diese Sandpapierhaut, die in kleinen Flocken auf den Tisch rieselte. Wer will schon gern mit so *etwas* Tag für Tag zusammenleben?«
Damit hatte ich sie. Kein Zweifel, Mr. Prescotts Ableben bedeutete für niemanden einen Verlust. Es war in jeder Beziehung das Beste, was passieren konnte.
»Na ja«, seufzte Mama, »wir müssen froh sein, daß er so schnell und leicht dahingegangen ist. Ich hoffe inständig, daß es mir ebenso ergeht, wenn meine Zeit gekommen ist.«
Dann waren wir plötzlich in einem Gewirr von Straßen, die alle aufeinander zuliefen, und damit wieder im alten Devonshire Terrace. Mama drückte den Halteknopf. Der Bus

kam ruckartig zum Stehen, und ich umklammerte gerade noch rechtzeitig die abgeblätterte Chromstange hinter dem Fahrer, sonst hätte ich den Bus durch die Windschutzscheibe verlassen. »Danke, Meister«, sagte ich in meinem eisigsten Ton und kletterte gezierten Schrittes aus dem Bus.

»Denk daran«, sagte Mama, als wir auf dem engen Bürgersteig hintereinander hergingen, »denk daran, wir bleiben so lange, wie wir gebraucht werden. Und keine Klagen. Hilf beim Abwaschen oder rede mit Liz oder was immer.«

»Aber, Mama«, nörgelte ich, »warum soll ich sagen, daß es mir leid tut mit Mr. Prescott, wo es mir wirklich überhaupt nicht leid tut, im Gegenteil?«

»Du kannst sagen, Gott war so gnädig, ihn friedlich sterben zu lassen«, sagte Mama streng. »Dann sagst du die volle Wahrheit.«

Ich wurde erst nervös, als wir die schmale, ungepflasterte Einfahrt zu dem alten gelben Haus einbogen, das den Prescotts hier in Devonshire Terrace gehörte. Ich spürte noch nicht mal ein bißchen Trauer. Die orange-grünfarbige Markise über der Veranda war heruntergelassen, genau so, wie ich es in Erinnerung hatte, und selbst nach zehn Jahren sah alles unverändert aus, nur kleiner. Und die beiden Pappeln rechts und links der Tür waren geschrumpft, das war alles.

Als ich Mama die Steinstufen zur Veranda hinaufhalf, hörte ich ein Knarren, und tatsächlich, da saß Ben Prescott schaukelnd in der Hängematte, als wäre es irgendein ganz gewöhnlicher Tag auf Erden und nicht der Tag, an dem sein Paps gestorben war. Er saß einfach da, schlaksig und groß wie immer. Und ich war total von den Socken, als ich sah, daß er auch seine Lieblingsgitarre mit in der Hängematte hatte. So, als ob er gerade »The Big Rock Candy Mountain« oder so etwas gespielt hätte.

»Hallo, Ben«, sagte Mama, mit Trauer in der Stimme. »Es tut mir so leid.«

Ben sah verlegen drein. »Na ja. Ist schon gut«, sagte er. »Die Leute sind alle im Wohnzimmer.«

Ich lächelte Ben zu und folgte Mama durch die Gittertür. Ich wußte nicht, ob es richtig war, ihm zuzulächeln, weil Ben ein netter Kerl war, oder ob ich es besser hätte bleibenlassen sollen, aus Respekt vor seinem Paps.

Im Hausinneren war auch alles so, wie ich es in Erinnerung hatte, sehr dunkel, so daß man kaum etwas sah, und die grünen Rouleaus taten ein übriges. Sie waren alle heruntergezogen. Ob wegen der Hitze oder der Beerdigung, ich wußte es nicht. Mama ertastete sich ihren Weg ins Wohnzimmer und schob den Türvorhang beiseite. »Lydia?« rief sie.

»Agnes?« Etwas bewegte sich im Dunkel des Wohnzimmers, und Mrs. Prescott kam heraus und begrüßte uns. Sie hatte noch nie so gut ausgesehen, fand ich, auch wenn der Puder auf ihrem Gesicht voller Tränenstreifen war.

Ich stand einfach da, während sich die beiden umarmten und küßten und kleine mitleidige Geräusche von sich gaben. Dann wandte sich Mrs. Prescott mir zu und bot ihre Wange zum Kuß. Ich versuchte noch einmal traurig auszusehen, aber es gelang einfach nicht, deshalb sagte ich: »Sie glauben gar nicht, wie überrascht wir waren, als wir das von Mr. Prescott erfuhren.« Ehrlich, niemand war im mindesten überrascht, denn der alte Mann hätte nur noch einen weiteren Herzanfall haben müssen, und das wär's dann gewesen. Aber ich hatte genau das Richtige gesagt.

»Ach ja«, seufzte Mrs. Prescott. »Ich hatte gedacht, ich würde diesen Tag erst viele Jahre später erleben müssen.« Und sie führte uns ins Wohnzimmer.

Nachdem ich mich an das Dämmerlicht gewöhnt hatte,

konnte ich die Leute erkennen, die da saßen. Mrs. Mayfair war da, Mrs. Prescotts Schwägerin, die gewaltigste Frau, die ich jemals gesehen hatte. Sie saß in der Ecke beim Klavier. Dann war Liz da, die mich knapp begrüßte. Sie hatte Shorts an und ein altes Hemd und rauchte einen Glimmstengel nach dem anderen. Für ein Mädchen, das am selben Morgen seinen Vater hatte sterben sehen, war sie ziemlich gleichgültig, höchstens ein wenig blaß, das war alles.

Nachdem wir alle unsere Plätze eingenommen hatten, sagte lange Zeit niemand etwas, so wie man auf das Stichwort wartet, bevor die Show beginnt. Nur Mrs. Mayfair, in ihren Fettschichten thronend, fuhr sich fortwährend mit ihrem Taschentuch über die Augen, aber ich war ziemlich sicher, daß es keine Tränen waren, die da flossen, sondern Schweiß.

»Es ist ein Jammer«, begann Mama schließlich sehr leise, »es ist ein Jammer, Lydia, daß es auf diese Weise geschehen mußte. Ich habe mich so schnell auf den Weg gemacht, daß ich noch nicht einmal weiß, wer ihn gefunden hat.«

Mama sprach »ihn« mit einem großen »I« aus, aber ich dachte mir, daß das jetzt in Ordnung ging, wo der alte Mr. Prescott niemanden mehr mit seiner schlechten Laune und den Raspelhänden ärgern konnte. Wie auch immer, es war jedenfalls genau das Stichwort, auf das Mrs. Prescott gewartet hatte.

»Ach Agnes«, begann sie, und auf ihr Gesicht trat ein eigenartiges Leuchten, »ich war nicht einmal da. Liz, das arme Kind, hat ihn gefunden.«

»Das arme Kind«, schnaubte Mrs. Mayfair in ihr Taschentuch. Ihr riesiges rotes Gesicht fiel auseinander wie eine geplatzte Wassermelone. »Er ist ihr geradewegs tot in die Arme gesunken.«

Liz sagte nichts, sondern drückte nur eine halbgerauchte Zi-

garette aus und zündete sich eine neue an. Ihre Hände zitterten nicht einmal. Ungelogen, ich sah nämlich ganz genau hin.
»Ich war beim Rabbi«, fuhr Mrs. Prescott fort. Sie hat es immer mit den neuen Religionen. Dauernd ist irgend so ein neuer Pfarrer oder Prediger bei ihr zum Essen. Nun war also auch ein Rabbi dran. »Ich war beim Rabbi und Liz war zu Hause und kümmerte sich ums Essen, als Paps vom Schwimmen kam. Du weißt ja, wie gerne er schwimmen ging, Agnes.«
Mama sagte, ja, sie wisse, wie gerne Mr. Prescott schwimmen ging.
»Na ja«, fuhr Mrs. Prescott fort, so gelassen wie der Kerl aus der Dragnet-Serie, »es war noch nicht halb zwölf. Paps liebte es, morgens ein kleines Bad zu nehmen, sogar wenn das Wasser wie Eis war, und er kam herauf, stand im Garten, trocknete sich ab und redete über die Rosenhecke hinweg mit unserem Nachbarn.«
»Die Stockrosen hat er erst vor einem Jahr gepflanzt«, unterbrach Mrs. Mayfair, als ob das ein wichtiger Hinweis sei.
»Und Mr. Grove, unser netter Nachbar, fand, daß Paps merkwürdig aussähe, so blau, sagte er, und plötzlich gab ihm Paps keine Antwort mehr, sondern stand einfach da und starrte vor sich hin, mit einem ungläubigen Lächeln im Gesicht.«
Liz sah nach draußen, noch immer war das knarrende Hängemattengeräusch zu hören. Sie blies Rauchringe in die Luft. Sagte die ganze Zeit kein Wort. Nur Rauchringe.
»Mr. Grove schrie nach Liz, und als sie rausgerannt kommt, schlägt Paps wie ein Baum auf den Boden, und Mr. Grove rannte ins Haus, um Cognac zu holen, und Liz hält Paps in den Armen . . .«

»Und was passierte dann?« mußte ich einfach fragen, genauso gespannt, wie als Kind, wenn Mama Einbrechergeschichten erzählte.
»Dann . . .«, sagte Mrs. Prescott zu uns, »dann . . . verschied Paps, genau in den Armen von Liz. Er hat noch nicht mal mehr den Cognac austrinken können.«
»Oh, Lydia«, rief meine Mutter. »Was du durchgemacht hast!« Mrs. Prescott sah nicht so aus, als ob sie jemals besonders viel durchgemacht hätte. Mrs. Mayfair schluchzte in ihr Taschentuch und rief den Namen des Herrn an. Sie mußte es auf den alten Knaben abgesehen haben, denn sie betete fortwährend: »Oh, vergib uns unsere Sünden«, als stünde sie vor Gericht und hätte ihn selbst getötet.
»Wir werden weitermachen«, sagte Mrs. Prescott und lächelte tapfer. »Paps hätte es so gewollt.«
»Das ist das Beste, was wir tun können«, seufzte Mama.
»Ich hoffe nur, daß ich einst auch so friedlich sterbe«, sagte Mrs. Prescott.
»Vergib uns unsere Sünden«, schluchzte Mrs. Mayfair, ohne jemand Besonderen zu meinen.
In diesem Augenblick hörte draußen das Knarren der Hängematte auf, und Ben Prescott stand in der Tür, er blinzelte hinter seinen dicken Brillengläsern und versuchte, uns in dem Dunkel zu erkennen. »Ich habe Hunger«, sagte er.
»Ich finde, wir sollten jetzt alle etwas essen«, sagte Mrs. Prescott lächelnd zu uns. »Die Nachbarn haben so viel zu essen gebracht, daß es für eine ganze Woche reicht.«
»Truthahn und Schinken, Suppe und Salat«, bemerkte Liz gelangweilt, als wäre sie eine Kellnerin, die die Speisekarte abliest. »Ich weiß gar nicht, wohin mit dem ganzen Zeug.«
»Ach, Lydia«, rief Mama aus, »laß *uns* das machen. Wir möchten helfen. Ich hoffe, es macht nicht zuviel Mühe . . .«

»Mühe? Nein«, Mrs. Prescott lächelte ihr neues strahlendes Lächeln, »die jungen Leute sollen es herrichten.«
Mama nickte mir bedeutungsvoll zu, und ich sprang auf, als hätte ich einen elektrischen Schlag bekommen. »Zeig mir, wo die Sachen sind, Liz«, sagte ich, »und wir werden im Nu fertig sein.«
Ben ging uns zur Küche voraus, wo der alte schwarze Gasherd war und der Ausguß voll mit schmutzigem Geschirr. Als erstes griff ich mir ein großes schweres Glas aus dem Abwaschbecken und ließ es voll Wasser laufen.
»Mensch, bin ich durstig«, sagte ich und stürzte es runter. Liz und Ben starrten mich an, als wären sie hypnotisiert. Dann merkte ich, daß das Wasser einen komischen Geschmack hatte, als hätte ich das Glas nicht richtig ausgewaschen und die Reste eines starken Getränks hätten sich mit dem Wasser vermischt.
»Das«, sagte Liz, nach einem langen Zug aus ihrer Zigarette, »das ist das Glas, aus dem Paps zuletzt getrunken hat. Aber macht nichts.«
»Um Gottes willen, das tut mir leid«, sagte ich und stellte das Glas schnell hin. Und ganz plötzlich hatte ich das Gefühl, mich übergeben zu müssen, weil ich mir den alten Prescott vorstellte, der zum letzten Mal aus dem Glas trank und dann blau wurde. »Es tut mir wirklich leid.«
Ben grinste: »Irgend jemand muß ja eines Tages wieder daraus trinken.« Ich mochte Ben, er war immer ein praktisch denkender Junge, wenn er es für richtig hielt.
Liz ging dann nach oben, um sich umzuziehen, nachdem sie mir gezeigt hatte, was ich zum Abendessen machen sollte.
»Hast du was dagegen, wenn ich meine Gitarre hole?« fragte Ben, während ich begann den Kartoffelsalat zuzubereiten.
»Klar doch, mir ist es recht«, sagte ich. »Aber was werden

die Leute sagen? Weil doch Gitarrespielen eigentlich bei Parties und so?«

»Laß sie doch reden. Ich muß jetzt einfach spielen.«

Ich fuhrwerkte in der Küche herum, und Ben sagte kaum etwas, saß nur da und spielte ganz leise diese Hillbilly-Lieder, bei denen man nie weiß, ob man lachen oder weinen soll.

»Weißt du, Ben«, sagte ich und schnitt den kalten Truthahn auf, »ich möchte gern wissen, ob es dir wirklich leid tut.«

Ben grinste sein typisches Ben-Grinsen. »Eigentlich nicht wirklich, aber ich bin nicht gut drauf. Es könnte mir besser gehen, das ist alles.«

Ich dachte an Mama, und plötzlich stieg die Traurigkeit in mir hoch, die den ganzen Tag über nicht kommen wollte. »Wir werden weitermachen«, sagte ich, »besser als vorher.« Und dann zitierte ich Mama, auch wenn ich nie geglaubt hatte, das zu können: »Das ist das Beste, was wir tun können.« Und ich nahm die heiße Erbsensuppe vom Herd.

»Ist doch komisch«, sagte Ben, »man denkt, wenn etwas tot ist, wäre man frei, und dann entdeckst du, es sitzt immer noch in dir drin und lacht dich aus. Ich hab nicht das Gefühl, Paps sei richtig tot. Er ist irgendwo da unten in mir drin und guckt zu, wie's weitergeht. Und grinst sich eins.«

»Das kann das Gute daran sein«, sagte ich und wußte plötzlich, daß es wirklich so sein konnte. »Davor darf man nicht wegrennen. Du weißt, du hast es immer dabei, selbst wenn du irgendwo anders hingehst, ist es keine Flucht. Man wird nur erwachsen.«

Ben lächelte mich an, und ich ging, um die Leute zu holen. Das Abendessen war eher ruhig, mit jeder Menge kaltem Schinken und Truthahn. Wir redeten über meinen Job bei der Versicherung, und ich brachte Mrs. Mayfair sogar zum

Lachen, als ich von meinem Mr. Murray und seinen Zauberzigarren erzählte. Mrs. Prescott sagte, Liz sei so gut wie verlobt, und sie sei nur halb vorhanden, wenn Barry nicht da war. Niemand sprach von dem alten Mr. Prescott.
Mrs. Mayfair stopfte dreimal Nachtisch in sich hinein und wiederholte immer wieder, wenn die Schokoladentorte rumgereicht wurde: »Nur noch ein Stückchen, das ist alles, nur noch ein Stückchen!«
»Die arme Henrietta«, sagte Mrs. Prescott und sah zu, wie ihre riesige Schwägerin Eis löffelte. »Das ist dieser psychosomatische Hunger, von dem alle reden. Er zwingt sie, soviel zu essen.«
Nach dem Kaffee, den Liz in der Kaffeemühle gemahlen hatte – man konnte riechen, wie gut er war –, entstand für kurze Zeit ein peinliches Schweigen, Mama führte immer wieder die Tasse zum Mund und nahm einen Schluck, obwohl ich sehen konnte, daß sie längst leer war. Liz rauchte, eingetaucht in eine kleine blaue Wolke. Ben faltete aus seiner Papierserviette ein Segelflugzeug.
Mrs. Prescott räusperte sich: »Also, ich denke, ich sollte jetzt mit Henrietta zum Begräbnisinstitut gehen. Du mußt nicht meinen, Agnes, daß ich etwa altmodisch bin. Ich habe ausdrücklich gesagt, keine Blumen, und keiner braucht zu kommen. Aber ein paar Geschäftsfreunde von Paps erwarten es doch.«
»Ich komme mit«, sagte Mama entschlossen.
»Die Kinder kommen nicht mit«, sagte Mrs. Prescott. »Für die war es Aufregung genug.«
»Barry kommt nachher«, sagte Liz. »Ich muß abwaschen.«
»Ich wasche ab«, bot ich an und vermied es, Mama anzusehen.
»Ben kann mir helfen.«

»Na, dann ist ja alles geregelt.« Mrs. Prescott half Mrs. Mayfair beim Aufstehen, und Mama nahm Mrs. Mayfairs anderen Arm. Als letztes sah ich, wie sie ihr rückwärts die Treppe hinunterhalfen. Das sei die einzige Möglichkeit, sagte sie schnaufend und stöhnend, wie sie, ohne zu fallen, sicher hinunterkäme.

## DAS WUNSCHKÄSTCHEN

Agnes Higgins wußte nur zu gut, was der glückselige, abwesende Gesichtsausdruck ihres Mannes Harold beim Frühstück bedeutete.
»Also«, Agnes zog hörbar die Luft ein und strich mit rachsüchtigen Bewegungen des Buttermessers Pflaumengelee auf ein Stück Toast, »was hast du *diese* Nacht geträumt?«
»Ich erinnerte mich gerade«, sagte Harold und sah weiter mit glücklichem, in nebelweite Fernen gerücktem Blick durch die höchst attraktive und greifbare Gestalt seiner Frau hindurch (die ihm, wie stets, auch an diesem Septembermorgen mit rosigen Wangen und losem blonden Haar im rosenbestickten Morgenmantel gegenübersaß), »an die Manuskripte, die ich mit William Blake besprach.«
»Aber«, erwiderte Agnes und sie konnte nur mühsam ihren Ärger verbergen, »aber woher *weißt* du, daß es William Blake war?«
Harold schien überrascht. »Was für eine Frage, von seinen Bildern, natürlich.«
Und was konnte Agnes darauf schon sagen? Sie brütete schweigend über ihrem Kaffee und kämpfte gegen die merkwürdige Eifersucht, die in ihr wie dunkler, bösartiger Krebs seit ihrer Hochzeitsnacht vor drei Monaten gewachsen war, als sie zum ersten Mal in Harolds Träume Einblick bekommen hatte. In dieser ersten Nacht ihrer Flitterwochen hatte Harold sie in den frühen Morgenstunden aus tiefem, traumlosem Schlaf durch ein heftiges, krampfartiges Zucken seines rechten Arms aufgeschreckt. Voll Besorgnis hatte Agnes Harold damals wachgerüttelt und ihn in zärtlich-müt-

terlichem Ton gefragt, was passiert sei; sie hatte gedacht, er kämpfe vielleicht gegen einen furchtbaren Alptraum an. Nicht so Harold.

»Ich begann das Es-dur-Klavierkonzert von Beethoven zu spielen«, erklärte er schlaftrunken. »Und ich muß gerade den Arm für die ersten Akkorde gehoben haben, als du mich geweckt hast.«

Zu Beginn ihrer Ehe amüsierte Agnes sich über Harolds lebhafte Träume. Jeden Morgen fragte sie ihn, was er in der vergangenen Nacht geträumt habe, und er erzählte es ihr in allen Einzelheiten, als beschriebe er ein bedeutsames, aktuelles Ereignis.

»In der Library of Congress wurde ich der Versammlung amerikanischer Dichter vorgestellt«, berichtete er zum Beispiel genußvoll, »da war William Carlos Williams in einem großartigen groben Mantel, und dann der Dichter, der über Nantucket schreibt, und Robinson Jeffers sah wie ein Indianer aus, genauso wie auf der Photographie in meiner Anthologie; und dann kam Robert Frost in einer Limousine vorgefahren und sagte irgend etwas Witziges, worüber ich lachen mußte.« Oder: »Ich sah eine wunderschöne Wüste, ganz rot und violett, in der jedes einzelne Sandkorn wie ein Rubin oder wie Saphire schimmerte. Ein weißer Leopard mit goldenen Flecken stand über einem leuchtend blauen Bach, die Hinterpfoten auf dem einen, die Vorderpfoten auf dem anderen Ufer, und ein kleiner Zug roter Ameisen überquerte den Bach, indem er den Leopard als Brücke benutzte, den Schwanz hinauf, den Rücken entlang, zwischen den Augen hindurch und auf der anderen Seite wieder hinunter.«

Harolds Träume waren nichts weniger als überaus sorgfältige Kunstwerke. Für einen gelernten Buchhalter mit ausgesprochen literarischen Neigungen (statt der üblichen Tages-

zeitung der Pendler las er auf der täglichen Bahnfahrt ins Büro E. T. A. Hoffmann, Kafka und astrologische Monatshefte) besaß Harold unzweifelhaft eine erstaunlich lebhafte, farbige Phantasie. Aber Harolds sonderbare Angewohnheit, seine Träume als einen festen Bestandteil seines realen Lebens zu begreifen, machte Agnes nach und nach immer wütender. Sie fühlte sich ausgeschlossen. Es war, als brächte Harold ein Drittel seines Lebens mit bedeutenden Menschen und märchenhaft legendären Wesen in einer anregenden Welt zu, von der Agnes auf ewig verbannt war, außer wenn er davon erzählte.
Woche um Woche verstrich, und Agnes verfiel mehr und mehr ins Grübeln. Obwohl sie sich weigerte, Harold davon zu erzählen, waren ihr die eigenen Träume, wenn sie träumte (und das war wahrhaftig selten genug), zuwider: dunkle, drohende Landschaften, bevölkert von unheilvollen, undeutlichen Gestalten. Sie konnte sich nie an Einzelheiten dieser Alpträume erinnern, da sich ihre Schatten schon beim Wachwerden verloren. Zurück blieb nur das undeutliche Gefühl einer erstickenden, gewitterträchtigen Atmosphäre, das sie den ganzen Tag über bedrohlich verfolgte. Agnes schämte sich viel zu sehr, als daß sie Harold gegenüber diese bruchstückhaften Schreckensszenen erwähnt hätte, aus Furcht, sie würden ihre bescheidene Phantasie überdeutlich widerspiegeln. Ihre wenigen und sich nur in großen Abständen einstellenden Träume schienen so sachlich, so langweilig im Vergleich mit den prunkvollen königlich-barocken Träumen Harolds. Wie hätte sie ihm zum Beispiel einfach sagen können: »Ich fiel«, oder: »Mutter starb, und ich war so traurig«, oder: »Etwas hat mich verfolgt, und ich konnte nicht weglaufen«? Die schlichte Wahrheit war einfach, begriff Agnes schmerzlich und voller Neid,

daß ihr Traumleben selbst dem dienstbeflissensten Psychoanalytiker nur ein mühsam unterdrücktes Gähnen entlockt hätte.

Wo nur, überlegte Agnes wehmütig, waren die reichen Tage der Kindheit geblieben, als sie noch an Feen glaubte. Wenigstens damals war ihr Schlaf niemals ohne Traum und ihr Traum nicht platt und häßlich gewesen. Sie erinnerte sich wehmütig, wie sie mit sieben Jahren von einem Land über den Wolken geträumt hatte, wo Wunschkästchen, die mehr wie Kaffeemühlen aussahen, auf Bäumen wuchsen; man pflückte sich ein Kästchen, drehte die Kurbel neunmal, flüsterte dabei seinen Wunsch in ein kleines Loch an der Seite, und der Wunsch ging in Erfüllung. Ein anderes Mal hatte sie geträumt, sie hätte drei Zaubergrashalme gefunden, die neben dem Briefkasten am Ende ihrer Straße wuchsen: die Grashalme leuchteten wie Weihnachtsflitter, einer rot, einer blau und einer silbern. In einem anderen Traum standen sie und ihr kleiner Bruder Michael in Schneeanzügen vor dem weißen Holzhaus von Dody Nelson, knorpelige Wurzeln der Ahornbäume krochen wie Schlangen über den harten braunen Boden; sie trug rot-weiß gestreifte Wollfäustlinge; und als sie ihre hohle Hand ausstreckte, schneiten ganz plötzlich türkisblaue Hustenbonbons vom Himmel. Aber das war auch schon alles, was Agnes von den Träumen der unendlichen, schöpferischen Tage der Kindheit erinnerte. In welchem Alter war sie aus diesen wohltuenden, bunten Traumwelten verstoßen worden? Und aus welchem Grund?

Harold unterdessen berichtete beim Frühstück unermüdlich von seinen Träumen. Während einer depressiven Phase bei schlechter Sternenkonstellation, und bevor Harold Agnes

begegnet war, hatte Harold einmal geträumt, daß ein schwer verbrannter roter Fuchs mit schwarzverkohltem Fell und voller blutender Wunden durch seine Küche lief. Später, kurz nach seiner Verheiratung mit Agnes, als die Sterne günstiger standen, vertraute er ihr an, der Fuchs sei wieder erschienen, auf wunderbare Weise völlig geheilt und mit dichtem Fell, und er habe Harold eine Flasche mit schwarzer Tinte überreicht. Auf seine Fuchs-Träume war Harold besonders stolz; sie kamen immer wieder. Dies traf bemerkenswerterweise auch auf seinen Traum mit dem Riesen-Hecht zu. »Es war an diesem See«, berichtete Harold an einem schwülen Augustmorgen, »wo mein Vetter Albert und ich immer angelten; er war voller Hechte. Und vergangene Nacht habe ich da geangelt und den riesigsten Hecht gefangen, den du dir vorstellen kannst – es muß der Ururgroßvater aller anderen Hechte gewesen sein, und ich zog und zog und zog, und er hörte überhaupt nicht mehr auf.«
Agnes verrührte mürrisch den Zucker in ihrem schwarzen Kaffee und setzte dagegen: »Als ich noch klein war, träumte ich einmal von Superman, ganz in Technicolor. Er war blau gekleidet mit einem roten Cape und hatte schwarze Haare, er war schön wie ein Prinz, und ich flog mit ihm zusammen durch die Lüfte – ich fühlte den Wind pfeifen, der mir die Tränen aus den Augen blies. Wir flogen über Alabama; ich wußte, es war Alabama, weil die Erde wie eine Landkarte aussah und in Großbuchstaben »Alabama« über den großen grünen Bergen stand.«
Harold war sichtlich beeindruckt. Dann fragte er Agnes: »Und was hast du letzte Nacht geträumt?« Harolds Stimme klang ziemlich schuldbewußt, denn, um die Wahrheit zu sagen, war er so ausschließlich mit seinem eigenen Traum-Leben beschäftigt, daß er wirklich nie ernsthaft daran ge-

dacht hatte, den Zuhörer zu spielen und etwas über die Träume seiner Frau zu erfahren. Er betrachtete ihr hübsches, besorgtes Gesicht mit neuem Interesse: Agnes war, wie er vielleicht zum ersten Mal seit den frühen Tagen ihrer Ehe bemerkte, eine außergewöhnlich anziehende Person.

Für einen Augenblick war Agnes von Harolds gutgemeinter Frage verwirrt: Es war schon lange vorbei, daß sie ernsthaft erwogen hatte, Freuds Buch über Träume im Schrank zu verstecken, um sich ersatzweise mit der Traumerzählung von jemand anderem zu wappnen, mit der sie morgens Harolds Interesse wecken wollte. Jetzt gab sie ihre Zurückhaltung auf und beschloß voller Verzweiflung, ihr Problem zu bekennen.

»Ich träume überhaupt nichts«, gestand Agnes mit leiser, tragischer Stimme, »nicht mehr.«

Harold war offensichtlich besorgt. »Vielleicht gebrauchst du einfach deine Phantasie zu wenig«, tröstete er sie, »du solltest das üben. Versuche, die Augen zuzumachen.«

Agnes schloß die Augen.

Harold fragte erwartungsvoll: »Und was siehst du jetzt?«

Agnes geriet in Panik. Sie sah nichts. »Nichts«, sagte sie mit bebender Stimme, »nichts, außer so Lichtflecken.«

»Gut, dann stell dir einen Becher vor«, sagte Harold energisch, und er klang wie ein Arzt, der es mit einer Krankheit zu tun hatte, die zwar besorgniserregend ist, aber nicht unbedingt zum Tod führt.

»*Was* für einen Becher denn?« fragte Agnes flehentlich.

»Das ist deine Sache«, sagte Harold. »*Du* sollst *mir* einen Becher beschreiben.«

Mit immer noch geschlossenen Augen durchforschte Agnes verzweifelt ihren Kopf. Mit großer Mühe gelang es ihr, sich einen schwach silbern schimmernden Becher vorzustellen, der irgendwo in den nebligen Tiefen ihres Kopfes waberte und flackerte, als würde er im nächsten Moment wie eine Kerze verlöschen.

»Er ist aus Silber«, sagte sie fast trotzig, »und hat zwei Henkel.«

»Gut, und jetzt stell dir ein Bild vor, das in den Becher eingraviert ist.«

Agnes erzwang die in das Silber eingekratzten Umrisse eines Rentiers, umspielt von Weinranken. »Da ist ein Rentier in einem Kranz von Weinblättern.«

»In welchen Farben?« Harold war erbarmungslos, dachte Agnes.

»Grün«, log sie und emaillierte hastig die Weinblätter.

»Die Weinblätter sind grün. Und der Himmel ist schwarz –«, sie war fast stolz auf diesen originellen Einfall. »Und das Rentier ist rotbraun mit weißen Flecken.«

»Gut, und jetzt poliere den ganzen Becher auf Hochglanz.«

Agnes polierte den imaginären Becher und kam sich wie eine Betrügerin vor. »Aber der ist doch ganz *tief* in meinem Kopf«, sagte sie voller Zweifel und machte die Augen auf. »Ich sehe das alles ganz hinten im Kopf. Siehst du *deine* Träume auch aus solcher Entfernung?«

»Aber nein«, sagte Harold verstört, »ich sehe meine Träume wie auf einer Kinoleinwand, direkt vor den Augenlidern. Sie kommen von selbst; ich habe gar nichts damit zu tun. So wie jetzt wieder«, er schloß die Augen, »ich sehe hoch in einem großen Weidenbaum glänzende Kronen auftauchen und verschwinden.«

Agnes verfiel in düsteres Schweigen.

»Es wird schon alles gut werden«, versuchte Harold sie scherzend zu ermutigen. »Versuch dir einfach jeden Tag verschiedene Sachen vorzustellen, wie ich es dir beigebracht habe.«

Agnes erwähnte die Angelegenheit nicht mehr. Während Harold arbeiten ging, begann sie plötzlich tagsüber viel zu lesen; das Lesen füllte ihren Kopf mit Bildern. Wie von einer Art hysterischem Heißhunger befallen, fraß sie sich rasch durch Romane, Frauenzeitschriften, Zeitungen und sogar durch die Anekdoten ihrer Ausgabe von »Joy of Cooking«; sie las Reiseprospekte, Werbebroschüren für Haushaltsgeräte, den Sears-Roebuck-Katalog, die Anweisungen auf Waschmittelpaketen, die Texte auf Plattenhüllen – einfach alles, nur um nicht dem klaffenden Nichts ihres eigenen Kopfes zu verfallen, der Leere, die Harold ihr so schmerzhaft bewußt gemacht hatte. Aber sobald sie die Augen von dem Gedruckten vor sich hob, war es, als ob eine schutzbietende Welt ausgelöscht worden sei.

Die völlig sich selbst genügende, unveränderliche Wirklichkeit der sie umgebenden Dinge deprimierte Agnes mehr und mehr. Ihr furchtsamer, fast paralysierender Blick nahm mit eifersüchtiger Scheu den Orientteppich wahr, die rokokoblaue Tapete, die vergoldeten Drachen der chinesischen Vase auf dem Kaminsims und das blau-goldene Medaillon-Muster des Polstersofas, auf dem sie saß. Sie hatte das bedrückende Gefühl, von diesen Gegenständen erstickt zu werden, deren massige Existenz auf gewisse Weise die tiefsten und geheimsten Wurzeln ihres eigenen vergänglichen Seins bedrohten. Sie wußte nur zu gut, daß Harold einen solch bombastischen Unsinn von Tischen und Stühlen nicht dulden würde; wenn er etwas sah, was er nicht mochte, wenn es ihn langweilte, veränderte er es, bis es seinen Vorstellungen entsprach. Es wäre himmlisch, wenn in einer wundervollen Halluzination ein Tintenfisch in purpur-orangenem Paisleymuster über den Boden auf sie zuglitte, klagte Agnes traurig. Alles wäre ihr lieb gewesen, was bewies, daß ihre Fähigkeiten zu schöpferischer Phantasie nicht unwiderbringlich dahin waren; daß ihr Auge nicht nur eine offene Photolinse war, die nichts anderes tat, als vorhandene Phänomene zu registrieren und sie als das zu belassen, was sie sind. »Eine Rose«, hörte sie sich leer wie eine Totenklage wiederholen, »ist eine Rose ist eine Rose...«

Eines Morgens las Agnes einen Roman und merkte plötzlich mit Schrecken, daß ihre Augen fünf Seiten gelesen hatten, ohne daß sie die Bedeutung auch nur eines Wortes aufgenommen hatte. Sie versuchte es wieder, aber die Buchstaben lösten sich voneinander und wanden sich wie kleine bösartige schwarze Schlangen über die Seite mit einer Art zischender, unübertragbarer Sprache. Von da ab ging Agnes jeden Nachmittag in die Kinos der Umgebung. Es spielte keine Rolle, wenn sie den Film schon mehrere Male gesehen hatte; das Kaleidoskop fließender Formen vor ihren Augen versetzte sie in rhythmische Trance: die beruhigende, unverständliche Geheimsprache der Stimmen vertrieb die Totenstille aus ihrem Kopf.

Schließlich brachte Agnes Harold mit viel Überredungskunst dazu, ein Fernsehgerät zu kaufen. Das war viel besser als Kino; sie konnte während der langen Nachmittage Sherry trinken und fernsehen. Nach kurzer Zeit entdeckte Agnes mit einer gewissen hämischen Befriedigung, daß Harolds Gesicht, wenn sie ihn abends begrüßte, unter ihrem Blick verschwamm und sie so seine Gesichtszüge nach Belieben verändern konnte. Einmal gab sie ihm eine erbsengrüne Hautfarbe, dann eine lavendelfarbene; einmal eine griechische Nase, dann einen Adlerschnabel.

»Aber ich *mag* Sherry«, sagte Agnes trotzig zu Harold,

wenn er sie bat, weniger zu trinken, denn selbst für seine nachsichtigen Augen war ihr nachmittägliches, einsames Trinken unübersehbar geworden. »Sherry entspannt mich.«
Der Sherry entspannte Agnes allerdings nicht genug, um sie einschlafen zu lassen. Wenn der visionäre Sherry-Nebel verflogen war, lag sie verkrampft und grauenhaft nüchtern im Bett und krallte die Finger in die Bettlaken, während Harold sich schon längst, friedlich und regelmäßig atmend in einem seiner wunderbaren Abenteuer befand. Mit nacktem, zunehmendem Grauen lag Agnes Nacht für Nacht hellwach. Und was noch schlimmer war: Sie wurde nicht mehr müde.
Endlich überkam sie die düstere, klare Erkenntnis dessen, was ihr geschah: Die Vorhänge des Schlafs, die erfrischende, vergessenmachende Dunkelheit, die jeden Tag von dem vorhergehenden und dem folgenden trennt, waren für sie auf alle Ewigkeit und unwiderruflich weggezogen. Sie sah eine unerträgliche, endlose Folge wacher, gesichtsloser Tage und Nächte vor sich, und ihren Kopf zu vollständiger Leere verdammt, ohne auch nur ein einziges eigenes Bild, das den vernichtenden Angriff dieser selbstgefälligen, in sich ruhenden Tische und Stühle hätte abwehren können. Sie könnte durchaus hundert Jahre alt werden, überlegte Agnes angewidert: Die Frauen in ihrer Familie waren langlebig.
Dr. Marcus, Hausarzt der Familie Higgins, versuchte Agnes auf seine joviale Art wegen ihrer Schlaflosigkeit zu beruhigen: »Nur ein wenig nervöse Anspannung, das ist alles. Nehmen Sie eine Zeitlang jeden Abend eine dieser Kapseln, und Sie werden sehen, wie Sie schlafen werden.«
Agnes fragte Dr. Marcus nicht, ob das Mittel ihr Träume schenken würde; sie steckte die Schachtel mit den fünfzig Kapseln in ihre Handtasche und nahm den Bus nach Hause.

Zwei Tage später, am letzten Freitag im September, als Harold von der Arbeit zurückkam (er hatte während der einstündigen Bahnfahrt nach Hause die Augen geschlossen, als ob er schliefe, während er in Wirklichkeit auf einem zweimastigen Segelschiff mit kirschrotem Trapezsegel einen leuchtenden Fluß hinauffuhr, wo Herden weißer Elefanten im Schatten maurischer Türme aus vielfarbigem Glas durch die kristallene Oberfläche des Wassers brachen), fand er Agnes auf dem Sofa im Wohnzimmer liegen, sie trug ihr Lieblingskleid aus smaragdgrünem Taft und war bleich und lieblich wie eine erblühte Lilie. Ihre Augen waren geschlossen, eine leere Pillenschachtel und ein umgefallener Wasserkrug lagen auf dem Teppich neben ihr. Auf ihrem friedlichen Gesicht lag ein feines heimliches Lächeln des Triumphes, als ob sie endlich in einem fernen Land, unerreichbar für die Sterblichen, mit dem dunklen Prinzen im roten Cape, dem Prinzen ihrer frühen Träume, Walzer tanzte.

# JOHNNY PANIC UND DIE BIBEL DER TRÄUME

Jeden Tag sitze ich von neun bis fünf an meinem Schreibtisch mit dem Gesicht zur Tür und schreibe die Träume anderer Leute auf. Aber nicht nur die Träume. Das würde meinen Chefs nicht ausreichen. Ich tippe auch die alltäglichen Klagen der Leute: Ärger mit der Mutter, Ärger mit dem Vater, Ärger mit der Flasche, dem Bett, den Kopfschmerzen, die den Kopf bersten lassen und die süße Welt auslöschen, ohne daß man weiß, warum. Niemand kommt in unsere Abteilung, ohne Probleme zu haben. Probleme, die man nicht nur mit Wassermann- und Wechsler-Bellvue-Tests festmachen kann.

Vielleicht fängt eine Maus schon recht früh an, darüber nachzudenken, wie sich wohl die ganze Welt auf diesen riesigen Füßen bewegt. Also ich, aus meiner Sicht, stelle mir vor, daß die Welt sich nur aus einem Grund dreht, einem einzigen: Panik. Panik vor der Hundeschnauze, der Teufelsfratze, dem Hexenmaul, der Hurenfresse, Panik in Großbuchstaben, ohne jedes Gesicht – wachend oder schlafend, es ist immer derselbe Johnny Panic.

Wenn ich gefragt werde, wo ich arbeite, sage ich, ich sei Assistentin der Sekretärin in einer der ambulanten Abteilungen des Städtischen Krankenhauses. Das klingt so erschöpfend, daß selten jemand Genaueres wissen will, aber tatsächlich mache ich nichts anderes, als Krankenberichte abzutippen. Auf eigene Faust aber und ganz insgeheim folge ich einer Berufung, bei der die Ärzte, wenn sie es wüßten, die Ohren anlegen würden. In der Abgeschiedenheit meines

Einzimmerapartments bezeichne ich mich als Sekretärin von niemand anderem, als von Johnny Panic höchstpersönlich.
Mit jedem Traum bilde ich mich weiter, um zu einer herausragenden Persönlichkeit zu werden, wirklich herausragender als alle Mitglieder des Psychoanalytischen Instituts zusammen, nämlich zu einem Traumkenner. Nicht zu einem Traumtöter, Traumdeuter, Traumausbeuter, mit dem grobpraktischen Ziel der Gesundheit und des Glücks, sondern zu einem uneigennützigen Traumsammler, um der Träume selbst willen. Ein Liebhaber der Träume, Johnny Panic zuliebe, dem Schöpfer aller Träume.
Es gibt keinen Traum, den ich für die Ablage der Krankengeschichten geschrieben habe und nicht auswendig kann. Es gibt keinen Traum, den ich nicht zu Hause in Johnny Panics Bibel der Träume übertragen habe.
Das ist meine wahre Berufung.
Nachts fahre ich manchmal mit dem Lift auf das Dach meines Apartmenthauses. Manchmal, um drei Uhr morgens. Über den Bäumen am hintersten Ende des Parks flammt die Leuchtreklame der United Fund auf, verlischt und flammt wieder auf, wie unter einem geheimnisvollen Zwang, und hier und dort sehe ich in den Backsteinklötzen ein Licht. Vor allem aber spüre ich, daß die Stadt schläft, schläft vom Fluß im Westen bis zum Meer im Osten, wie eine entwurzelte Insel, die sich im Nichts wiegt.
Ich kann so angespannt und nervös wie die E-Saite einer Geige sein, aber wenn der Himmel langsam blau wird, könnte ich einschlafen. Die Vorstellung von all den Träumenden und ihren Träumen ermattet mich derartig, daß ich in den Schlaf falle wie im Fieberrausch. Von Montag bis Freitag tue ich nichts anderes, als diese Träume abzutippen.

Natürlich komme ich noch nicht mal auf einen Bruchteil der Träume, die in der Stadt geträumt werden, aber Seite für Seite, Traum für Traum werden die Sammelbände mit Krankengeschichten dicker und lasten schwerer auf den Regalbrettern des Aktenschrankes, der in dem schmalen, parallel zur Haupthalle verlaufenden Gang steht, von dem die Türen der kleinen Sprechzimmer abgehen.

Ich habe die komische Angewohnheit, alle Leute, die hereinkommen, durch ihre Träume zu identifizieren; sie prägen sich mir dadurch stärker als durch irgendwelche Vornamen ein. Dieser eine Kerl zum Beispiel, der in einer Kugellagerfabrik in der Stadt arbeitet, träumt jede Nacht, er läge auf dem Rücken und habe ein Sandkorn auf der Brust. Nach und nach wird es immer größer, bis es so groß wie ein mittleres Haus ist, und er keine Luft mehr bekommt. Von einem anderen Mann weiß ich, daß er immer denselben Traum träumt, seit man ihm als Kind unter Äthernarkose die Mandeln und die Polypen herausgenommen hat. In diesem Traum klemmt er in den Walzen einer Baumwollspinnmaschine und muß um sein Leben kämpfen.

Oh nein, er ist nicht der einzige, obwohl er das glaubt. Viele Menschen träumen heutzutage, sie würden überfahren oder von Maschinen gefressen. Das sind die Übervorsichtigen, die weder die U-Bahn noch den Lift nehmen. Wenn ich von der Mittagspause aus unserer Krankenhaus-Cafeteria zurückkomme, begegne ich denen oft, wie sie die verdreckten Steinstufen zu unserem Büro im vierten Stock hinaufkeuchen. Manchmal frage ich mich, was die Leute wohl für Träume hatten, als Kugellagerfabriken und Baumwollspinnereien noch nicht erfunden waren.

Ich habe meinen eigenen Traum. Meinen einen Traum. Den Traum aller Träume.

In diesem Traum gibt es einen großen, halb durchsichtigen See, der sich weit überallhin ausdehnt, zu groß, um seine Ufer sehen zu können, falls es überhaupt Ufer gibt, und ich hänge darüber und sehe aus dem gläsernen Bauch einer Art Hubschrauber hinunter. Auf dem Grund des Sees – der so tief ist, daß ich sich bewegende und hebende schwarze Massen nur vermuten kann – sind die richtigen Drachen. Diejenigen, die es schon gab, bevor die Menschen begannen, in Höhlen zu leben und Fleisch über dem Feuer zu braten, und das Rad und das Alphabet erfanden. Riesig ist nicht das richtige Wort für sie; sie haben mehr Falten als Johnny Panic selbst. Träumt man zu lange von ihnen und sieht zu genau hin, werden einem Füße und Hände welk. Die Sonne schrumpft auf die Größe einer Orange, nur frostiger, und man hat das Gefühl, seit der letzten Eiszeit in Roxbury zu leben. Kein Ort für dich, aber ein Raum, so weich gepolstert wie der erste Raum deiner Erinnerung, wo du träumen und schweben kannst, schweben und träumen, bis du schließlich wieder unter die großen Urwesen zurückgekehrt bist und das Träumen überflüssig ist.

In diesen See fließen nachts die Gedanken der Menschen, und Bäche und Abwässer, wie in ein uferloses, allgemeines Sammelbecken. Es hat keinerlei Ähnlichkeit mit diesen klaren glitzerndblauen Trinkwasserquellen, inmitten von Kiefernwäldern und Stacheldrahtzäunen, die von den Vororten eifersüchtiger gehütet werden als der Hope Diamant.

Es sind die Rieselfelder aller Zeiten, wenn man von der Transparenz absieht.

Das Wasser in diesem See stinkt und dampft natürlich von all dem, was die Träume, die dort über die Jahrhunderte versumpft sind, hinterlassen haben. Wenn man sich überlegt, wieviel Platz schon für das Traumzeug einer Nacht von nur einem Menschen in einer Stadt nötig ist, und dabei ist diese Stadt nur ein Nadelstich auf der Weltkarte, und wenn man diesen Platz mit der Weltbevölkerung multipliziert, und das dann noch mit der Zahl der Nächte, die es gegeben hat, seit die Affen anfingen, Äxte aus Steinen zu hauen und ihre Haare zu verlieren, dann hat man ungefähr eine Vorstellung von dem, was ich meine. Ich hab's nicht mit der Mathematik: mir platzt schon der Schädel, wenn ich nur bis zu der Zahl der Träume komme, die in einer einzigen Nacht im Staat Massachusetts ablaufen.

Da sehe ich schon die Oberfläche des Sees von Schlangen wimmeln, Leichen, aufgebläht wie Kugelfische, menschliche Embryos, die in Laborflaschen auf- und abtanzen wie so viele unfertige Botschaften des großen ICH BIN. Ich sehe den Inhalt von Eisenwarenlagern: Messer, Papierschneidemaschinen, Kolben und Zahnräder und Nußknacker; sehe glänzende Wagenfronten mit ihren lauernden Glasaugen und Reißzähnen. Da ist dann auch der Spinnenmann und der schwimmhäutige Marsmensch und der einfache, traurige Anblick eines menschlichen Gesichts, das sich trotz Anruf und Gelübde für immer abwendet und dem allerletzten Liebhaber zu.

Die häufigste Erscheinung in diesem toten Wasser ist etwas so alltägliches, daß es fast dumm erscheint, sie zu erwähnen. Es ist ein Staubkorn. Das Wasser ist voll von diesen Körnchen. Sie sickern durch alles hindurch und kreisen mit wunderbar eigener Kraft, undurchsichtig, allgegenwärtig. Nenn das Wasser, wie du willst, Alptraumsee, Sumpf des Wahnsinns – hier liegen die schlafenden Menschen, hin und her geschleudert zwischen all dem Zeug ihrer übelsten Träume, eine große Bruderschaft, auch wenn jeder von ihnen sich im Aufwachen für einzigartig hält, für höchst einmalig.

Das ist mein Traum. Man wird ihn in keiner Krankengeschichte niedergelegt finden. Der Arbeitsablauf in unserem Büro ist völlig anders als zum Beispiel in der Hautklinik oder bei den Tumoren. Die anderen Kliniken sind sich sehr ähnlich; keine ist wie unsere. Bei uns wird keine Behandlung verschrieben. Unsere Behandlung ist unsichtbar. Sie findet in diesen kleinen Kabinen statt, jede mit Tisch, zwei Stühlen, Fenster und einer rechteckigen Milchglasscheibe in der Holztür. Diese ärztliche Behandlung hat eine bestimmte geistige Reinheit. Ich habe einfach das Gefühl, daß meine Stellung als Assistenzsekretärin in der Erwachsenenpsychiatrie ein besonderes Privileg darstellt. Mein Stolz wird bestätigt, wenn an bestimmten Wochentagen andere Abteilungen aus Platzmangel rüde in unsere kleinen Kabinen eindringen: Unser Gebäude ist sehr alt, und die Einrichtungen haben mit den zunehmenden Bedürfnissen der Zeit nicht Schritt gehalten. An solchen Tagen der Überschneidung ist der Gegensatz zwischen uns und den anderen Kliniken besonders gravierend.

Dienstags und donnerstags haben wir zum Beispiel morgens in einem unserer Behandlungszimmer Lumbalpunktionen. Wenn die assistierende Krankenschwester zufällig die Tür des Zimmers aufläßt, was sie gewöhnlich tut, kann ich das Ende der weißen Liege sehen und die unter dem Laken herausschauenden nackten Füße mit den schmutziggelben Fußsohlen der Patienten. Obwohl ich diesen Anblick ekelhaft finde, kann ich meine Augen nicht von den nackten Füßen abwenden, und ich ertappe mich dabei, daß ich alle paar Minuten von meiner Tipperei aufsehe, um nachzuschauen, ob sie noch da sind oder ihre Lage sich verändert hat. Man kann sich gut vorstellen, wie sehr mich das mitten in der Arbeit ablenkt. Oft muß ich mir das Geschriebene mehrmals

durchlesen, um mir, unter dem Vorwand, sorgsam Korrektur zu lesen, die Träume einzuprägen, die ich nach dem Tonbanddiktat des Arztes abgetippt habe.
Morgens stört auch die Nervenklinik neben uns, die sich um die gröberen, phantasieloseren Seiten unseres Geschäfts kümmert. Wir benutzen ihre Räume nachmittags für die Therapie, da dort nur morgens gearbeitet wird, aber wenn man ihre Patienten weinen oder singen oder auf Italienisch oder Chinesisch schwätzen hört, wie sie das oft ohne Unterbrechung vier Stunden lang tun, lenkt das, um es milde auszudrücken, ganz schön ab.
Trotz dieser Unterbrechungen durch die anderen Kliniken komme ich mit meiner eigenen Arbeit sehr gut voran. Inzwischen bin ich schon weit darüber hinaus, nur das abzuschreiben, was kommt, nachdem der Patient gesagt hat: »Ich hatte diesen Traum, Herr Doktor.« Ich bin so weit, daß ich Träume neu erschaffe, die noch nicht einmal niedergeschrieben sind. Träume, die in verschwommenster Weise einen äußerst blassen Schatten werfen, selbst aber verborgen sind, wie eine Statue vor der großen Enthüllung unter rotem Samt.
Zur Erläuterung. Es kam diese Frau herein, deren Zunge stark angeschwollen war und weit heraushing, so daß sie eine Party, die sie für zwanzig Freunde ihrer franko-kanadischen Schwiegermutter gegeben hatte, verlassen mußte, um in unsere Notaufnahme zu rasen. Sie dachte zwar, daß sie ihre Zunge nicht herausstrecken wollte, und es war ihr wirklich außerordentlich peinlich, aber sie haßte diese franko-kanadische Schwiegermutter wie die Pest, und ihre Zunge stand treu zu ihrem Gefühl, selbst wenn es der Rest nicht tat. Sie erhob überhaupt keinen Anspruch auf irgendwelche Träume. Ich kenne also nur die nackten, oben er-

wähnten Tatsachen, um zu beginnen, aber hinter ihnen entdecke ich die vielversprechende Ausbeulung eines Traums.

Also mach ich mich daran, diesen Traum aus seiner bequemen Position unter der Zunge herauszureißen.

Welchen Traum auch immer ich durch Arbeit, durch anstrengende Arbeit und sogar durch eine Art von Gebet zum Vorschein bringe – ich bin sicher, in einer Ecke den Fingerabdruck, ein tückisches Detail ganz in der Mitte, und irgendwo das körperlose, in der Luft schwebende Grinsen zu finden, was beweist, daß alles dem genialen Wirken von Johnny Panic zu verdanken ist, ihm allein. Er ist schlau, er ist gerissen, er kommt so plötzlich wie der Donner, aber nur allzuoft verrät er sich. Er kann einfach dem Melodram nicht widerstehen. Dem Melodram der ältesten, billigsten Art.

Ich erinnere mich an einen untersetzten Kerl in nietenbesetzter schwarzer Lederjacke, der geradewegs aus einem Boxkampf in der Mechanics Hall zu uns gerannt kam, und Johnny Panic war ihm hart auf den Fersen. Dieser Kerl, obwohl er streng katholisch war, jung und aufrecht und so, hatte eine furchtbare Angst vor dem Tod. Er war geradezu besinnungslos vor Angst, in die Hölle zu kommen. Er arbeitete als Akkordarbeiter in einer Neonröhrenfabrik. Ich erinnere mich an diese Einzelheit, weil ich es komisch fand, daß er dort arbeitete und trotzdem, wie sich herausstellte, solche Furcht vor der Dunkelheit hatte. Johnny Panic verleiht den Dingen in dieser Hinsicht eine poetische Note, wie man sie selten anderswo findet. Und dafür bin ich ihm ewig dankbar.

Ich erinnere mich auch ziemlich genau an das Szenario des Traums, das ich für diesen Kerl ausgearbeitet hatte: Der gotische Keller eines Klosters, der sich ausdehnte, soweit das Auge reichte, eine dieser endlosen Perspektiven zwischen zwei Spiegeln, und die Säulen und Wände bestanden aus nichts anderem als aus menschlichen Schädeln und Knochen, und in jeder Nische war ein Toter aufgebahrt. Es war der Saal der Zeit mit den noch warmen Körpern im Vordergrund, mit verfärbten und halb verwesten in der Mitte, und in der Ferne leuchteten die Knochen, rein wie Gold, in einer Art weißem, phantastischem Glühen. Ich weiß noch, daß ich die ganze Szene ausleuchtete, aber, der Genauigkeit halber nicht mit Kerzen, sondern mit dem eisigen, fluoreszierenden Licht, das die Haut grün erscheinen läßt und alle rosa und roten Farben mit einem tiefschwarz-violetten Licht überzieht.

Man könnte fragen, woher ich weiß, daß dies der Traum des Kerls in der schwarzen Lederjacke war. Ich weiß es nicht. Ich glaube einfach, daß es sein Traum war, und ich arbeite an diesem Glauben mit mehr Kraft und Tränen und Flehen als an der Erschaffung des eigentlichen Traums.

Mein Büro hat natürlich seine Grenzen. Die Dame mit der raushängenden Zunge, der Kerl aus der Mechanics Hall – das sind schon unsere verrücktesten Fälle. Die Leute, die wirklich bis auf den Grund des sumpfigen Sees gesunken sind, kommen nur einmal zu uns, um dann an einen Ort überwiesen zu werden, der permanent besetzt ist, anders als unser Büro, das der Öffentlichkeit nur fünf Tage in der Woche von neun bis fünf offensteht. Sogar Leute, die kaum noch in der Lage sind, auszugehen und zu arbeiten, die noch nicht einmal halbtief im See treiben, werden in die Ambulanz eines anderen Krankenhauses geschickt, wo man auf schwerere Fälle spezialisiert ist. Oder sie bleiben etwa einen Monat lang in der Beobachtungsstation unseres Krankenhauses, die ich nie gesehen habe.

Allerdings habe ich die Sekretärin dieser Station gesehen.

Irgend etwas an der Art, wie sie in der 10-Uhr-Pause in der Cafeteria sitzt, raucht und ihren Kaffee trinkt, hat mich abgestoßen, so daß ich mich kein zweites Mal neben sie gesetzt habe. Sie hat einen komischen Namen, den ich mir nicht genau merken kann, etwas wirklich Verrücktes, so wie Miss Milleravage. Einer dieser Namen, der mehr wie ein Wortspiel aus Milltown und Ravage klingt als nach irgend etwas aus dem städtischen Telefonbuch. Aber so merkwürdig dann auch wieder nicht, wenn man sich mal durch das Telefonbuch, mit all den Hyman Diddlebockers und Sasparilla Greenleafs liest. Ich habe einmal das ganze Telefonbuch durchgelesen, keine Ahnung, wann das war, und es befriedigte ein tiefes Bedürfnis in mir, als mir klar wurde, wie viele Menschen nicht Smith heißen.

Diese Miss Milleravage ist jedenfalls eine stämmige Frau, nicht fett, sondern ein Muskelpaket und dazu noch groß. Ihre kräftige Gestalt steckt in einem grauen Kostüm, das mich schwach an eine Art Uniform erinnert, ohne daß einzelnes am Schnitt etwas besonders Militärisches hätte. Ihr Gesicht, stattlich wie das eines Ochsen, ist voll von einer bemerkenswerten Anzahl winziger Flecken, als ob sie einige Zeit unter Wasser gelegen wäre und kleine Algen sich als braune und grüne Sprenkel an ihrer Haut festgesetzt hätten. Diese Leberflecken fallen besonders ins Auge, weil die Haut drumherum so bleich ist. Ich frage mich manchmal, ob Miss Milleravage jemals das gesunde Tageslicht gesehen hat. Und ich wäre kein bißchen überrascht, wenn sie von der Wiege an ausschließlich im Genuß von künstlichem Licht großgeworden wäre.

Byrna, die Sekretärin der Alkoholikerabteilung, uns direkt gegenüber, stellte mich Miss Milleravage mit der Eröffnung vor, ich sei »auch in England gewesen«.

Wie sich herausstellte, hatte Miss Milleravage die besten Jahre ihres Lebens in Londoner Krankenhäusern verbracht. »Hatte da eine Freundin«, dröhnte sie mit ihrem merkwürdigen Hundebaß, ohne mich eines direkten Blickes zu würdigen, »eine Krankenschwester im Barts-Hospital. Habe nach dem Krieg versucht, mit ihr Verbindung aufzunehmen, aber die Oberschwester war neu, alle waren neu, niemand hatte von ihr gehört. Sie wird wohl zusammen mit der alten Oberschwester, den Trümmern und allem in den Bombenangriffen umgekommen sein.« Diesem Satz folgte ein breites Grinsen. Ich hab mal Medizinstudenten beim Leichensezieren beobachtet, vier Leichen pro Klasse, die mit Menschen etwa soviel gemein hatten wie Moby Dick, und die Studenten spielten mit den Lebern der toten Männer Fangen, und ich hörte, wie sich die Kerle darüber lustig machten, daß sie auf der Armenstation eine Frau nach der Entbindung falsch zugenäht hatten. Aber ich möchte wirklich nicht wissen, was Miss Milleravage als den größten Witz des Jahrhunderts bezeichnen würde. Nein, danke, darauf kann ich gut verzichten. Wenn man ihr die Augen mit einer Nadel auskratzen würde, ich schwöre, man würde auf soliden Quarz stoßen.
Meine Chefin hat auch Sinn für Humor, aber ihrer ist gütig. Großherzig wie der Weihnachtsmann am Heiligen Abend. Ich arbeite für Miss Taylor, eine Dame mittleren Alters, die Chefsekretärin der Abteilung ist, und dies, seit die Abteilung vor dreiunddreißig Jahren eröffnet wurde – verrückterweise in meinem Geburtsjahr. Miss Taylor kennt alle Ärzte, alle Patienten, alle längst überholten Terminzettel, Aktennotizen und Rechnungsverfahren, die das Krankenhaus jemals verwendet hat oder verwenden wollte. Sie will im Krankenhaus bleiben, bis sie ihr Gnadenbrot auf den

grünen Weiden der Altersversicherung fressen kann. Ich habe noch nie jemand gesehen, der sich seiner Arbeit derart verschrieben hat wie sie. Was mir die Träume sind, ist für sie die Statistik: Wenn das Gebäude in Flammen stünde, würde sie den Feuerwehrleuten auch noch den letzten Ordner mit Statistiken hinunterwerfen, selbst, wenn sie dabei ihre Haut riskierte.
Miss Taylor und ich kommen blendend miteinander aus. Das einzige, wobei ich mich nie erwischen lasse, ist das Lesen der alten Krankengeschichten. Ich habe auch wirklich wenig Zeit dazu. In unserem Büro geht es schlimmer zu als auf der Börse: Mit den fünfundzwanzig angestellten Ärzten im Innen- und Außendienst, den Medizinstudenten im klinischen Jahr, den Patienten, den Verwandten der Patienten und den offiziellen Besuchern der anderen Abteilungen, die uns Patienten überweisen, daß ich sogar, wenn ich während Miss Taylors Kaffee- und Mittagspause allein im Büro bin, selten mehr schaffe als ein oder zwei hastige Notizen.
Diese Art Catch-as-catch-can ist, gelinde gesagt, nervenaufreibend. Eine Menge der besten Träumer kommen in alten Krankengeschichten vor, Träumer, die nur ein- oder zweimal zur Beobachtung zu uns kommen, bevor man sie woandershin überweist. Um mir diese Träume herauszuschreiben brauche ich Zeit, eine Menge Zeit. Und die Verhältnisse sind keineswegs ideal zur geruhsamen Ausübung meiner Kunst. Gewiß gehört auch Wagemut dazu, unter solchen gefährlichen Umständen zu arbeiten, deshalb sehne ich mich nach der kostbaren Muße des wirklichen Kenners, der eine Stunde lang mit der Nase über dem Cognac-Schwenker schwelgt, bevor er seine Zunge die erste Probe nehmen läßt.
Seit einiger Zeit stelle ich mir immer häufiger vor, welche Erleichterung es wäre, wenn ich eine Aktentasche mit zur

Arbeit brächte, groß genug, um eines dieser dicken, blauen, in Leinen gebundenen Bücher voller Träume aufzunehmen. In Miss Taylors Mittagszeit, in der Ruhepause, bevor die Ärzte und Studenten hereinströmen, um sich ihrer Nachmittagspatienten anzunehmen, könnte ich einfach eines der zehn oder fünfzehn Jahre alten Bücher in die Aktentasche stecken und sie unter meinen Tisch stellen, bis es fünf Uhr schlägt. Verdächtige Pakete werden natürlich vom Pförtner der Kliniken inspiziert, und das Krankenhaus hat eine eigene Polizei, um all die verschiedenen Diebstähle, die hier so vorkommen, unter Kontrolle zu bekommen, aber, mein Gott, schließlich habe ich ja nicht vor, mich mit Schreibmaschinen oder Heroin davonzumachen. Ich würde mir das Buch nur über Nacht ausleihen und es am nächsten Morgen als erstes wieder ins Fach stellen, bevor jemand kommt. Dennoch, wenn man mich dabei erwischte, daß ich ein Buch aus dem Krankenhaus hinausschmuggle, würde ich wahrscheinlich meine Stelle verlieren und damit auch das ganze Quellenmaterial.

Diese Vorstellung, ungestört und sorglos über einem der Bücher mit Krankengeschichten in meiner eigenen Wohnung zu brüten, selbst wenn ich dazu nächtelang aufbleiben müßte, fasziniert mich derart, daß mich meine übliche Methode, während Miss Taylors halbstündiger Abwesenheit die paar Minuten abzuzwacken, um Träume nachzuschauen, immer ungeduldiger werden läßt.

Das Problem besteht auch darin, daß ich nie genau weiß, wann Miss Taylor ins Büro zurückkommt. Sie ist so besessen von ihrer Arbeit, daß sie am liebsten ihre halbe Stunde Mittagspause und die zwanzig Minuten Kaffeepause abkürzen würde, wenn sie nicht durch ihr gelähmtes linkes Bein gehandicapt wäre. Wenn ich das typische Geräusch eines nachgezogenen lahmen Beins im Flur höre, bin ich zwar rechtzeitig vor ihrem Kommen gewarnt, um das Buch mit den Traumaufzeichnungen in die Schublade außer Sichtweite zu werfen und so zu tun, als schriebe ich gerade die letzten Floskeln einer telefonischen Nachricht auf oder sonst irgendwas, aber durch die Tatsache, daß die Abteilung für Amputationen von uns aus nur um die Ecke liegt, gegenüber der Nervenklinik, werde ich oft von falschem Alarm aufgeschreckt, weil ich das Humpeln irgendeines Holzbeins mit den Schritten von Miss Taylor verwechsle.

An den schwärzesten Tagen, wenn ich kaum Zeit finde, auch nur einen Traum aus den alten Büchern herauszuquetschen, und meine Abschreiberei nichts anderes gebracht hat als weinerliches Gejammer von College-Studentinnen, die keine Hauptrolle in »Camino Real« bekommen haben – dann spüre ich, wie Johnny Panic sich mir entzieht, starr wie der Everest, ferner als der Orion, und das Motto der großen Bibel der Träume: »Vollkommene Angst treibt alles andere aus«, ist nichts als Asche und Zitronenwasser auf meinen Lippen. Ich bin ein kriecherischer Einsiedler in einem Land prämierter Schweine, die so verfressen sind, daß sie den Schlachthof am Ende des Weges nicht sehen. Ich bin Jeremias, zerfressen von Visionen im Schlaraffenland.

Noch schlimmer ist: tagein, tagaus diese Psychoärzte zu sehen, die mit allen Mitteln Johnny Panics Jünger bekehren wollen durch Reden, Reden und noch mal Reden. Diese Traumsammler mit ihren tiefliegenden Augen und den buschigen Bärten, die vor mir da waren, und ihre jetzigen Erben mit den weißen Kitteln und holzgetäfelten Sprechzimmern samt Ledercouch betrieben und betreiben immer noch das Träumesammeln zu einem weltlichen Zweck: Geld und

Gesundheit, Gesundheit und Geld. Um ein wahres Mitglied in Johnny Panics Gemeinde zu sein, muß man den Träumenden vergessen und den Traum behalten: Der Träumende ist nur ein schwaches Werkzeug in der Hand des großen Traumschöpfers. Aber das wollen sie nicht. Johnny Panic ist Gold in den Eingeweiden, und sie versuchen, ihn durch geistiges Magenauspumpen auszumerzen.
Nehmen wir zum Beispiel Harry Bilbo. Mr. Bilbo kam in unser Büro, und die Hand von Johnny Panic lastete schwer wie ein Bleisarg auf seiner Schulter. Er hatte eine interessante Ansicht über den Schmutz in der Welt. Ich reservierte ihm eine tragende Rolle in Johnny Panics Bibel der Träume, und zwar im Dritten Buch der Furcht, Kapitel Neun über Schmutz, Krankheit und Allgemeinen Zerfall. Harrys Freund spielte, als sie klein waren, in der Pfadfinder-Kapelle Trompete, und auch Harry setzte sie manchmal an die Lippen. Jahre später bekam der Freund Krebs und starb. Eines Tages, vor noch gar nicht so langer Zeit, kam ein Krebsarzt in Harrys Haus, setzte sich auf einen Stuhl, verbrachte den Großteil des Vormittags mit Harrys Mutter, und als er ging, schüttelte er ihr die Hand und öffnete selbst die Tür. Plötzlich wollte Harry nicht mehr Trompete blasen, setzte sich nicht mehr auf Stühle und gab niemandem mehr die Hand, auch wenn sämtliche römischen Kardinäle ihn rund um die Uhr gesegnet hätten, aus lauter Angst, Krebs zu bekommen. Seine Mutter mußte ihm den Fernseher an- und ausschalten, die Wasserhähne auf- und zudrehen und ihm die Türen öffnen. Wenig später ging Harry, wegen der Spucke und der Hundescheiße auf der Straße, nicht mehr arbeiten. Erst hat man das Zeug an den Schuhen, und wenn man sie auszieht, an den Händen, und beim Essen ist es gleich im

Mund, und keine hundert Ave-Marias können einen vor der Kettenreaktion bewahren.
Schließlich hörte Harry auch mit dem Gewichtheben in der öffentlichen Turnhalle auf, als er so einen Krüppel sah, der mit Hanteln trainierte. Man weiß ja nie, was für Bakterien diese Krüppel hinter den Ohren und unter den Fingernägeln haben. Tag und Nacht lebte Harry Bilbo in heiliger Anbetung von Johnny Panic, so inbrünstig wie nur ein Priester mit Weihrauchgefäßen und Sakramenten. Er hatte eine ganz eigene Schönheit.
Nun ja, und dann schaffte es ein ganzer Haufen dieser weißbemäntelten Kurpfuscher, Harry zu überreden, den Fernseher selbst auszuschalten, die Wasserhähne aufzudrehen und Klotüren, Haustüren und Kneipentüren zu öffnen. Noch bevor sie ganz mit ihm fertig waren, saß er in Kinosesseln und auf Bänken öffentlicher Parks, und jeden Tag trainierte er in der Turnhalle Gewichtheben, trotz der Tatsache, daß wieder ein Krüppel an der Rudermaschine übte. Als die Behandlung zu Ende war, kam er hierher, um dem Chefarzt die Hand zu schütteln. Nach Harry Bilbos eigenen Worten war er »ein anderer Mensch« geworden. Das reine Panic-Licht war von seinem Gesicht verschwunden. Er verließ die Station, verdammt zu dem grausigen Los, das die Ärzte Gesundheit und Glück nennen.
Ungefähr seit der Heilung von Harry Bilbo drängt tief aus meinem Inneren eine neue Idee ans Licht. Ich kann sie so wenig ignorieren wie die nackten, aus dem Lumbalpunktionsraum herausragenden Füße. Wenn ich schon nicht riskieren will, eines der Bücher mit den Krankengeschichten aus dem Krankenhaus herauszuschaffen, weil es entdeckt und ich entlassen werden könnte, und ich damit meine Forschung ein für allemal einstellen müßte, könnte ich die Ar-

beit wirklich sehr beschleunigen, wenn ich über Nacht im Krankenhaus bliebe. Ich habe auch noch nicht annähernd den Bestand der Abteilung gesichtet, und die lumpige Anzahl von Fällen, die ich tagsüber, während der kurzen Abwesenheit Miss Taylors lesen kann, sind nichts im Vergleich mit dem, was ich in ein paar Nächten ausdauernden Abschreibens schaffen könnte. Ich muß meine Arbeit vorantreiben, und sei es nur, um den Ärzten Widerstand zu leisten.

Ohne mir dessen richtig bewußt zu sein, zog ich mir um fünf Uhr den Mantel an, verabschiedete mich von Miss Taylor, die immer ein paar Minuten länger bleibt, um die Tagesstatistik durchzusehen, und schlich um die Ecke auf die Damentoilette. Sie ist leer. Ich schlüpfe ins Patientenklo, schließe die Tür von innen ab und warte. Jetzt könnte höchstens noch eine der Putzfrauen versuchen, die Tür aufzubrechen, weil sie meint, irgendein Patient sei auf dem Klo ohnmächtig geworden. Ich halte mir die Daumen. Etwa zwanzig Minuten später wird die Tür zu den Toiletten geöffnet, und jemand kommt hereingehüpft wie ein Huhn, das sein kaputtes Bein schont. Es ist Miss Taylor, wie ich an dem resignierten Seufzer erkenne, den sie vor dem gelbsüchtigen Auge des Spiegels ausstößt. Ich höre das Geklapper verschiedener Verschönerungs-Utensilien auf dem Waschbecken, Wasserrauschen, den schrillen Ton, als sie den Kamm durch die gekrausten Haare zieht, und dann geht die Tür schwerfällig keuchend hinter ihr zu.

Ich bin glücklich. Als ich um sechs Uhr aus der Damentoilette komme, sind die Lichter im Gang erloschen, und der Flur im vierten Stock ist leer wie eine Kirche am Montag. Ich habe einen eigenen Schlüssel zu unserem Büro, weil ich morgens die erste bin, also kein Problem. Die Schreibma-

schinen sind in die Tische versenkt, die Schlösser stecken an den Telefonen, die Welt ist in Ordnung.
Vor dem Fenster vergeht das letzte Winterlicht. Trotzdem hüte ich mich davor, etwa das Deckenlicht einzuschalten. Ich will schließlich nicht von irgendeinem scharfsichtigen Arzt oder Hausmeister aus den Krankenhausgebäuden gegenüber entdeckt werden. Der Schrank mit den Krankengeschichten steht in dem fensterlosen Flur, von dem die kleinen Ordinationszimmer der Ärzte mit Oberlichtern zum Hof abgehen. Ich vergewissere mich, daß die Türen dieser Räume geschlossen sind. Dann knipse ich das Flurlicht an, eine bläßliche 20-Watt-Angelegenheit, die oben schon schwarz geworden ist. Egal, in diesem Augenblick ist sie mir mehr wert als ein ganzer Altar voller Kerzen.
Ich hatte vergessen, ein Sandwich mitzunehmen. Aber in meiner Schublade liegt noch ein Apfel vom Mittagessen, den werde ich aufheben, um gegen alles mögliche gewappnet zu sein, was mich vielleicht um ein Uhr früh überfallen wird. Ich nehme mein Notizbuch heraus. Zu Hause reiße ich abends immer die Seiten raus, die ich tagsüber im Büro beschrieben habe, und lege sie auf einen Haufen, bis sie in mein Manuskript übertragen werden. So verwische ich meine Spuren, damit niemand, dem zufällig im Büro mein Notizbuch in die Hände fällt, die Art oder das Ausmaß meiner Arbeit erraten kann.
Systematisch öffne ich als erstes das älteste Buch ganz unten im Regal. Der einstmals blaue Einband ist jetzt verblichen, und die abgegriffenen Durchschläge sind kaum noch leserlich, aber in mir summt es von Kopf bis Fuß: Dieses Traumbuch war am Tag meiner Geburt begonnen worden. Wenn ich erst mal richtig organisiert bin, werde ich mir für die tiefen Winternächte heiße Suppe in der Thermosflasche und

Truthahnpastete und Schokoladenéclairs mitbringen. Dann werde ich mir auch in meiner größten Handtasche Lockenwickler und vier verschiedene Blusen mit zur Arbeit nehmen, und zwar montags früh, damit niemand auf die Idee kommt, daß es mit mir äußerlich bergab geht, und mir vielleicht eine unglückliche Liebesaffäre andichtet oder linke Freunde oder gar vermutet, ich würde im Krankenhaus an vier Nächten pro Woche arbeiten.

Elf Stunden später. Vom Apfel sind nur noch die Kerne übrig, und ich bin im Monat Mai des Jahres 1931 angelangt, wo eine Privatschwester gerade einen Wäschebeutel im Schrank ihres Patienten geöffnet hat und darin fünf abgetrennte Köpfe erblickte, darunter den ihrer Mutter.

Ein kühler Luftzug streift meinen Nacken. Von meinem Platz vor dem Schrank, wo ich mit übereinandergeschlagenen Beinen auf dem Boden sitze, mit dem schweren Buch auf dem Schoß, bemerke ich aus dem Augenwinkel, daß die Tür des Sprechzimmers neben mir einen Spalt blauen Lichtes durchläßt, nicht nur auf dem Boden, sondern auch seitlich der Tür. Das ist sonderbar, denn ich hatte mich als erstes vergewissert, daß alle Türen fest geschlossen waren. Der Spalt blauen Lichts wird breiter, und meine Augen bleiben an zwei regungslosen Schuhen in der Tür hängen, deren Spitzen auf mich gerichtet sind.

Es sind braune Lederschuhe ausländischer Machart mit dikken Kreppsohlen. Darüber sind schwarze Seidensocken zu sehen, die blasses Fleisch durchscheinen lassen. Ich komme bis zu den graugestreiften Hosenaufschlägen.

»Nanana«, schilt eine unendlich milde Stimme aus den wolkigen Regionen hoch über meinem Kopf. »Was für eine unbequeme Stellung! Ihre Beine sind bestimmt längst eingeschlafen. Lassen Sie mich Ihnen beim Aufstehen helfen. Die

Sonne wird bald aufgehen.« Zwei Hände greifen mir von hinten unter die Arme, und ich werde auf die gefühllosen Füße gestellt, wacklig wie ein weicher Pudding spüre ich sie nicht mehr, denn meine Beine sind tatsächlich eingeschlafen. Das Buch mit den Krankengeschichten rutscht aufgeschlagen zu Boden.

»Bleiben Sie einen Augenblick ruhig stehen.« Die Stimme des Chefarztes fächelt mein rechtes Ohrläppchen. »Dann kommt die Blutzirkulation wieder in Gang.«

Das Blut in meinen nicht vorhandenen Beinen fängt an zu stechen wie eine Million Nähmaschinennadeln, und der Anblick des Chefarztes ätzt sich mir mit Säure ins Gehirn. Ich brauche mich nicht einmal umzusehen: Ein fetter Spitzbauch, eingeknöpft in die nadelgestreifte graue Weste, vorstehende gelbe Nagezähne und Augen von unbestimmbarer Farbe hinter dicken Brillengläsern, lebendig wie Aale.

Ich umklammere mein Notizbuch. Das letzte Stück Treibholz von der *Titanic.*

Was weiß er? Was weiß er?

Alles.

»Ich weiß, wo es eine schöne heiße Hühnerbrühe gibt.«

Seine Stimme knistert, Staub unterm Bett, Mäuse im Stroh. Seine Hand umspannt in väterlicher Liebe meinen linken Oberarm. Die polierte Schuhspitze stupst den Sammelband mit all den Träumen, die sich in meiner Geburtsstadt ereigneten, als ich den ersten Schrei meines Lebens tat, unter den Schrank.

Niemand begegnet uns in dem dämmrigen Flur. Niemand auf den frostigen Steinstufen, die zu den Kellergängen führen und auf denen Billy, der Aktenbote, sich den Schädel einschlug, als er mit einer eiligen Sache nachts mehrere Stufen auf einmal nahm.

Ich fing an, doppelt schnell zu gehen, damit er nicht denkt, er könne mich vor sich hertreiben. »Sie können mich nicht feuern«, sage ich ruhig, »ich kündige.«
Das Lachen des Chefarztes zischt aus den Ziehharmonikafalten seiner tiefsten Eingeweide hervor. »So schnell wollen wir Sie nicht verlieren.« Sein Flüstern schlängelt sich an den weißgetünchten Kellergängen entlang, windet sich als Echo um die Ecken der Rohre, um Rollstühle und Krankenbahren, die über Nacht an den schwitzfleckigen Wänden abgestellt sind. »Wir brauchen Sie mehr, als Sie ahnen.«
Wir gehen um Ecken, schlagen Haken, und meine Beine gehen im Gleichschritt mit seinen, bis wir irgendwo in diesen öden Rattengängen zu einem Aufzug kommen, der die ganze Nacht von einem einarmigen Schwarzen bedient wird. Wir gehen hinein, die Lifttür fällt knirschend ins Schloß wie bei einem Viehwaggon, und wir fahren höher und höher. Es ist ein einfacher, klappriger, wackliger Lastenaufzug, meilenweit entfernt von den feudalen Personenaufzügen, die ich aus unserem Stationsgebäude gewohnt bin.
Wir steigen auf einer unbestimmbaren Etage aus. Der Chefarzt führt mich einen nackten Korridor entlang, der in regelmäßigen Abständen durch Glühbirnen beleuchtet ist, die in kleinen Drahtkäfigen an der Decke befestigt sind. An beiden Seiten des Ganges reihen sich geschlossene Türen mit vergitterten Fenstern. Ich nehme mir vor, am nächsten roten EXIT-Schild auf die Begleitung des Chefarztes zu verzichten, aber auf unserer Reise gibt es keins. Ich bin in einem fremden Land, mein Mantel hängt auf dem Bügel im Büro, Handtasche und Geld liegen in der obersten Schreibtischschublade, das einzige, was mir geblieben ist, ist das Notizbuch in meiner Hand, und nur Johnny Panic hält warm gegen die Eiszeit da draußen.

Vor uns wird es hell und heller. Der Chefarzt schnauft etwas nach dem raschen und langen Fußmarsch, den er offensichtlich nicht gewohnt ist, und schiebt mich um eine Ecke in einen viereckigen, strahlend hell erleuchteten Raum.

»Da ist sie.«
»Die kleine Hexe!«
Miss Milleravage stemmt ihre Massen hinter dem stählernen Tisch gegenüber der Tür hoch.
Wände und Decken des Raums bestehen aus vernieteten Panzerplatten eines Schlachtschiffs. Fenster gibt es keine.
In kleinen Gitterzellen an den Seiten und der Rückwand des Raums erkenne ich in den weißen Nachthemden der Station Johnny Panics Hohe Priester, mit auf dem Rücken zusammengebundenen Armen und Augen, rotglühender als Kohlen, ihre stechenden gierigen Blicke auf mich gerichtet.
Sie begrüßen mich mit einem eigenartigen Quaken und Grunzen, als ob ihre Zungen zwischen den Kiefern eingeklemmt wären. Sie haben zweifellos durch Johnny Panics Andeutungen von meiner Arbeit gehört und möchten wissen, wie sich seine Apostel in der Welt machen.
Ich hebe die Arme, um sie zu beruhigen, halte mein Notizbuch hoch, und meine Stimme ist so laut wie Johnny Panics Orgel mit gezogenem Register.
»Friede! Ich bringe euch ...«
Das Buch.
»Aber nicht doch dieses abgedroschene Zeugs, Herzchen.«
Miss Milleravage tanzt wie ein Spielzeugelefant hinter ihrem Schreibtisch hervor und auf mich zu.
Der Chefarzt schließt die Tür.
In dem Moment, als Miss Milleravage sich in Bewegung setzt, sehe ich, was ihre Massen hinter dem Tisch verdeckt

hatten – eine weiße, hüfthohe Krankenliege, nur mit einem Laken über der Matratze, fleckenlos und stramm wie ein Trommelfell. Am Kopfende der Liege steht ein Tisch mit einem Metallkasten, der mit Skalen und Meßgeräten übersät ist.

Der Metallkasten, häßlich wie eine Mokassinschlange, scheint mich durch das Wirrwarr seiner elektrischen Drähte zu fixieren – das neueste Modell unter den Johnny-Panic-Mördern.

Ich schaffe es, zur Seite auszuweichen. Als Miss Milleravage zupacken will, bleibt ihre fette, geballte Hand leer. Sie versucht es wieder, und ihr Lächeln ist so erdrückend wie Hundstage im August.

»Laß das. Laß das, ich will nur das kleine schwarze Buch.«

Wie schnell auch immer ich um die hohe weiße Liege herumrenne, Miss Milleravage ist mir auf den Fersen, als ob sie Rollschuhe anhätte. Sie greift zu und hat mich. Ich trommle mit den Fäusten auf ihren massigen Körper ein, traktiere ihre kolossalen milchlosen Brüste, bis ihre Hände um meine Handgelenke zu eisernen Ringen werden und ihr Atem mich mit einem Liebesdunst einlullt, fauliger stinkend als der Keller eines Bestattungsinstituts.

»Mein Kindchen, mein kleines Baby, komm zu mir zurück...«

»Sie hat sich schon wieder mit Johnny Panic verabredet«, sagt der Chefarzt traurig und streng.

»Schlimm, schlimm.«

Die weiße Liege steht bereit. Mit schrecklicher Liebenswürdigkeit löst Miss Milleravage mir die Armbanduhr vom Gelenk, zieht mir die Ringe von den Fingern und die Haarspangen aus dem Haar. Sie beginnt mich auszuziehen. Als ich

nackt bin, werden mir die Schläfen gesalbt und mein Körper in Laken gehüllt, rein wie der erste Schnee.
Aus den vier Ecken des Raums und aus der Tür hinter mir treten fünf falsche Priester in weißen Operationskitteln und Gesichtsmasken, deren einzige Lebensaufgabe es ist, Johnny Panic von seinem Thron zu stürzen. Sie legen mich ausgestreckt auf die Liege. Die Drahtkrone wird mir auf den Kopf gesetzt und die Hostie des Vergessens auf die Zunge gelegt. Die vermummten Priester gehen auf ihre Plätze und halten mich fest: einer mein linkes Bein, einer mein rechtes, einer meinen rechten Arm, einer meinen linken. Und einer zu meinem Haupt an dem Metallkasten, wohin ich nicht sehen kann.
Aus den engen Nischen entlang der Wand erheben die Jünger protestierend ihre Stimmen. Sie intonieren ihr Lied der Andacht:

> Das Einzige, was es zu lieben gilt, ist die Angst.
> Die Liebe zur Angst ist der Anfang der Weisheit.
> Das Einzige, was es zu lieben gilt, ist die Angst.
> Möge Angst und Angst und Angst überall sein.

Miss Milleravage oder der Chefarzt oder die Priester haben keine Zeit, sie mundtot zu machen.
Das Zeichen ist gegeben.
Die Maschine betrügt sie.
In dem Augenblick, als ich glaube, völlig verloren zu sein, erscheint Johnny Panics Gesicht in einem Heiligenschein strahlenden Lichts über mir. Ich zittere wie ein Blatt in den Zähnen der Herrlichkeit. Sein Bart ist der Blitz. Der Blitz ist in seinem Auge. Sein Wort lädt das Universum auf und füllt es mit Licht.

Die Luft knistert von seinen blauzüngigen, blitzgekrönten Engeln.
Seine Liebe ist der Sprung aus dem zwanzigsten Stock, ist der Strick um den Hals, ist das Messer auf dem Weg zum Herzen.
Er vergißt die Seinen nicht.

## DER FÜNFZEHN-DOLLAR-ADLER

Es gibt einige Tätowierläden am Madigan Square, aber gegen Carmeys Etablissement kann man sie alle vergessen.
Er geht mit Nadel und Farben wie ein begnadeter Dichter um, er ist ein Künstler mit Herz. Jugendliche, Hafen-Gammler oder Vorstadtpärchen, die ein wenig Großstadtluft schnuppern wollen, sie alle ziehen vor Carmeys Laden die Bremse und hängen mit der Nase am Schaufenster. Du hast geträumt, sagt Carmey zu ihnen, ohne ein Wort zu sagen, daß du eine Rose auf dem Herzen trägst, einen Adler im Muskel, und selbst das süße Jesuskind, darum komm zu mir. Trage dein Herz in diesem Leben auf der Haut, es liegt in meiner Hand. Ich habe für jeden etwas: Hunde, Wölfe, Pferde und Löwen für den Tierfreund. Für die Damen Schmetterlinge, Paradiesvögel, lächelnde oder weinende Babygesichter. Sie haben die Auswahl. Rosen z. B., jede Sorte, große, kleine, Knospen und voll erblühte, Rosen mit Namensschnörkel, Rosen, aus deren Mitte ein Figürchen aufsteigt, rosafarbene Blüten, grüne Blätter, apart von einer blei-schwarzen Linie eingefaßt. Schlangen und Drachen für Frankenstein. Gar nicht zu reden von Cowgirls, Hula-Mädchen, Meerjungfrauen und Filmstars mit tiefroten Brustwarzen und so nackt wie gewünscht. Und für einen freien Rücken gibt es Christus am Kreuz, einen Dieb zu jeder Seite, und darüber Engel zur Rechten und zur Linken mit einem Spruchband, auf dem in gelber, fast goldener altenglischer Schrift »Golgatha« zu lesen ist.
Von draußen zeigen sie auf die farbenprächtigen Bilder, mit denen Carmey seine drei Wände von oben bis unten zuge-

pflastert hat. Ihre Stimmen überschlagen sich wie bei einem Massenaufstand, man hört sie sogar durch die Glasscheibe:
»Hej, Schätzchen, guck ma die Pfauen!«
»Is ja verrückt, Geld fürs Tätowieren auszugeben. Ich hab nur einmal bezahlt, für den Panther hier auf meinem Arm.«
»Du willst ein Herz, ich sag ihm, wo es hin soll.«
Dank meinem festen Freund Ned Bean, sehe ich Carmey das erste Mal in Aktion. Lässig an einer Wand voller Herzen und Blumen lehnend, wartet Carmey mit einem Mr. Tomolillo auf Kundschaft. Mr. Tomolillo ist außergewöhnlich kleinwüchsig, seine nicht vorhandenen Schultern stecken in einer Wolljacke, die auch nicht den geringsten Versuch unternimmt, zu passen oder ihn gar etwas vorteilhafter erscheinen zu lassen. Sie ist bedeckt mit schwarzumrandeten braunen Karos in Zigarettenschachtelgröße, die man gut und gerne zum Backgammon-Spielen benutzen könnte. Über seinen Kopf hat er, scharf bis an die Augenbrauen, einen Filzhut gestülpt, was ihn wie ein Pilz aussehen läßt. Mit seinem schmalen, verzückten, spitzigen Gesicht ähnelt er einer Gottesanbeterin. Als Ned mich vorstellt, knickt Mr. Tomolillos Oberkörper zu einer tadellosen Verbeugung nach vorne, wie der kleine Schnurrbartansatz über seiner Oberlippe. Ich kann diese Verbeugung gar nicht genug bewundern, denn Carmeys Laden ist so proppenvoll, daß wir vier uns kaum bewegen können, ohne aneinander zu stoßen.
Über dem ganzen Raum hängt der Geruch von Schwarzpulver und irgendeinem verdunsteten Antiseptikum. An der Rückwand des Ladens sind von links nach rechts aufgereiht: Carmeys Arbeitstisch, ein Regal, an dem elektrische Nadeln über einem Drehtisch mit Farbtöpfen hängen, Carmeys,

dem Schaufenster zugewandter Drehstuhl, davor ein normaler Stuhl für die Kunden, ein Mülleimer und eine Orangenkiste übersät mit Papierfetzen und Bleistiftstummeln. Vorne im Laden, neben der Glastür steht ein weiterer Stuhl, an dem das große Golgatha-Plakat lehnt, und ein zerkratzter Holztisch mit einem Karteikasten aus Pappe. An der Wand hinter Carmeys Stuhl hängen zwischen Kinderköpfen und Gänseblümchen zwei verblichene, bräunliche Photographien, die einen Jungen, von der Taille an aufwärts einmal von vorn und einmal von hinten zeigen. Von weitem meint man, er hätte ein langärmliges, hautenges schwarzes Spitzenhemd an, aber wenn man genauer hinguckt, sieht man, daß sein nackter Körper von Tätowierungen überzogen ist, dicht, wie Kletterefeu.

Auf einem gelblichen Ausschnitt eines uralten Kupfertiefdrucks sitzen orientalische Männer und Frauen im Schneidersitz auf Kissen mit baumelnden Quasten. Sie wenden der Kamera den mit siebenköpfigen Drachen, Berghängen, Kirschbäumen und Wasserfällen bestickten Rücken zu. ›Diese Menschen sind vollkommen nackt‹, erläutert die Bildunterschrift. ›Sie gehören zu einer Gesellschaft, die von ihren Mitgliedern die Tätowierung fordert. Eine Ganzkörpertätowierung kann bis zu 300 Dollar kosten.‹ Daneben hängt die Photographie eines glatzköpfigen Mannes, dessen Schädel von den Fangarmen eines Tintenfisches umschlungen wird. »Solche Häute sind wertvoller als manch ein Gemälde, denk ich mir«, sagte Mr. Tomolillo. »Wenn man sie auf ein Brett aufziehen würde.«

Aber der tätowierte Junge und diese orientalischen Vereinsmitglieder sind nichts gegen Carmey, der eine lebende Reklame für seine Kunst ist – auf seinem rechten Bizeps fährt ein Schoner mit vollen Segeln über ein Meer aus Rosen und

Stechpalmenblätter, auf seinem linken läßt Gipsy Rose Lee ihre Bauchmuskeln spielen, auf seinen Unterarmen drängen sich Herzen, Sterne und Anker, Glückszahlen und Namensbänder, deren blau-verwaschene Schrift sich liest wie ein vergessenes Comic-Heft in einem sonntäglichen Wolkenbruch. Man munkelt, daß Carmey, der Wild-West-Fan, vom Nabel bis zum Schienbein ein sich aufbäumendes Pferd trägt, auf dessen Rücken sich ein Cowboy wie eine Klette festklammert. Aber das ist wahrscheinlich reine Erfindung, genährt durch Carmeys Angewohnheit, Cowboystiefel mit Lederverzierungen und eleganten Absätzen zu tragen, und einen mit roten Steinen besetzten Bill-Hickock-Gürtel, der die schwarzen Röhrenhosen obenhält. Carmeys Augen sind blau, ein Blau, das dem vielbesungenen Himmel von Texas in nichts nachsteht.

»Ich mach das jetzt seit sechzehn Jahren«, sagt Carmey, an seine Bilderbuchwand gelehnt, »und man kann sagen, daß ich noch immer dazulerne. Meinen ersten Job hatte ich in Maine, während des Krieges. Sie hatten gehört, daß ich Tätowierer bin, und riefen mich zu diesem Womans Army Corps.«

»Um sie zu täto*wieren?*« fragte ich.

»Um ihnen ihre Nummern einzutätowieren, nicht mehr und nicht weniger.«

»Hatten die keine *Angst?*«

»Na klar, klar doch. Aber einige von ihnen kamen noch mal. Ich hatte zwei von den Armeehelferinnen an einem Tag für 'ne Tätowierung. Sie drucksten herum und wollten nicht recht mit der Sprache raus. ›Also, was is‹, sagte ich, ›Ihr wart neulich schon hier und habt euch bestimmt was ausgesucht, wo ist das Problem?‹

»›Na ja‹, legt die eine los, ›das Problem is nich, was wir wol-

len, sondern wo wir es wollen.‹ ›Wenn das alles ist, da kann ich euch beruhigen‹, hab ich gesagt, ›ich bin so was wie 'n Doktor, klar? Hatte schon viele Frauen in Behandlung, da macht euch man keine Sorgen.‹ ›Gut‹, sagte die erste, ›ich will drei Rosen, eine auf den Bauch und je eine auf die Pobacken.‹ Und dann traute sich auch die andere, wie das so ist, und will eine Rose . . .‹«
»Kleine oder große?« Mr. Tomolillo will sich kein Detail entgehen lassen.
»Ungefähr wie die da oben«, Carmey zeigt auf eine Karte mit Rosen an der Wand, jede Blüte von der Größe eines Rosenkohls. »Die größten, die draufgingen. Ich machte ihnen die Dinger und sagte dann: ›Zehn Dollar Rabatt, wenn ihr sie mir noch mal zeigt, wenn der Schorf ab ist.‹«
»Und, sind sie gekommen?« will Ned wissen.
»Und ob.« Carmey zieht an seiner Zigarette und bläst dann einen Rauchring in die Luft, der einen knappen halben Meter als zartblauer Umriß einer hundertblättrigen Rose wabernd vor seiner Nase hängenbleibt.
»Schon mal was von 'nem wirklich verrückten Gesetz gehört?« spricht Carmey mich an: »Ich könnte Sie überall tätowieren«, seine Augen mustern mich voller Kummer, »überall. Auf dem Rücken. Auf dem Hintern.« Er senkt seine Lider, als ob er beten wolle. »Auf dem Busen. Überall, nur nicht im Gesicht, an den Händen und an den Füßen.«
Mr. Tomolillo fragt: »Ist das ein *Bundesgesetz?*«
Carmey nickt. »Ein Bundesgesetz. Ich hab 'ne Jalousie«, sein Daumen zeigt auf die verstaubten Sprossen einer vor dem Schaufenster hängenden Jalousie. »Ich laß die Jalousie runter und tätowiere unbeobachtet jeden Körperteil. Ausgenommen Gesicht, Hände und Füße.«
»Liegt wohl daran, daß man sie *sieht*«, sage ich.

»Genau. Denk an die Army, beim Exerzieren. Die Kerle würden nicht korrekt aussehen. Ihre Gesichter und Hände würden auffallen, die können sie nicht verdecken.«

»Wie dem auch sei«, sagt Mr. Tomolillo, »ich finde, es ist ein empörendes Gesetz, ein totalitäres Gesetz. In einer Demokratie sollte es die Freiheit zur Selbstverzierung geben. Wenn eine Dame sich eine Rose auf dem Handrücken *wünscht*, dann...«

»Sollte sie sie auch *bekommen*«, beendet Carmey den Satz voller Zorn. »Die Leute sollten bekommen, was sie sich wünschen, ohne Rücksicht auf irgendwas oder -wen. Neulich war so eine kleine Dame hier«, Carmey deutet mit der Hand etwa ein Meter fünfzig an, »so groß. Wollte die Kreuzigungsgruppe, ganz Golgatha auf den Rücken, und ich hab's ihr gemacht. Achtzehn Stunden hab ich gebraucht.«

Zweifelnd sehe ich nach den Dieben und Engeln auf dem Golgatha-Plakat. »Haben Sie es nicht ein bißchen verkleinern müssen?«

»Nee.«

»Oder 'n Engel weggelassen?« fragt Ned. »Oder was vom Vordergrund?«

»Kein bißchen. Ein fünfunddreißig-Dollar-Job – mit allen Farben, Dieben, Engeln, altenglischer Schrift – komplett. Stolz wie ein Spanier marschierte sie ab. Hat ja auch nicht jede kleine Dame die gesamte Kreuzigungsgruppe in Farbe auf dem Rücken. Ich übertrage Photos, die die Leute bringen, ich male Filmstars, was immer sie wollen, von mir kriegen sie es. Ich hab ein paar Zeichnungen, die ich nicht aufhängen kann, könnten bei den Kunden Anstoß erregen. Ich zeig sie euch mal.« Carmey macht den Pappkarton auf, der vorne im Laden auf dem Tisch steht. »Muß die Frau mal aufräumen«, sagt er, »is 'n furchtbares Durcheinander.«

»Hilft Ihnen Ihre Frau?« frage ich interessiert.
»Laura? Oh, ja, die ist fast immer im Laden.« Aus irgendeinem Grund klingt Carmey plötzlich so ehrwürdig wie ein Mönch am Sonntag. Ich frage mich, ob er sie wohl als Lockvogel benutzt: Laura, die Tätowierte Dame, ein lebendes Meisterwerk, entstanden in sechzehn Jahren Arbeit. Meine Damen und Herren, kommen Sie und sehen Sie sich satt – kein einziges weißes Fleckchen werden Sie auf ihrem Körper finden. »Sie sollten mal vorbeikommen und ihr Gesellschaft leisten, das würde ihr Freude machen.« Carmey kramt in seinem Pappkarton, ohne etwas rauszunehmen. Und plötzlich verharrt er mitten in der Bewegung, starr wie ein Hühnerhund.
Ein Riesenkerl steht mitten im Eingang.
»Was kann ich für Sie tun?« Carmey geht auf ihn zu, ganz der große Meister.
»Ich will den Adler, den Sie mir gezeigt haben.«
Ned, Mr. Tomolillo und ich pressen uns an die Seitenwand, um dem Kerl Platz zu machen. Er ist wahrscheinlich ein Matrose auf Urlaub, mit seiner kurzen blauen Jacke und dem karierten Hemd. Sein rautenförmiger Schädel ist zwischen den Ohren am breitesten und verjüngt sich nach oben in einen schmalen Streifen kurzgeschorener Haare.
»Für neun Dollar oder für fünfzehn?«
»Für fünfzehn.«
Mr. Tomolillo zeigt leise Bewunderung.
Der Matrose setzt sich vor Carmeys Drehstuhl, pellt sich aus seiner Jacke, knöpft die linke Manschette auf und rollt bedächtig den Ärmel hoch.
»Kommen Sie hierher«, winkt Carmey mir mit leiser, verheißungsvoller Stimme, »von hier aus sehen Sie es am besten. Weil Sie's ja noch nie gesehen haben.« Ich stoße mich

von der Wand ab, und lasse mich vorsichtig wie eine Henne auf ihre Eier auf die Papierkiste, links von Carmeys Stuhl, nieder.
Carmey geht wieder seinen Pappkasten durch, und diesmal gräbt er ein quadratisches Stück Plastik aus. »Meinen Sie den hier?«
Der Matrose wirft einen Blick auf den in Plastik gestochenen Adler und sagt: »Das isser.«
»Hmmm«, macht Mr. Tomolillo voller Anerkennung für den guten Geschmack des Matrosen.
Ned sagt: »Das ist ein schöner Adler.«
Der Matrose richtet sich stolz auf. Carmey tanzt um ihn herum, legt ihm ein dunkel-fleckiges Stück Leinenstoff über den Schoß und bereitet auf seinem Arbeitstisch einen Schwamm, ein Rasiermesser, verschiedene Töpfchen mit unleserlichen Aufschriften und eine Schüssel mit Antiseptikum vor – genauso pedantisch, wie ein Priester sein Messer für das gemästete Kalb schärft. Alles muß korrekt sein. Endlich setzt er sich. Der Matrose streckt seinen rechten Arm aus, und Ned und Mr. Tomolillo beugen sich über seinen Stuhl, einer über die rechte Schulter, einer über die linke. Direkt hinter Carmeys Ellenbogen habe ich alles am besten im Blick.
Mit einem knappen, schnellen Streich des Rasiermessers entfernt Carmey die schwarz-sprießenden Haare vom Unterarm des Matrosen und schnickt mit dem Daumen die Haare von der Klinge auf den Boden. Dann cremt er das haarlose Stück Fleisch mit Vaseline aus einem der Töpfchen auf seinem Tisch ein. »Sind Sie schon mal tätowiert worden?«
»Ja.« Der Matrose ist kein Schwätzer. »Einmal.« Seine entrückten Augen schauen durch Carmey hindurch, durch-

dringen die Wände und halten irgendwo in dünner Luft vor einem Bild, das weit entfernt von uns vieren hier unten ist. Carmey streut ein schwarzes Pulver auf das Plastikstück und reibt es in die ausgestochenen Löcher. Der Umriß des Adlers wird dunkel. Mit einer Drehung preßt Carmey die Pulverseite des Plastikstücks gegen den eingefetteten Arm des Matrosen. Als er es wieder ablöst, so leicht wie die Haut von einer Zwiebel, wird der Umriß eines Adlers sichtbar, der mit ausgebreiteten Schwingen und zum Greifen gespreizten Fängen sich drohend vom Arm des Matrosen abhebt.
»Ah!« Mr. Tomolillo wippt auf seine Korkabsätze zurück und wirft Ned einen bedeutungsvollen Blick zu. Ned hebt zustimmend die Augenbrauen. Der Matrose erlaubt sich ein leichtes Zucken der Oberlippe, was bei ihm soviel wie ein Lächeln ist.
Mit einer Gebärde, als ob er ein Kaninchen aus dem Zylinder zöge, langt Carmey sich eine der elektrischen Nadeln und sagt: »Jetzt zeige ich euch, wie man aus einem Neun-Dollar-Adler einen Fünfzehn-Dollar-Adler macht.«
Er drückt auf einen Knopf an der Nadel. Es tut sich nichts.
»Nun«, seufzt er, »sie geht nicht.«
Mr. Tomolillo stöhnt. »Schon wieder nicht?«
Da kommt Carmey eine Idee, er lacht und tippt auf einen Schalter hinter sich an der Wand. Als er diesmal auf den Knopf an der Nadel drückt, beginnt sie zu surren und blaue Funken zu sprühen. »Kein Strom, das war's.«
»Gott sei Dank«, sagt Mr. Tomolillo.
Carmey füllt die Nadel aus einem Topf mit schwarzer Farbe.
»Der gleiche Adler«, Carmey senkt die Nadel auf die rechte Flügelspitze des Adlers, »für neun Dollar ist nur schwarz und rot. Für fünfzehn Dollar werden Sie eine Kombination aus vier Farben erleben.« Die Nadel folgt der Linie, die das

Pulver hinterlassen hat. »Schwarz, grün, braun und rot. Blau ist im Moment ausgegangen, sonst wären es fünf Farben.« Die Nadel hüpft und schlägt wie ein Preßluftbohrer, aber Carmeys Hand ist ruhig, wie die Hand eines Chirurgen. »Ich kann gar nicht sagen, wie sehr ich Adler *liebe*!«
»Ich glaube, du *lebst* von Uncle Sams Adlern«, sagt Mr. Tomolillo.
Schwarze Tinte rinnt vom Arm des Matrosen auf die steife, fleckige Metzgerschürze auf seinem Schoß, aber die Nadel fährt unbeirrt fort, die Federn der Schwingen auszuzacken, von der Spitze bis zur Wurzel. Glänzend rote Perlen treten durch die Tinte, Herzblutblasen mischen sich im schwarzen Strom.
»Die Kerle beklagen sich«, sagt Carmey mit eintöniger Stimme. »Woche für Woche hör ich dieselben Klagen: Was gibt es Neues? Wir wollen nicht immer denselben rot-schwarzen Adler. Deshalb habe ich mir diese Kombination ausgedacht. Wartet's ab. Ein gediegener Adler in Farbe.«
Der Adler verliert sich in einer größer werdenden Gewitterwolke aus schwarzer Tinte. Carmey hält inne und taucht die Nadel in die Schüssel mit dem Antiseptikum, ein weißer Geiser quillt vom Boden der Schüssel an die Oberfläche. Er nimmt einen großen runden zimtfarbenen Schwamm, tunkt ihn in die Schüssel und wischt die Tinte vom Arm des Matrosen. Der Adler kommt hinter dem Schleier von blutiger Tinte zum Vorschein, ein angeschwollener Umriß auf der wunden Haut.
»Jetzt werdet ihr etwas zu sehen bekommen.« Er läßt den Drehtisch kreisen, bis der Topf mit der grünen Farbe kommt, und greift sich eine andere Nadel vom Regal.
Der Matrose ist inzwischen in noch weiteren Fernen gelan-

det, irgendwo in Tibet, Uganda oder auf den Barbados-Inseln, auf jeden Fall aber Ozeane und Kontinente entfernt von aufplatzenden Blutstropfen in den Schwaden von Grün, die Carmey in den Schatten der Adlerschwingen entstehen läßt. Mich beschleicht ein merkwürdiges Gefühl. Ein starker, süßer Geruch schwappt vom Arm des Matrosen zu mir rüber. Ich merke plötzlich, daß meine Augen sich von dem rot-grünen Gemisch abgewandt haben und ich völlig versunken in den Anblick des Abfalleimers links von mir bin. Während ich auf den stillen Müll von bunten Candy-Verpackungen, Zigarettenkippen und alten zerknüllten schlammfleckigen Kleenextüchern starre, wirft Carmey ein frisches, blutgetränktes Taschentuch auf den Haufen. Hinter den Umrissen von Neds und Mr. Tomolillos Kopf schwanken die Panther, die Rosen und die Damen mit den roten Brustwarzen, und ich bekomme eine Heidenangst. Ob ich nach vorne oder nach rechts falle, bei beiden Möglichkeiten werde ich an Carmeys Ellenbogen stoßen, er wird den Matrosen stechen, und ich habe einen tadellosen Fünfzehn-Dollar-Adler versaut, von der Schande für mich als Frau mal ganz abgesehen. Die einzige Alternative ist ein Sturz in den Eimer mit blutigem Papier.

»Jetzt mache ich das Braun«, Carmeys Stimme klingt meilenweit entfernt, und ohne es zu wollen, werfe ich einen Blick auf den blutglänzenden Arm des Matrosen. »Wenn der Adler verheilt ist, werden die Farben wie bei einem Gemälde ineinander übergehen.«

Neds Gesicht erscheint mir als schwarzes Gekritzel auf einer siebenfarbigen Flickendecke.

»Ich werde ...« Ich bewege die Lippen, aber es kommt kein Ton heraus.

Ned springt auf mich zu, aber bevor er mich erreicht, ver-

sinkt alles in Dunkelheit, als ob jemand das Licht ausgeknipst hätte.
Als nächstes sitze ich auf einer Wolke und schaue mit den alles durchleuchtenden Augen eines Engels in Carmeys Laden, aus dem das feine Summen einer Biene zu hören ist, und ich sehe sie blaues Feuer spucken.
»Das Blut hat sie geschafft, was?« Das ist Carmeys Stimme, schwach und weit weg.
»Sie ist ganz weiß«, sagt Mr. Tomolillo. »Und sie guckt so komisch.«
Carmey reicht Mr. Tomolillo irgendwas rüber. »Laß sie daran riechen.« Mr. Tomolillo reicht es an Ned weiter. »Aber nicht zuviel.«
Ned hält mir das Ding unter die Nase.
Ich rieche, und schlagartig sitze ich auf dem Stuhl vorne im Laden, mit der Kreuzigungsgruppe als Rückenstütze. Ich rieche gleich noch mal. Niemand sieht ärgerlich aus, dann bin ich wohl nicht an Carmeys Nadel gestoßen. Ned schraubt den Deckel auf eine kleine Flasche mit gelber Tinktur. Yardleys Riechsalz.
»Alles klar, um weiterzugucken?« Carmey deutet freundlich auf die verlassene Orangenkiste.
»Fast.« Ich habe das dringende Bedürfnis, Zeit zu gewinnen. »Haben Sie auch Tätowierungen?« flüstere ich in Mr. Tomolillos Ohr, das auf gleicher Höhe mit meinem Mund ist, weil er so klein ist.
Unter der pilzförmigen Krempe seines Filzhutes verdreht Mr. Tomolillo seine Augen himmelwärts. »Um Himmels willen, nein! Ich bin nur wegen der Federn hier. Die Federn in Mr. Carmichaels Maschine haben die Angewohnheit, mitten bei der Arbeit am Kunden zu zerbrechen.«
»Wie unangenehm.«

»Deswegen bin ich hier. Wir probieren gerade eine neue Feder aus, eine viel dickere. Sie wissen ja, wie quälend es ist, wenn man beim Zahnarzt sitzt, den Mund voll mit allem möglichen ...«
»Wattebäuschen und kleinen Metallabsaugern ...?«
»Genau. Und mittendrin wendet sich der Zahnarzt ab«, Mr. Tomolillo dreht sich mit einem bösen, geheimnisvollen Gesichtsausdruck halb weg, um seine Erzählung zu demonstrieren, »und fummelt in der Ecke zehn Minuten lang an der Maschine rum, und man weiß nicht, was los ist.« Mr. Tomolillos Gesicht glättet sich wie Leinen unter dem Dampfbügeleisen. »Deswegen bin ich hier, wegen der stärkeren Feder. Einer Feder, die den Kunden nicht im Stich läßt.«
Inzwischen bin ich soweit, meinen Ehrenplatz auf der Orangenkiste wieder einzunehmen. Carmey ist gerade mit dem Braun fertig, und die Farben haben sich während meiner Abwesenheit tatsächlich zu einer Einheit verschmolzen. Der eingeritzte Adler ist auf der rasierten Haut in dreifarbiger Wut angeschwollen, seine gebogenen Krallen sind scharf wie Fleischerhaken.
»Ich denke, wir könnten das Auge noch ein bißchen roter machen?« Der Matrose nickt, und Carmey schraubt den Deckel von einem Farbtöpfchen ab, dessen Inhalt wie Tomatenketchup aussieht. Jedesmal, wenn Carmey die Nadel absetzt, treten auf der Haut des Matrosen Blutperlen hervor, aber jetzt nicht nur an dem schwarzen Umriß des Adlers, sondern aus dem ganzen wunden, regenbogenfarbenen Körper.
»Rot«, sagt Carmey, »hebt die Dinge wirklich enorm.«
»Sammelst du eigentlich das Blut?« fragt Mr. Tomolillo plötzlich.
»Ich finde auch«, sagt Ned, »du könntest doch gut eine Abmachung mit dem Roten Kreuz treffen.«

»Mit einer Blutbank!« Das Riechsalz hat mir das Hirn frei geblasen, so daß ich das Gefühl habe, an einem blauen Tag auf dem Gipfel des Monadnocks zu stehen. »Sie brauchen nur eine kleine Schale auf dem Boden, um die Tropfen aufzufangen.« Carmey gräbt dem Adler ein rotes Auge ein. »Wir Vampire teilen das Blut nicht mit anderen.« Das Auge des Adlers ist nun roter, aber man kann nicht feststellen, ob vom Blut oder von der Tinte. »Ihr habt sicher noch nie von 'nem Vampir gehört, der das tut, oder?«

»Neee...« gibt Mr. Tomolillo zu.

Carmey überzieht das Fleisch hinter dem Adler mit Rot, und der fertige Adler schwebt vor einem roten Himmel, geboren und getauft aus dem Blut seines Besitzers.

Der Matrose taucht aus unbekannten Gegenden auf.

»Schön?« Mit seinem Schwamm befreit Carmey den Adler von seinem Blutschleier, ähnlich wie ein Straßenmaler den Kreidestaub von einem Bild des Weißen Hauses, von Liz Taylor oder Lassie wegblasen würde.

»Ich sag immer«, bemerkt der Matrose, ohne jemanden anzugucken, »wenn du 'ne Tätowierung willst, dann 'ne gute. Nur das Beste.« Er schaut auf seinen Adler, der trotz Carmeys Tupferei wieder zu bluten angefangen hat. Sagt nichts. Carmey wartet auf irgendwas, und es scheint nicht das Geld zu sein. »Was kostet es, Japan drunter zu schreiben?« Carmey lächelt erfreut: »Einen Dollar.«

»Dann schreiben Sie Japan.«

Carmey zeichnet die Buchstaben auf den Arm des Matrosen, mit einem extra Schnörkel am Haken des J, an der Schleife vom P und dem abschließenden N, eine Liebeserklärung an den vom Adler beherrschten Orient. Er füllt seine Nadel und beginnt mit dem J.

»Ich ver*stehe*«, läßt Mr. Tomolillo mit klarer Dozenten-

stimme wissen, »Japan ist ein Zentrum des Tätowierens.«
»Nicht als *ich* da war«, sagt der Matrose. »Es ist verboten.«
»Verboten!« sagt Ned. »Warum das?«
»Ach, sie halten es für *bar*barisch, heutzutage.« Carmey läßt kein Auge vom zweiten A, unter seinen meisterhaften Fingern reagiert die Nadel wie ein eingerittenes Pferd. »Natürlich gibt's da Tätowierer. Geheim. Gibt's immer.« Er bringt den abschließenden Schlenker beim N an, und wischt das quellende Blut ab, das anscheinend seine kunstvollen Linien verdecken will. »Ist es das, was Sie wollten?«
»Das isses.«
Carmey faltet einen Stoß Kleenex zu einem groben Verband und legt ihn auf den Adler und Japan. Flink, wie eine Verkäuferin ein Geschenk verpackt, klebt er den Verband fest. Der Matrose steht auf und zwängt sich in seine Jacke. Ein paar schlaksige Schuljungen mit blassen, pickligen Gesichtern drängen sich am Eingang und sehen zu. Ohne ein Wort greift der Matrose nach seiner Brieftasche und streicht sechzehn Dollar-Noten von einer grünen Rolle. Carmey steckt das Geld in seine Brieftasche. Die Schuljungen gehen einen Schritt zurück, um den Matrosen rauszulassen.
»Ich hoffe, Sie nehmen es mir nicht übel, daß mir schwindlig wurde.«
Carmey grinst. »Was glauben Sie, warum ich das Riechsalz so schnell zur Hand hatte? Mir sind hier schon Riesenkerle umgekippt. Sie werden von ihren Kumpels angestachelt, hier rein zu kommen, und wissen nicht, wie da wieder rauskommen. Ich hatte Leute hier, die bis über die Ohren in dem Eimer hingen und sich erbrechen mußten.«
»Das ist ihr noch nie passiert«, sagt Ned. »Sie hat schon jede Menge Blut gesehen. Bei Geburten, Stierkämpfen und solchen Sachen.«

»Sie waren einfach aufgeregt«, Carmey bietet mir eine Zigarette an, die ich nehme, und er nimmt selbst eine, und Ned nimmt eine, und Mr. Tomolillo sagt nein, danke. »Sie waren verkrampft, daher kam's.«
»Was kostet ein Herz?«
Die Stimme gehört zu einem Jungen in einer schwarzen Lederjacke, der vorne im Laden steht. Seine Kumpels stoßen sich an, und ihr Lachen klingt heiser wie das Bellen junger Hunde. Der Junge grinst und errötet gleichzeitig unter den purpurnen Punkten seiner Akne. »Ein Herz mit einem Schriftband drunter und einem Namen darauf.«
Carmey lehnt sich in seinem Drehstuhl zurück und hakt die Daumen in den Gürtel. Die Zigarette zittert an seiner Unterlippe.
»Vier Dollar«, sagt er, ohne mit der Wimper zu zucken.
»Vier Dollar?« Die Stimme des Jungen geht hoch und bricht in schriller Ungläubigkeit. Die anderen drei am Eingang murmeln sich was zu und treten von einem Fuß auf den andern. »Hier gibts an Herzen nichts unter drei Dollar.« Bei geizigen Leuten geht Carmey keinen Schritt zurück. Du willst eine Rose, du willst ein Herz für's Leben, also mußt du bluten. Und zwar tüchtig.
Der Junge zögert vor der Tafel mit Herzen, rosafarbigen, prallen, von Pfeilen durchbohrten Herzen, Herzen in einem Kranz von Butterblumen. »Wieviel«, fragt er mit kleiner, zaghafter Stimme, »wieviel nur für einen Namen?«
»Einen Dollar«, Carmeys Ton ist rein geschäftlich.
Der Junge streckt seine linke Hand aus. »Ich möchte Ruth.« Er zeichnet eine ungefähre Linie über sein Handgelenk. »Genau hier ... dann kann ich es mit 'ner Uhr verdecken, wenn ich will.«
Seine Freunde am Eingang brüllen vor Lachen.

Carmey zeigt auf den Stuhl und legt die halbgerauchte Zigarette auf den Drehtisch zwischen zwei Farbtöpfe. Der Junge setzt sich und verstaut die Schulbücher auf dem Schoß.
»Was passiert«, Mr. Tomolillo stellt die Frage in den Raum, »wenn man beliebt, den Namen zu ändern? Streicht man ihn einfach aus und schreibt den nächsten darüber?«
»Man könnte über dem alten Namen eine Uhr tragen, so daß man nur noch den neuen Namen sieht«, schlägt Ned vor.
»Und dann die nächste Uhr darüber«, sage ich, »wenn es einen dritten Namen gibt.«
Mr. Tomolillo nickt: »So lange, bis die Uhren bis zur Schulter gehen.«
Carmey rasiert den spärlichen Haarbewuchs vom Handgelenk des Jungen. »Du wirst dir bei jemandem 'ne Menge Ärger einhandeln.«
Der Junge starrt auf sein Handgelenk mit einem etwas zittrigen, unsicheren Lächeln, einem Lächeln, das wohl nur für die Öffentlichkeit bestimmt ist, denn er würde wohl lieber weinen. Mit seiner rechten Hand umklammert er seine Schulbücher, damit sie ihm nicht von den Knien rutschen.
Carmey ist fertig mit seinen Vorarbeiten, R-U-T-H steht auf dem Handgelenk des Jungen, und er hält die Nadel bereit. »Sie wird dich ganz schön anschreien, wenn sie das sieht.« Aber der Junge fordert ihn mit einem Nicken auf, weiterzumachen.
»Warum«, fragt Ned, »warum wird sie ihn anschreien?«
»Geht der hin und läßt sich tätowieren!« Carmey ahmt eine übertriebene Empörung nach. »Und nur den Namen! Ist *das* alles, was dir für mich einfällt? – Sie wird sich Rosen, Vögel, Schmetterlinge wünschen . . .« Die Nadel steckt eine Sekunde lang fest, und der Junge zuckt wie ein junges Fohlen.

»Und *wenn* du dir den ganzen Kram machen läßt, um ihr zu gefallen – Rosen ...«

»Vögel und Schmetterlinge«, fährt Mr. Tomolillo fort, »dann wird sie sagen, und das ist so sicher wie Regen beim Fußball, warum hast du dafür das viele *Geld* ausgegeben?«

Carmey wirft die Nadel in die Schüssel mit dem Antiseptikum. »Einer Frau kann man es nie recht machen.« Ein paar spärliche Blutstropfen ziehen sich über die vier Buchstaben – Buchstaben, so schwarz und rein, daß man kaum unterscheiden kann, ob es eine Tätowierung ist oder nur eine Tintenschrift. Carmey überklebt den Namen mit einem kleinen Kleenexverband. Die ganze Operation dauerte keine zehn Minuten.

Der Junge angelt einen zerknüllten Dollarschein aus der Hosentasche. Seine Freunde hauen ihm anerkennend auf die Schulter, und sie drängen sich alle zugleich aus der Tür, einander anrempelnd und stoßend, und fallen beinah über ihre eigenen Füße. Ein paar schreckensbleiche Gesichter hinter dem Schaufenster verschwinden unter Carmeys Blick.

»Kein Wunder, daß das Kerlchen kein Herz wollte, er wüßte ja gar nicht für wen. Ich wette, nächste Woche kommt er wieder und will eine Betty oder Dolly oder so was.« Carmey seufzt und langt aus seinem Pappkarton ein paar Photos, die er nicht an die Wand hängen will, und zeigt sie rum. »Ein Bild hätte ich zu und zu gern«, er lehnt sich in seinem Drehstuhl zurück und legt die Cowboystiefel auf einen kleinen Karton. »Den Schmetterling. Ich hab Bilder von der Hasenjagd. Ich hab Bilder von Schlangen, die sich an den Damen hinauf und in sie hineinwinden, aber ich könnte 'ne Menge Knete machen, wenn ich 'n Bild hätte mit 'nem Schmetterling auf 'ner Frau.«

»Will denn keiner so 'ne verrückte Art von Schmetterling?« Ned wirft einen verlangenden Blick auf meinen Bauch, wie auf ein kostbares Stück käuflichen Pergaments.

»Es geht nicht darum, wie er aussieht, sondern wo er hin soll. Auf jedem Oberschenkel einen Flügel. Ihr wißt doch, daß die Flügel von Schmetterlingen so ein ganz bißchen vibrieren, wenn sie auf einer Blüte sitzen? Und genau so würden die Flügel bei jeder Bewegung der Frau vor- und zurückgehen, vor und zurück. Ich hätte so gern eine Photographie davon, daß ich den Schmetterling praktisch umsonst machen würde.« Eine Sekunde lang erwäge ich einen zehnmal vergrößerten Guinea-Goldfalter, dessen ausgebreitete Flügel von der Hüfte bis zu den Knien reichen, aber ich lasse den Gedanken schnell wieder fallen. Das fehlte gerade noch, daß ich meine Haut schneller satt habe als die Jacke vom vergangenen Jahr.

»Eine Menge Frauen *wünschen* sich einen Schmetterling an genau dieser Stelle«, fährt Carmey fort, »aber das Verrückte ist, keine will sich anschließend photographieren lassen. Noch nicht mal von der Taille abwärts. Nicht daß ihr glaubt, ich hätte mich nicht zu fragen getraut. Aber wenn man es nur erwähnt, sind sie so entsetzt, als ob ganz Amerika sie wiedererkennen könnte.«

»Könnte deine Frau dir nicht den Gefallen tun?« fragt Mr. Tomolillo schüchtern. »Dann würde es in der Familie bleiben.«

Carmeys Gesicht verzieht sich schmerzhaft. »Nee«, seine Stimme klingt bedauernd, und als ob er es immer noch nicht glauben kann: »Nee, Laura will nichts von der Nadel wissen. Früher habe ich gehofft, das würde sich irgendwann legen, aber nichts da. Und manchmal bringt sie mich so weit, daß ich mich frage, warum ich so scharf darauf bin. Laura ist so weiß wie am Tag ihrer Geburt. Sie haßt Tätowierungen.« Bis zu diesem Moment hatte ich törichterweise vorgehabt, Laura in Carmeys Laden kleine intime Besuche zu machen. Ich hatte mir eine geschmeidige, biegsame Laura vorgestellt, einen abflugbereiten Schmetterling auf jeder Brust, blühende Rosen auf den Pobacken, auf dem Rücken einen Goldschatz bewachenden Drachen, und Sindbad der Seefahrer sechsfarbig auf ihrem Bauch; eine Frau, die von Kopf bis Fuß Erfahrung ausstrahlt, eine Frau, von der ich etwas für's Leben lernen wollte. Ich hätte es eigentlich wissen müssen.

Eingehüllt in den Rauch unserer Zigaretten, hängen wir schweigend unseren Gedanken nach, als eine rundliche, kräftige Frau den Laden betritt, gefolgt von einem Mann mit fettigen Haaren und einem drohend herausfordernden Gesichtsausdruck. Die Frau ist bis zum Kinn in einen grellblauen Wollmantel eingewickelt, und der fuchsienrote Schal läßt nur die blond schimmernde pompöse Haarkrone frei. Ohne einen Blick auf die Kreuzigungsgruppe zu verschwenden, setzt sie sich auf den Stuhl vors Fenster und fährt fort, Carmey unverwandt anzustarren. Der Mann bezieht finsteren Blickes neben ihr Stellung, als erwarte er, daß Carmey sich ohne Vorwarnung aus dem Staub machen würde.

Eine Zeitlang herrscht ein bedrohliches Schweigen.

»Nun ja«, sagt Carmey freundlich, aber kleinlaut, »das ist meine Frau.«

Ich erhebe mich von meiner bequemen Kiste neben Carmeys Ellbogen, um einen zweiten Blick auf die Frau zu werfen. Aus der wachhundähnlichen Haltung des merkwürdigen Mannes schließe ich, daß er entweder Lauras Bruder oder ihr Leibwächter oder ein von ihr angestellter zweitklassiger Privatdetektiv ist. Mr. Tomolillo und Ned streben gleichzeitig auf die Tür zu.

»Wir müssen uns aufmachen«, murmele ich, da keiner die Absicht zu haben scheint, etwas zu sagen.
»Sag doch den Leuten guten Tag, Laura«, bittet Carmey mit dem Rücken zur Wand. Ich kann mir nicht helfen, er tut mir leid, und ein bißchen schäme ich mich für ihn. All seine Stärke und die flotten Sprüche sind verflogen.
Laura sagt kein Wort. Mit der Gelassenheit einer Kuh wartet sie auf unseren Abgang. Ich sehe ihren Körper vor mir, lilienweiß und leer, der Körper einer Frau, einer Nonne, unerreichbar für die Wut des Adlers, für das Verlangen der Rose. Die Menagerie der Welt an Carmeys Wand verlangt sehnsuchtsvoll nur nach ihr.

So, wie es aussieht, brauche ich die Sturmwarnung in den Sieben-Uhr-Frühnachrichten gar nicht, um zu wissen, daß heute ein schlechter Tag wird. Das erste, was ich sehe, als ich durch den dritten Stock des Klinikgebäudes gehe, um mein Büro aufzuschließen, ist ein Stapel Patientenakten, der pünktlich wie die Morgenzeitung vor dem Büro liegt. Aber es ist nur ein kleiner Stapel, und ich weiß so sicher wie die Tatsache, daß der Donnerstag bei uns ein voller Tag ist, daß ich jetzt mindestens eine halbe Stunde jede Stelle im Archiv anrufen muß, um die fehlenden Akten aufzuspüren. Obwohl es noch früh am Morgen ist, beginnt meine weiße durchbrochene Bluse bereits die Façon zu verlieren, und ich spüre, wie sich ein kleiner feuchter Fleck unter jedem Arm ausbreitet. Der Himmel draußen hängt niedrig, dick und gelb wie Mayonnaise. Ich schiebe eins der Bürofenster hoch, um Luft reinzulassen, aber nichts geschieht. Alles hängt unbeweglich und schwerer als nasse Wäsche im Keller. Dann schneide ich die Schnur, die die Akten zusammenhält, durch, und vom Deckel der obersten Akte starrt mich ein roter Stempel an. TOT, TOT, TOT.

Ich versuche, die Buchstaben so auszutauschen, daß da TOP steht, aber es gelingt mir nicht. Ich bin bestimmt nicht abergläubisch. Und obwohl die Stempelfarbe auf dem Deckel der Krankengeschichte wie schmieriges, eingetrocknetes Blut aussieht, bedeutet es doch schlicht nichts anderes, als daß Lillian Ulmer tot ist und die Nummer 91 706 ein für allemal im Archiv unter Laufendes gelöscht ist. Ohne mir böse zu wollen, hat Grim Billy von Station 9 schon wieder die Nummern durcheinandergebracht. Dennoch, mit diesem dunklen Himmel und dem Hurrikan, der von der Küste heranrollt, und jedesmal, wenn ich mich umdrehe, wieder ein Stück näher ist, spüre ich: Lillian Ulmer, Gott sei ihrer Seele gnädig, hat mich den Tag auf dem falschen Bein anfangen lassen.

Als Miss Taylor, meine Chefin, kommt, frage ich sie, warum man die Krankengeschichten der Leute, die in die Blossom Street abgewandert sind, nicht verbrennt, um Platz in den Aktenschränken zu schaffen. Aber sie sagt, man würde die Akten immer dann noch eine Weile aufheben, wenn es sich um interessante Fälle handelt, die man für statistische Erhebungen heranziehen kann, um zu sehen, wie die Patienten damit gelebt haben oder daran gestorben sind.

Meine Freundin Dotty Berrigan aus der Alkoholiker-Abteilung hatte mich über Blossom Street aufgeklärt. Als ich als Sekretärin in der Erwachsenen-Psychiatrie anfing, machte sie mich freiwillig mit allen Gegebenheiten des Krankenhauses vertraut, und da sie nicht weit von mir entfernt im selben Gang sitzt, haben wir eine Menge gemeinsamer Fälle. »Hier müssen doch jeden Tag eine ganze Menge Leute sterben«, fragte ich sie.

»Und ob«, sagte sie. »Und jede Menge Opfer von Unfällen und Schlägereien aus dem South End kommen so regelmäßig in die Notaufnahme, wie du Steuern zahlen mußt.«

»Und wo werden die Toten hingebracht?« Ich hatte keine Lust, plötzlich aus Versehen in einem Raum mit aufgebahrten oder aufgeschnittenen Leichen zu landen, denn es hätte mir damals ohne weiteres passieren können, daß ich mich in den zahllosen Stockwerken und Gängen des größten Allgemeinen Krankenhauses der Welt verirrte.

»In einen Raum in der Blossom Street, ich zeig dir, wo.

Weißt du, die Ärzte sagen nie, jemand sei *gestorben,* um die Patienten nicht zu verstören. Sie sagen: ›Wieviel von Ihrer Station sind diese Woche in die Blossom Street gegangen?‹ Und der andere antwortet dann: ›Zwei‹ oder ›fünf‹. Oder wieviel auch immer. Denn es ist der Ausgang an der Blossom Street, durch den die Körper zu den Beerdigungsinstituten transportiert werden, um für die Beisetzung hergerichtet zu werden.« Dotty ist nicht zu übertreffen. Sie ist eine regelrechte Goldgrube für Auskünfte, so, wie sie überall rum kommt, sie guckt nach Alkoholikern in der Notaufnahme und vergleicht mit den diensthabenden Ärzten der Psychiatrie Krankenakten, ganz abgesehen von ihren Verabredungen mit verschiedenen Mitgliedern des Krankenhauspersonals, einmal sogar mit einem Chirurgen und ein anderes Mal mit einem persischen Assistenzarzt. Dotty ist Irin, klein und ein wenig mollig, aber sie kaschiert das durch ihre Kleidung äußerst geschickt: Immer irgend etwas Blaues, Himmelblaues, passend zu ihren Augen, und diese gutgeschnittenen schwarzen Jumper, die sie sich aus »Vogue« abgekupfert hat, und hohe Schuhe mit spindeldünnen Stahlabsätzen.

Cora, die in der Psychiatrischen Sozialhilfestelle am Ende unseres Flurs arbeitet, ist nicht annähernd so wie Dotty – sie geht schon auf die Vierzig, wie man unschwer an den Falten um die Augen sieht, trotz ihrer roten Haare, die sie einer Farbspülung verdankt. Cora lebt mit ihrer Mutter zusammen, und wenn man sie reden hört, könnte man meinen, sie sei ein unreifer Teenager. Einmal hatte sie drei Mädchen aus der Nervenklinik zum Abendessen und zum Bridgespielen zu sich eingeladen, und sie stellte eine Form mit gefrorenen Himbeertörtchen in den Ofen und wunderte sich nach einer Stunde, daß sie immer noch nicht warm waren, dabei war sie die ganze Zeit über nicht auf den Gedanken gekommen, den Ofen auch einzuschalten. Cora pflegt ihre Ferien mit Busfahrten zum Lake Louise oder Kreuzfahrten nach Nassau zu verbringen, um den Richtigen zu finden, aber das einzige, was sie findet, sind Mädchen aus der Tumoren-Abteilung oder aus der Amputierten-Abteilung, die in gleicher Mission unterwegs sind.

Wie auch immer, es ist der dritte Donnerstag im Monat, und wir haben unser übliches Sekretärinnen-Treffen im zweiten Stock im Hunnewell-Raum. Cora ruft nach Dotty, und die zwei rufen mich, und tack-tack-tack klappern wir auf unseren Stahlabsätzen die Steinstufen hinunter, um in den wirklich hübschen Raum zu gelangen, der 1892 nach einem Doktor Hunnewell benannt wurde, wie auf einer Bronzeplakette über der Tür zu lesen ist. Der Raum ist voller Glasvitrinen, die mit alten medizinischen Instrumenten vollgestopft sind, und an den Wänden hängen dicht an dicht verblichene rötlich-braune Photos, auf denen Ärzte aus der Zeit des Bürgerkriegs zu sehen sind, deren Bärte so lang und buschig sind wie die Bärte der Smith-Brüder auf den Hustenbonbon-Schachteln. Mitten im Raum steht ein großer, dunkler, ovaler Walnußtisch, der von einer Wand zur anderen reicht, mit Beinen in Form von Löwenfüßen, und die ganze Platte ist so blank poliert, daß man sich darin spiegeln kann. Um diesen Tisch hocken wir, rauchend und schwätzend, und warten darauf, daß Mrs. Rafferty kommt, um unsere Versammlung zu eröffnen.

Minnie Dapkins, die kleine weißhaarige Empfangssekretärin aus der Hautklinik, teilt rosa und gelbe Überweisungszettel aus. »Gibt es bei Nerven einen Dr. Crawford?« fragt sie und hält einen rosa Zettel hoch.

»Dr. Crawford?« Mary Ellen von Nerven bricht in ein schal-

lendes Gelächter aus, und ihr schwarzer Körper in dem bunten Kleid zittert wie ein Wackelpudding. »Der ist seit sechs, sieben Jahren tot, wer sucht denn den?«
Minnie schürzt ihren Mund zu einer harten rosa Knospe. »Eine Patientin *behauptet*, sie hatte Doktor Crawford«, erwidert sie eisig. Minnie kann fehlenden Respekt gegenüber Toten nicht ausstehen. Sie arbeitet im Krankenhaus seit ihrer Heirat während der Wirtschaftskrise, und sie hat gerade letzten Winter bei der Sekretärinnen-Weihnachtsfeier die silberne Ehrennadel für ihr 25jähriges Dienstjubiläum erhalten, und man sagt, sie hätte in all den Jahren niemals einen Witz über einen Patienten oder über einen Verstorbenen gemacht. Nicht wie Mary Ellen oder Dotty, oder sogar Cora, die selten die Komik einer Situation erfaßt.
»Was macht ihr, wenn der Hurrikan näherkommt?« fragt Cora Dotty und mich mit leiser Stimme. Sie lehnt sich über den Tisch und streift die Zigarettenasche in dem gläsernen Aschenbecher ab, durch dessen Boden man das Wappen unseres Krankenhauses sieht. »Ich sehe schwarz für mein Auto. Wenn der Motor nur vom Seewind feucht wird, springt er schon nicht mehr an.«
»Keine Bange, der Hurrikan kommt erst, wenn wir längst mit der Arbeit fertig sind«, sagt Dotty locker wie immer. »Du wirst schon nach Hause kommen.«
»Aber der Himmel gefällt mir ganz und gar nicht«, Cora rümpft ihre sommersprossige Nase, als ob sie irgend etwas Widerliches röche.
Mir gefiel der Himmel auch nicht besser als ihr. Seit wir gekommen waren, hatte das Tageslicht ständig abgenommen, und inzwischen saßen wir in einer Art Zwielicht. Der Rauch unserer Zigaretten stieg nach oben, wo er sich in der ohnehin dicken Luft zusammenballte. Eine Minute lang re-

det keine von uns. Offensichtlich hat Cora die heimlichen Befürchtungen aller laut ausgesprochen.

»Na, na, na, was ist denn mit uns *los*, Mädchen? Wir sind ja trübsinnig wie ein Leichenzug!« Das elektrische Licht in den kupfernen Lampenschalen flammt auf, und der Raum wird, fast wie durch Zauberkraft, strahlend hell und verbannt den Sturmhimmel in weite Fernen, wohin er gehört, harmlos wie eine gemalte Kulisse. Mrs. Rafferty schreitet auf das Kopfende des Tisches zu, begleitet von dem fröhlichen Geklingel ihrer silbernen Armreifen und ihrer Ohrringe – exakte Miniaturkopien von Stethoskopen, tanzen lustig an ihren fleischigen Ohrläppchen. Mit liebenswürdigem Schwung plaziert sie ihre Notizen und Papiere auf dem Tisch, ihre blondierten, hochtoupierten Haare schimmern unter dem Licht wie ein Ritterhelm. Sogar Cora kann ihre Leichenbittermiene bei soviel professioneller Heiterkeit nicht beibehalten. »Wir erledigen ganz schnell unseren Kram, und dann habe ich eins der Mädels gebeten, uns die Kaffeemaschine reinzubringen, damit wir uns ein wenig aufmöbeln.« Mrs. Rafferty wirft uns einen schnellen Blick zu und genießt mit befriedigtem Lächeln die beifälligen Äußerungen.

»Sie hat's wirklich drauf«, murmelt mir Dotty ins Ohr. »Das alte Mädchen sollte seine Fähigkeiten vermarkten.«

Mrs. Rafferty beginnt mit einer ihrer fröhlichen Zurechtweisungen. Mrs. Rafferty ist in der Tat ein Prellbock. Ein Prellbock zwischen uns und den Verwaltungshierarchien, zwischen uns und den Ärzten mit ihren merkwürdigen, immerwährenden Launen und Überspanntheiten, mit den unleserlichen Handschriften (»Selbst im *Kinder*garten wird besser geschrieben«, soll Mrs. Rafferty mal gesagt haben), mit ihrer kindlichen Unfähigkeit, Rezepte und Protokolle

auf die richtige Seite der Krankengeschichten zu kleben und so fort.
»Also, Mädels«, sagt sie und hebt scherzhaft einen Finger, »mich haben alle möglichen Beschwerden über die Tagesstatistiken erreicht. Einige werden unten ohne Datum und ohne Klinikstempel abgeliefert.« Sie hält ein, um diese Ungeheuerlichkeit auf uns wirken zu lassen. »Andere sind unkorrekt ausgefüllt, und«, wieder eine Pause, »manche kommen *überhaupt* nicht unten an.« Ich schlage meine Augen nieder und versuche die aufsteigende Röte zu unterdrücken. Ich erröte nicht meinetwegen, sondern wegen meiner Chefin, Miss Taylor, die mir kurz nach meinem Arbeitsantritt offen und ehrlich anvertraute, daß sie Statistiken haßt. Die Gespräche der Krankenhauspsychiater mit den Patienten dauern oft über die offiziellen Kliniksöffnungszeiten hinaus, und wenn sie die Statistiken jeden Abend rechtzeitig nach unten bringen würde, müßte sie sich noch mehr zum Märtyrer ihres Büros machen, als sie es ohnehin schon tut.
»Ich denke, Mädels, das reicht.« Mrs. Rafferty blickt auf ihre Notizen und beugt sich vor, um mit ihrem roten Stift etwas abzuhaken. Biegsam wie ein Halm schnellt sie wieder hoch und fährt fort: »Noch etwas. Das Archiv sagt, Sie würden dauernd Unterlagen anfordern, die längst in Ihrer Ablage seien, und sie sind einfach wütend darüber.«
»Das kann man wohl sagen«, stöhnt Mary Ellen gutmütig und verdreht ihre Augen gen Himmel, daß man nur noch das Weiße sieht. »Dieser Wie-heißt-er-doch-gleich-Kerl von Station Neun führt sich auf, als dürfte man sie mit überhaupt nichts mehr belästigen.«
»Oh, das ist *Billy*«, sagt Minnie Dapkins.
Ida Kline und ein paar andere Mädchen aus dem Schreibbüro im ersten Kellergeschoß lachen kurz auf.

»Ich nehme an, Sie alle wissen inzwischen«, Mrs. Rafferty wirft ein bedeutungsschweres Lächeln in die Runde, »daß Billy seine eigenen Schwierigkeiten hat. Wir sollten nicht zu streng mit ihm sein.«

»Ist er nicht bei euch in Behandlung?« fragt mich Dotty flüsternd. Ich kann gerade noch nicken, bevor Mrs. Raffertys klarer grüner Blick uns zum Schweigen bringt wie ein Bad im Eiswasser.

Cora nutzt die Unterbrechung und sagt: »Ich habe auch eine Beschwerde, Mrs. Rafferty. Was ist eigentlich unten in der Aufnahme los, möchte ich wissen? Ich sage unseren Patienten, daß sie eine Stunde vor ihrem Fürsorge-Termin da sein sollen, damit sie genug Zeit haben mit dem Anstellen und dem Bezahlen an der Kasse und alldem, und nun reicht das immer noch nicht. Sie rufen mich aufgeregt von unten an, wenn sie schon zehn Minuten über ihrem Termin sind, und sagen, die Schlange hätte sich seit einer halben Stunde nicht vorwärtsbewegt, und am anderen Ende habe ich die Mädchen von der Fürsorge, die auch nicht weiterkommen. Was soll ich dann machen?«

Mrs. Rafferty schaut einen Moment auf ihre Notizen, als ob sie dort die Antwort auf Coras Frage finden würde. Sie ist fast etwas verlegen. »Einige andere Mädels haben sich ebenfalls beschwert, Cora«, sagt sie schließlich und schaut auf. »Uns fehlt ein Mädchen in der Aufnahme, deshalb ist es furchtbar schwer, die Termine einzuhalten ...«

»Können die denn keine Aushilfe *kriegen?*« fragt Mary Ellen herausfordernd. »Ich meine, was hindert sie?«

Mrs. Rafferty tauscht einen kurzen Blick mit Minnie Dapkins. Minnie reibt sich ihre blassen, papierenen Hände, leckt sich auf ihre kaninchenhafte Art die Lippen. Draußen vor dem geöffneten Fenster ist plötzlich ein schwacher Wind aufgekommen, und es klingt, als ob es zu regnen anfangen wolle, aber wahrscheinlich ist es nur das raschelnde und schurrende Geräusch des Papiers, das unten auf der Straße herumgewirbelt wird. »Ich fürchte, es ist das beste, wenn ich es in dieser Runde ganz offen *sage*«, fährt Mrs. Rafferty fort. »Einige von Ihnen wissen es schon, Minnie hier weiß es, es gibt einen Grund, der uns abhält, die Stelle neu zu besetzen ... Emily Russo. Sag es ihnen, Minnie.«

»Emily Russo«, verkündet Minnie in düsterer Ergriffenheit, »Emily Russo hat *Krebs.* Sie liegt hier im Krankenhaus. Ich möchte jedem, der sie kennt, sagen, daß sie gerne Gesellschaft hätte. Noch kann sie Besuch empfangen, und wenn man bedenkt, daß sie keinerlei Verwandtschaft hat ...«

»Oh je«, sagt Mary Ellen langsam, »das habe ich nicht gewußt. Was für ein Jammer.«

»Beim letzten Krebstest ist es erkannt worden«, sagt Mrs. Rafferty. »Ihr Leben hängt nur noch an einem *Faden.* Sie bekommt natürlich die neuesten Schmerzmittel, aber obwohl sie so schwer krank ist, *rechnet* sie fest damit, wieder zu arbeiten. Sie *liebt* ihre Arbeit, die vierzig Jahre lang alles war, was sie hatte, und Doktor Gilman lehnt es ab, sie mit der Wahrheit zu konfrontieren, daß sie nämlich nie mehr dahin zurückkann, er will ihr in dieser Situation keinen Schock versetzen und all das. Sie fragt jeden, der sie besuchen kommt ›Ist die Stelle neu besetzt? Haben sie irgend jemand anderen auf meinen Platz gesetzt?‹ Und der Moment, wo man ihr das bestätigte, wäre schlicht und einfach ihr Todesurteil.«

»Und was ist mit einer Vertretung?« will Cora wissen. »Man kann doch sagen, die-und-die wäre nur übergangsweise eingesprungen, oder so.«

»Nein«, Mrs. Rafferty schüttelt ihre glatte, goldene Haarpracht, »nein, Emily ist gescheit genug, daß sie das nicht glauben würde, sie würde meinen, wir wollten uns über sie lustig machen. Leute in diesem Stadium sind wahnsinnig hellhörig. Das können wir nicht riskieren. Wann immer ich kann, gehe ich selbst in die Aufnahme, um Hand anzulegen. Doktor Gilman sagt«, ihre Stimme senkt sich auf die Nüchternheit eines Leichenbestatters herab, »es kann nicht mehr lange dauern.«
Minnie ist kurz vorm Heulen, und der ganze Verein ist in schlechterer Verfassung als vorhin, bevor Mrs. Rafferty kam, alle halten sich an ihren Zigaretten fest oder puhlen an ihren Fingernägeln rum. »Na, na, Mädels, nehmt's nicht so schwer«, sagt Mrs. Rafferty mit einem strahlend aufmunternden Blick in die Runde. »Emily ist nirgendwo besser aufgehoben als hier, darüber sind wir uns doch wohl alle einig, und Doktor Gilman ist wie ein Verwandter für sie, sie kennt ihn ja schon seit zehn Jahren. Und ihr könnt sie besuchen, sie wird sich darüber freuen ...«
»Wie wär's mit einem Blumenstrauß?« wirft Mary Ellen ein. Das wird mit einem allgemeinen zustimmenden Gemurmel begrüßt. Immer, wenn jemand aus unserer Gruppe krank wird, sich verlobt, heiratet oder ein Baby kriegt (letzteres kommt seltener vor als der Rest) oder bei einem Dienstjubiläum, legen wir zusammen und schicken Blumen oder ein passendes Geschenk und Karten. Seit ich hier bin, ist es allerdings das erste Mal, daß es um eine Todkranke geht; und wenn ich das so sagen kann, die Mädchen gingen rührend damit um.
»Wie wäre es mit einem Strauß in rosa, irgendwas Aufmunterndes?« schlägt Ida Kline vor.
»Vielleicht ein Gesteck?« sagt eine neue Tippse aus dem

Schreibbüro leise, »ein großes, rosa Gesteck, vielleicht mit Nelken?«

»Kein *Gesteck*, Mädels«, stöhnt Mrs. Rafferty. »Um Himmels willen kein Gesteck, wo Emily doch so empfindlich ist.«

»Dann eine Vase«, sagt Dotty. »Die Krankenschwestern klagen ständig, daß sie zu wenig Vasen haben. Eine richtig schöne Vase, vielleicht aus dem Geschenkartikelladen hier, die haben jetzt so ausländische Vasen, und dazu aus dem Blumenladen einen schönen bunten Strauß.«

»Das ist eine ausgezeichnete Idee, Dorothy«, sagt Mrs. Rafferty erleichtert, »das ist genau das richtige. Wer ist für eine Vase mit buntem Strauß?« Alle, einschließlich der kleinen Tippse, heben die Hände. »Gut, Dorothy, dann vertraue ich Ihnen die Sache auch gleich an«, sagt Mrs. Rafferty, »bevor ihr geht, Mädels, gebt Dorothy eure Spende, und heute nachmittag schicken wir eine Karte rum, damit jeder unterschreibt.«

Damit ist der offizielle Teil beendet, jeder redet mit jedem, und einige der Mädchen fummeln Dollarscheine aus ihren Handtaschen und schieben sie Dotty zu.

»Ruhe!« ruft Mrs. Rafferty. »Ruhe, bitte, Mädels, eine *Minute* noch!« In das eintretende Schweigen bricht die Sirene eines sich nähernden Rettungswagen, mit ihrem auf- und abfallenden todkündenden Heulen, vorbei an unseren Fenstern, leiser werdend, als er um die Ecke biegt und schließlich vor der Notaufnahme verstummt. »Ich muß Ihnen noch etwas sagen. Wegen des *Hurri*kans, für den Fall, daß Sie nicht wissen, was zu tun ist. Nach der letzten Verlautbarung der Krankenhausleitung wird die Sache wohl um die Mittagszeit losgehen, aber Sie brauchen sich keine Sorgen zu machen. Nur die Ruhe bewahren. Die Arbeit geht vor (amüsiertes Gelächter vom Schreibbüro), und vor allem lassen Sie Ihre Besorgnis, die Sie vielleicht wegen des Hurrikans haben, nicht die Patienten merken. Die werden ohnehin nervös genug sein. Diejenigen, die weiter weg wohnen, können heute nacht im Krankenhaus bleiben, falls es zu schlimm wird. Es werden überall Notbetten aufgestellt, Ihre stehen im dritten Stock, es sei denn, es kämen andere Notfälle.«

In diesem Moment gehen auf einen Schlag die Pendeltüren auf, und eine Krankenschwester schiebt auf einem metallenen Essenwagen die Kaffeemaschine herein. Ihre Kreppsohlen quieken, als ob sie mit jedem Schritt auf lebende Mäuse treten würde. »Konferenz beendet«, sagt Mrs. Rafferty, »Kaffee für alle.«

Dotty zieht mich von dem Gedränge um die Kaffeemaschine weg. »Cora muß natürlich Kaffee trinken, aber das Zeug ist so bitter, daß ich es nicht runterkriege. Und auch noch aus Pappbechern.« Dotty verzieht angewidert das Gesicht.

»Komm, laß uns jetzt sofort losziehen und das Geld für die Vase und die Blumen für Miss Emily verpulvern.«

»Okay.« Als wir den Raum verlassen, bemerke ich ein Zögern in Dottys Schritten. »Was ist mit dir? Du *willst* keine Vase kaufen, oder?«

»Es geht nicht um die *Vase,* ich muß immer an die alte Dame da oben denken, der man ständig was vormacht. Sie wird sterben und sie sollte genügend Zeit haben, um sich damit vertraut zu machen, und ein Priester sollte mit ihr reden, anstatt daß sie dauernd dieses es-wird-schon-wieder hört.«

Dotty hatte mir mal erzählt, daß sie ganz früher ein Noviziat angefangen hatte. Aber das ging nur so lange gut, wie sie nicht wußte, was überhaupt los ist auf der Welt, danach, sagte sie, sei es ihr unmöglich gewesen, die Augen niederzuschlagen und die Hände in den langen Ärmeln ordentlich zu falten oder ihre Zunge im Zaum zu halten, genauso unmöglich, wie sich auf den Kopf zu stellen und das griechische Alphabet rückwärts aufzusagen. Aber immer mal wieder kommt ihre Klosterschulung zum Vorschein, ebenso wie der Glanz ihrer hellen Haut unter dem rosa- und pfirsichfarbenen Puder, den sie benutzt.

»Du hättest Missionarin werden sollen«, sage ich. Inzwischen sind wir oben beim Geschenkartikelladen angekommen, ein todschickes hutschachtelgroßes Unternehmen, vollgestopft mit Nippes vom Boden bis zur Decke – Riffelvasen, Frühstückstassen mit Herzchen und Blümchen, Puppen in Hochzeitskleidern, Porzellanvögelchen, goldverzierte Schmuckkarten, Zuchtperlen, alles, was du willst, und alles ein bißchen zu teuer, außer für einen liebenden Verwandten, für den Geld keine Rolle spielt. »Es ist besser, wenn sie es nicht weiß«, füge ich hinzu, da Dotty nichts sagt.

»Ich würde es ihr eigentlich gern *sagen.*« Dotty greift nach einer großen purpurroten Vase mit blasigen Schlieren und einer Glaskrause am Rand und guckt trotzig auf sie herab. »Dieses geschäftige Wir-wissen-schon-was-das-beste-für-dich-ist jagt mir immer wieder einen Schauder über den Rücken. Manchmal denke ich, wenn es keine Krebsvorsorgeuntersuchungen gäbe, keine Nationalen Diabetes-Wochen, mit den Kabinen in der Halle, wo du deine Zuckerwerte selbst ermitteln kannst, dann gäbe es vielleicht auch nicht soviel Krebs und Diabetes, verstehst du, was ich meine?«

»Du redest genau wie diese Christian-Science-Typen«, sage ich. »Und überhaupt, ich finde, diese Vase ist für eine alte Dame wie Miss Emily viel zu aufdringlich.«

Dotty bedenkt mich mit einem merkwürdigen kleinen Lä-

cheln, trägt die Vase zu der Verkäuferin an der Kasse und knallt sechs Dollar auf den Tisch. Anstatt das restliche gespendete Geld zu behalten, nachdem sie das meiste davon für die Vase verpulvert hat, gibt Dotty aus der eigenen Tasche noch ein paar Dollar dazu, und, zugegeben, ich auch, ohne daß es größerer Überredungskunst ihrerseits bedurft hätte.
Der Blumenhändler von nebenan kommt händereibend auf uns zu, bereit, uns gleichzeitig zu gratulieren und zu kondolieren, und fragt, was es denn sein solle, ein Dutzend langstielige Rosen oder vielleicht ein Gesteck aus Kornblumen und Schleierkraut mit einem Silberbändchen, und zur Antwort hält ihm Dotty die purpurne, blasige Glasvase hin: »Von allem etwas, Meister, machen Sie sie voll.«
Der Blumenhändler wirft Dotty einen unschlüssigen Blick zu, den einen Mundwinkel hat er zu einem halben Lächeln verzogen, der andere ist abwartend auf halber Höhe, er ist offensichtlich nicht sicher, ob sie es ernst meint oder ihn hochnehmen will. »Los, los.« Dotty stumpt die Vase immer wieder auf die Glastheke, der Blumenhändler zuckt zusammen und nimmt sie ihr aus der Hand. »Wie ich gesagt habe. Teerosen, Nelken und ein paar von diesen Dingsbums-Diolus...«
Die Augen des Blumenhändlers folgen Dottys Finger. »Gladiolen«, ergänzt er in gequältem Ton.
»Gladiolus, 'n paar davon, in verschiedenen Farben, rot, orange, gelb, Sie wissen schon, und ein paar von den purpurnen Schwertlilien...«
»Ah, ja, sehr passend«, sagt der Blumenhändler, langsam dämmerte ihm wohl, worum es ging. »*Und* dann noch einige Anemonen?«
»Die auch«, sagt Dotty, »wenn das nicht zu kühn ist.«
Unverzüglich verlassen wir den Blumenladen, gehen durch

die überdachte Passage zwischen der Klinik und dem eigentlichen Krankenhaus und gelangen mit dem Fahrstuhl zu Miss Emilys Station, und die ganze Zeit über hält Dotty die vollgestopfte purpurne Blumenvase.

»Miss Emily«, flüstert Dotty, als wir auf Zehenspitzen in das Vierbettzimmer gehen. Eine Krankenschwester gleitet hinter dem Vorhang hervor, der um das Bett ganz hinten am Fenster gezogen ist.

»Psst.« Sie legt den Finger auf die Lippen und deutet nach hinten auf den Vorhang. »Dort. Bleiben Sie nicht zu lang.«

Miss Emily liegt tief in den Kissen, ihre Augen sind geöffnet und beherrschen den größten Teil ihres Gesichts; wie ein grauer Fächer liegen ihre Haare auf dem Kissen rund um ihren Kopf. Alle möglichen Flaschen stehen auf dem Nachttisch, auf dem Boden unter dem Bett und hängen über ihrem Kopf. Aus einigen Flaschen winden sich dünne Gummischläuche, einer verschwindet unter der Bettdecke, und ein anderer führt direkt in Miss Emilys linkes Nasenloch. Es ist ganz still im Zimmer, nur Miss Emilys trocken rasselnder Atem ist zu hören, nichts bewegt sich, außer dem schwachen Heben und Senken der Bettdecke über ihrer Brust und den wie silberne Ballons rhythmisch aufsteigenden Luftblasen in einer dieser Flaschen mit Flüssigkeit. Das giftige Licht, das durch die Fenster dringt, läßt Miss Emily wie eine Wachspuppe aussehen, wenn nicht ihre großen Augen wären, die sie auf uns gerichtet hatte. Ich fühle sie geradezu auf meiner Haut brennen, so durchdringend ist ihr Blick.

»Wir bringen Ihnen Blumen, Miss Emily.« Ich zeige auf den gewaltigen, bunten Gewächshaus-Blumenstrauß, den Dotty auf dem Nachttisch abstellt. Der Tisch ist so klein, daß sie erst mal sämtliche Behälter und Gläser und Krüge und Löffel in das untere Fach räumen muß, um Platz zu schaffen.

Miss Emilys Augen gleiten hinüber zu dem Blumenhaufen. In ihnen flackert etwas. Wie zwei Kerzen am Ende eines langen Ganges, zwei winzige Flammen, die sich gegen einen dunklen Wind zitternd erheben. Der Himmel vor dem Fenster ist schwärzer als ein gußeiserner Tiegel.
»Er ist von den Mädels«, Dotty nimmt Miss Emilys schwache, wächserne Hand. »Die Karte kommt später, jeder will sie unterschreiben, aber wir wollten mit den Blumen nicht warten.«
Miss Emily versucht zu sprechen. Leises Zischen und Rasseln kommt über ihre Lippen, aber es ist kein Wort zu verstehen.
Doch Dotty scheint zu wissen, was sie meint. »Die Stelle gibt es noch, Miss Emily«, sagt sie und spricht jedes Wort klar und langsam aus, als ob sie einem Kind etwas erklären würde. »Sie halten die Stelle frei.« Das waren die gleichen Worte, die Mrs. Rafferty gebrauchen würde, denke ich befremdet. Nur Mrs. Rafferty würde alles verderben, weil sie noch irgend so was hinzufügen würde wie: ›Machen Sie sich man keine Sorgen, Sie werden im Nu wieder obenauf sein.‹ Oder: ›Warten Sie's ab, Miss Emily, Sie werden noch das goldene Armband zum fünfzigsten Dienstjubiläum kriegen.‹ Das Verrückte ist, daß Dotty überhaupt nicht den Eindruck erweckt, als ob sie die Tatsachen verdrehe und das Blaue vom Himmel erzähle. Sie sagt nichts als die Wahrheit, wenn sie berichtet, daß in der Aufnahme alle wie kopflose Hühner herumrennen, denn sie wissen genau, und sie wollen auch, daß Miss Emily es weiß, daß Miss Emily nicht zu ersetzen ist. Nicht so bald, nicht so schnell.
Miss Emily schließt die Augen. Ihre Hand wird schlaff in Dottys Hand, und sie seufzt, ein Seufzer, der ihren ganzen Körper erbeben läßt.

»Sie weiß es«, sagt Dotty zu mir, als wir von Miss Emilys Bett weggehen. »Jetzt weiß sie es.«

»Aber du hast ihr doch nichts *gesagt*. Nicht mit einem Wort.«

»Wofür hältst du mich eigentlich?« Dotty ist entrüstet. »Herzlos oder was? Sag mal«, unterbricht sie sich selbst, als wir aus der Tür in den Gang treten, »wer ist das denn?« In dem leeren Korridor, unweit von Miss Emilys Tür drückt sich eine magere, unscheinbare Gestalt an die Wand. Als wir uns nähern, preßt sich die Gestalt noch enger dagegen, als ob sie durch irgendein Wunder Teil der blassen, grün getünchten Wand werden wolle, um sich unseren Blicken zu entziehen. Die elektrische Beleuchtung taucht den Korridor in ein dämmriges Licht, als wäre die Nacht früh hereingebrochen. »Billy Monihan!« ruft Dotty. »Was in aller Welt machst *du* denn hier?«

»Wu-wu-warten«, bringt Billy piepsend heraus, und unter der schon hochroten Schicht von Pickeln und Geschwüren färbt sich sein Gesicht zu einem schmerzhaften dunklen Rot. Er ist ein sehr kleiner Junge, fast so klein wie Dotty, und außergewöhnlich dünn, dennoch ist er voll ausgewachsen und hat von da her nichts mehr zu erwarten. Sein langes schwarzes Haar ist mit einem stark riechenden Haaröl zurückgekämmt, man sieht noch die Furchen, die der Kamm durch die kunstlederne, glänzende Oberfläche gezogen hat.

Dotty richtet sich zu voller Größe auf, und durch ihre hohen Absätze ist sie jetzt größer als Billy. »Was hat das zu bedeuten, daß du dich hier oben rumtreibst?«

»Nu-nu-nur . . . wu-warten.« Billy duckt sich, um Dottys bohrendem Blick auszuweichen. Es sieht so aus, als versuche er seine Zunge zu verschlucken, nur um jenseits jeglicher, wie auch immer gearteter Kommunikation zu sein.

»Dein Job ist es, genau zu dieser Zeit, Akten vom Archiv in die Klinik zu bringen«, sagt Dotty. »Du kennst Miss Emily ja überhaupt nicht, also laß sie gefälligst in Ruhe, ist das klar?«
Ein unheimliches, kaum zu enträtselndes Gurgeln kommt aus Billys Kehle. »Sch-sch-sie ha-hat ge-gesagt, ich ka-ka-kann ko-ko-kommen.«
Dotty zischt wütend. Aber irgend etwas ist in Billys Augen, das sie sich abwenden und ihn seinen Willen haben läßt. Als unser Fahrstuhl anhält, ist Billy samt seinen Pickeln, den fettigen Haaren, dem Stottern und allem in Miss Emilys Zimmer verschwunden.
»Ich kann diesen Jungen nicht ausstehen, er ist ein richtiger«, Dotty sucht nach dem passenden Wort, »ein richtiger Aasgeier. Ich beobachte das schon seit Tagen, irgendwas stimmt mit ihm nicht, sag ich dir. Er lungert ständig am Eingang der Notaufnahme rum; man könnte meinen, ihm hätte jemand den lieben Gott angekündigt, der jeden Moment durch die Tür spaziert kommen wird, um das Jüngste Gericht zu verkündigen.«
»Er geht bei uns zu Doktor Resnic«, sage ich, »aber ich weiß nichts, weil ich noch kein Band über ihn abschreiben mußte. Ist das plötzlich gekommen, diese Aasgeier-Sache?«
Dotty hebt die Schultern. »Alles, was ich weiß, ist, daß er letzte Woche Ida Kline aus dem Schreibbüro einen Riesenschreck eingejagt hat, mit so einer Geschichte über eine Frau, die mit einer Tropenkrankheit in die Hautklinik gekommen ist, ihre Haut war dunkelrot angeschwollen, und sie war so fett, daß sie aussah wie ein Elefant und sich nur noch im Rollstuhl fortbewegen konnte. Ida brachte keinen Bissen mehr runter, weil sie das einfach nicht aus ihrem Kopf bekam. Für so was gibt's einen Namen, für diese Leute, die es dauernd zu

Leichen zieht und allem, was damit zusammenhängt. Neka, ... Nekaphilie oder so. Das ist schlimm, so was, sie versuchen sogar, Leichen aus den Gräbern zu buddeln.«

»Gestern habe ich das Aufnahme-Protokoll über eine Frau geschrieben«, sage ich, »die scheint auch so was Ähnliches zu sein. Sie könne nicht glauben, daß ihr kleines Mädchen tot sei, sie sähe es auch dauernd, in der Kirche, im Gemüseladen. Und besuche das Grab tagein, tagaus. Eines Tages, sagt sie, käme das kleine Mädchen in seinem weißen Spitzenkleidchen zu ihr, um ihr zu sagen, es sei im Himmel und gut dort aufgehoben, sie solle sich keine Sorgen machen, es ginge ihm gut.«

»Ich frage mich«, sagt Dotty, »ich frage mich nur, wie will man so was heilen?«

In der Krankenhaus-Cafeteria sitzen wir nach dem Essen um einen der großen Tische und unterschreiben Miss Emilys Gute-Besserungs-Karte. Gleichmäßig klatscht der Regen gegen die Fenster zum Innenhof. Eine reiche Dame hat den Hof bauen und mit Gras, Bäumen und Blumen bepflanzen lassen, damit die Ärzte und Krankenschwestern während des Essens auf etwas Hübscheres gucken können als auf Backsteinwände und Kies. Aber jetzt sind die Fenster von den Wassermassen derart überflutet, daß man noch nicht einmal einen Hauch von Grün sieht.

»Bleibt ihr über Nacht hier?« Coras Stimme ist genauso wacklig wie der Wackelpudding, den sie gerade löffelt. »Ich meine, ich weiß nicht, was ich mit meiner Mutter machen soll, sie ist doch allein zu Hause. Was ist, wenn das Licht ausgeht und sie im dunklen Keller nach Kerzen suchen muß, sie könnte sich die Hüfte brechen, und die Dachziegel sind auch nicht mehr so gut, schon bei einem einfachen Schauer regnet es durch ...«

»Du bleibst, Cora«, sagt Dotty bestimmt. »Wenn du versuchst, in *dieser* Suppe nach Hause zu kommen, wirst du schlicht ersaufen. Morgen früh rufst du deine Mutter an, und du wirst sehen, sie ist putzmunter, und der Sturm hat sich 100 Kilometer weiter, irgendwo in Maine abgespielt.«
»Guck mal«, sage ich, um Cora abzulenken, »da kommt Mrs. Rafferty mit ihrem Tablett, sie soll doch auch unterschreiben.« Bevor eine von uns winkt, hat sie uns schon erspäht und kommt, ein weißer Schoner mit vollen Segeln, mit den tanzenden Stethoskop-Ohrringen und einem ernsten Gesicht, das nichts Gutes verheißt, zu uns rüber.
»Mädels«, sagt sie, als sie die Karte vor uns auf dem Tisch sieht, »Mädels, ich bin wirklich nicht gerne der Unglücksbote, aber ich muß euch leider sagen, daß die Karte jetzt überflüssig ist.«
Unter ihren Sommersprossen wird Cora aschfahl, und ein Löffel mit Erdbeerpudding bleibt auf halbem Weg zu ihrem Mund in der Luft hängen.
»Emily Russo ist vor einer knappen Stunde gestorben.« Mrs. Rafferty senkt für eine Sekunde den Kopf und sagt dann gefaßt: »Es ist nur zu ihrem *Besten*, Mädels, ihr wißt das genauso wie ich. Sie ist ganz leicht hinübergegangen, ihr braucht nicht so bedrückt zu sein. Wir haben uns jetzt«, Mrs. Rafferty hebt energisch ihr Kinn in Richtung der blinden, wasserüberströmten Fenster, »um andere Menschen zu kümmern.«
»War Miss Emily«, fragt Dotty, während sie mit merkwürdiger Hingabe die Sahne im Kaffee verrührt, »war Miss Emily *allein*, als sie starb?« Mrs. Rafferty zögert. »Nein, Dorothy«, sagt sie dann, »nein, sie war *nicht* allein. Billy Monihan war bei ihr, als sie starb. Die Krankenschwester sagt, er sei *sehr* ergriffen gewesen, sehr bewegt. Er sagte«,

fügt Mrs. Rafferty hinzu, »Miss Emily sei seine Tante gewesen.«

»Aber Miss Emily hatte weder Brüder noch Schwestern«, protestiert Cora. »Minnie hat uns das gesagt. Sie hatte *niemanden.*«

»Wie auch immer«, Mrs. Rafferty wollte das Thema ganz offensichtlich beenden, »wie auch immer, der Junge war sehr bewegt, sehr bewegt von der ganzen Sache.«

Bei diesem irrsinnigen Regen und dem Sturm, der die ganze Stadt niederzudrücken scheint, kommen während des ganzen Nachmittags keine Patienten ins Büro. Niemand, das heißt, mit Ausnahme der alten Mrs. Tomolillo. Miss Taylor war gerade nach unten gegangen, um uns zwei Tassen Kaffee aus dem Automaten zu ziehen, als Mrs. Tomolillo reinkommt und direkt auf mich losgeht. Naß wie eine Katze in ihrem ewig schwarzen Wollkleid, fuchtelt sie wütend mit einem Packen völlig durchweichter Papiere rum. »Wo ist Doktor Christman? Ich will wissen, wo Doktor Christman ist!«

Bei näherem Hinsehen erkenne ich, daß der Packen nasser Papiere nichts anderes ist als Mrs. Tomolillos eigene Krankenakte, die die Patienten unter keinen Umständen in die Hände bekommen dürfen. Und sie sieht furchtbar aus: Die Eintragungen in roter, blauer und grüner Tinte der zahllosen Ärzte aus den zahllosen Abteilungen, die Mrs. Tomolillo zu frequentieren pflegt, haben sich zu einem abenteuerlichen Regenbogen vermischt, und sogar noch, als ich ihr den Wust abnehme, tropfen bunte wässrige Tintenperlen heraus. »Lügen, Lügen, Lügen«, zischt Mrs. Tomolillo mich an, und ich kann nichts erwidern, »Lügen«.

»Was für Lügen, Mrs. Tomolillo?« frage ich schließlich mit klarer, lauter Stimme, denn Mrs. Tomolillo ist beträchtlich

schwerhörig und lehnt es trotzdem ab, sich die Benutzung eines Hörgerätes zu eigen zu machen. »Bestimmt hat Doktor Christman . . .«
»Lügen hat er hier reingeschrieben. Ich bin eine gute Frau, mein Mann ist tot. Wenn ich den in die Finger kriege, dem werd ich was von Lügen erzählen . . .«
Ich werfe einen kurzen Blick in Richtung Flur. Mrs. Tomolillo verspannt auf alarmierende Weise ihre kräftigen Finger. Durch die offene Tür sehe ich einen Mann auf Krücken vorbeigehen, an dessen Hüfte ein sauber gefaltetes leeres Hosenbein baumelt. Ihm folgt eine Hilfskraft aus der Amputierten-Abteilung, die eine rosa Beinprothese mit einem halben künstlichen Unterleib schleppt. Beim Anblick der kleinen Prozession wird Mrs. Tomolillo ruhiger. Ihre Hände fallen herab und verlieren sich in den Falten ihres voluminösen schwarzen Rockes.
»Ich werde mit Doktor Christman sprechen, Mrs. Tomolillo. Ich bin sicher, daß da irgendwo ein Fehler unterlaufen ist, Sie brauchen sich gar nicht aufzuregen.« Hinter mir klappern die Fenster in den Rahmen, als ob ein ungestümer Riese mit Macht versucht, sich ins Licht zu drängen. Der Regen schlägt jetzt mit der Wucht von Pistolenschüssen gegen die Scheiben.
»Lügen . . .« zischt Mrs. Tomolillo, aber schon viel friedlicher, etwa wie ein Wasserkessel, der gerade zu kochen aufhört. »Sagen Sie's ihm.«
»Ich werd's ihm sagen. Ach, Mrs. Tomolillo . . .«
»Ja?« Sie verharrt in der Tür, schwarz und unheilvoll wie eine der Parzen, gefangen im selbstentfachten Sturm.
»Was soll ich Doktor Christman sagen, woher Sie die Akte haben?«
»Von da unten«, sagt sie einfach, »aus dem Raum, wo die

ganzen Akten liegen. Ich hab danach gefragt, und die haben sie mir gegeben.«

»Ah, ja.« Die mit wasserfester Tinte auf Mrs. Tomolillos Akte geschriebene Nummer lautet Neun-drei-sechs-zwei-fünf. »Ich verstehe. Vielen Dank, Mrs. Tomolillo.«

Das ganze Krankenhaus, erbaut aus Ziegeln und Steinen und auf solidem Beton stehend, scheint bis in die Wurzeln hinein zu beben, als Dotty und ich durch den ersten Stock und runter durch die Passage zur Cafeteria gehen, um etwas Warmes zu essen. Von allen Seiten hören wir die Sirenen, laut oder leiser – Feuerwehrwagen, Rettungswagen und Polizeiautos. Der Parkplatz vor der Notaufnahme ist proppenvoll mit Rettungswagen und Privatautos, die aus den umliegenden Orten hereinströmen – Leute mit Herzanfällen, Leute mit Lungenkollaps, Leute mit galoppierender Hysterie. Und um dem Ganzen noch eins draufzusetzen, fällt auch noch der Strom aus, und wir müssen uns im Halbdunkel an den Mauern entlangtasten. Von allen Ecken bellen Ärzte und Assistenten Befehle in die Gegend, Krankenschwestern huschen in ihren Uniformen wie Geister herum, und Bahren mit stöhnenden, weinenden oder stummen Menschenbündeln werden hin- und hergerollt. Aus dem ganzen Gewühl taucht eine bekannte Erscheinung auf, flitzt an uns vorbei und über die unbeleuchtete Steintreppe in das erste und zweite Kellergeschoß hinunter. »War er das nicht?«

»Wer, er?« fragt Dotty. »Ich sehe nichts in dieser Rabenschwärze. Hätte mir 'ne Brille aufsetzen sollen.«

»Billy. Aus dem Archiv.«

»Sie werden ihn mit doppelt soviel Akten herumjagen, wegen der ganzen Notfälle«, sagt Dotty. »Wenn es so dick kommt wie heute, brauchen die jeden, den sie kriegen können.«

Aus irgendeinem Grund ist es mir nicht möglich, Dotty von Mrs. Tomolillo zu erzählen. »Er ist doch eigentlich kein übler Kerl«, höre ich mich sagen, trotz allem, was ich über Mrs. Tomolillo und Emily Russo und Ida Kline und die Elefantenfrau weiß. »Nicht übel«, sagt Dotty ironisch. »Wenn man auf Vampire steht.«
Mary Ellen und Dotty sitzen im Schneidersitz auf einem der Notbetten im Anbau des dritten Stocks und versuchen in dem spärlichen Licht einer Taschenlampe, die irgend jemand aufgetrieben hat, eine Patience zu legen, als plötzlich Cora direkt auf uns zu durch die Halle geschossen kommt. Dotty legt eine rote Neun und eine schwarze Zehn. »Hast du was von deiner Mutter gehört? Ist das Dach noch drauf?«
In dem bleichen Lichtkegel der Taschenlampe sieht man Coras weitaufgerissene feuchte Augen.
»Was ist los?« Mary Ellen beugt sich zu Cora hinunter, »hast du irgendwas Schlimmes gehört? Du bist ja weiß wie ein Laken, Cora.«
»Es ist nicht... es ist nicht meine *Mutter*«, stottert Cora. »Die Leitungen sind alle unterbrochen, ich bin gar nicht durchgekommen. Es ist dieser Junge, dieser *Billy*...«
Alle sind plötzlich ganz still.
»Er ist die *Treppen* rauf- und runtergerannt«, sagt Cora mit tränenschwerer Stimme, als ob sie über ihren kleinen Bruder oder so reden würde, »rauf und runter, rauf und runter mit all diesen Akten und ohne Licht, und er ist derartig in Eile, daß er immer zwei, drei Stufen auf einmal nimmt. Und er *fällt*, er fällt in hohem Bogen...«
»Wo ist er?« fragt Dotty und läßt die Karten langsam sinken. »Wo ist er jetzt?«
»Wo er *ist*?« Coras Stimme überschlägt sich. »Wo er ist? Er ist tot.«

Es ist verrückt. Im selben Moment, als Cora die letzten Worte ausgesprochen hat, haben alle vergessen, wie der kleine Billy war und wie lächerlich er aussah und das Gestotter und die schreckliche Haut. In all der Angst vor dem Hurrikan und da keiner seine Familie erreicht, ist er in unserer Erinnerung plötzlich mit einer Art Glorienschein umgeben. Als ob er sich niedergelegt hätte, um für unsereins hier auf den Notbetten zu sterben.

»Er könnte noch am Leben sein«, sagt Mary Ellen, »wenn er nicht für andere Leute eingesprungen wäre.«

»Wo ich das jetzt weiß«, fällt Ida Kline ein, »nehme ich zurück, was ich neulich über ihn gesagt habe, über ihn und die Frau mit der Elefantenkrankheit. Er konnte ja nicht wissen, daß ich einen derart schwachen Magen habe.«

Nur Dotty sagt nichts.

Mary Ellen knipst die Taschenlampe aus, und alle ziehen sich im Dunkeln aus und legen sich hin. Dotty klettert neben mir in das Bett am Ende der Reihe. Wir lauschen dem Regen, der jetzt etwas ruhiger und gleichmäßig gegen die Scheiben trommelt. Nach kurzer Zeit hört man aus den meisten Betten regelmäßige Atemzüge.

»Dotty«, flüstere ich, »bist du noch wach?«

»Klar«, flüstert Dotty zurück, »ich schlaf sowieso immer schlecht.«

»Dann sag, wie denkst du darüber?«

»Willst du wissen, was ich denke?« Mir scheint, daß Dottys Stimme von einem kleinen unsichtbaren Punkt aus tiefer Finsternis an mein Ohr dringt. »Ich denke, daß der Junge Glück hatte. Einmal in seinem Leben hat er etwas Vernünftiges getan. Einmal in seinem Leben. Ich glaube, der Junge wird ein Held werden.«

Und nach all den Zeitungsartikeln und den kirchlichen Zeremonien und der an Billys Eltern posthum überreichten Goldmedaille durch den Krankenhausdirektor, als aller Sturm vorüber war, mußte ich Dotty recht geben. Sie hat recht. Sie hat absolut recht.

# DER NEUNUNDFÜNFZIGSTE BÄR

Sie hatten der Karte nach die große Rundfahrt absolviert, und als sie ankamen, verbarg dichter Dunst die Regenbogenteiche; Parkplatz und Stege waren leer. Außer der Sonne, die schon tief über den violetten Hügeln stand, und dem Spiegelbild der Sonne, das rot wie eine Zwergtomate in der kleinen sichtbaren Fläche Wasser lag, war nichts zu sehen. Dennoch überquerten sie, in ihrem immer wieder durchgespielten Ritual von Buße und Vergebung, die Brücke über dem siedenden Fluß. Auf beiden Seiten, vor und hinter ihnen, wurden dampfende Wassersäulen aufgeworfen. Schleier nach Schleier entfaltete sich über dem Steg und ließ immer wieder andere Teile des Himmels und der fernen Hügel verschwinden. Sie kamen langsam voran, umschlossen von einem Dunst, der zugleich anheimelnd und unerträglich war; warm und feucht legte sich die schweflige Luft auf ihre Gesichter, Hände und bloßen Arme.

Norton trödelte etwas und ließ seine Frau vorausgehen. Ihre schlanke, verletzliche Gestalt verlor sich, als die Dämpfe zwischen ihnen undurchdringlicher wurden. Sie wurde aufgenommen von einem Schneesturm, einem weißen Wasserfall; sie war nirgendwo. Was hatten sie nicht alles gesehen? Kinder, die an den farbigen, heißen Teichen hockten und ihre Frühstückseier in rostigen Sieben kochten; Kupferpennies, die aus überreichen Mengen saphirblauen Wassers leuchteten; donnernde Springquellen, die sich mal hier, mal da vor der kahlen ocker- und austernfarbenen Mondlandschaft aufplusterten. Sie hatte, nicht ohne den ihr angeborenen Takt, auf der riesigen senffarbenen Schlucht bestanden, wo, auf halbem Weg zum Fluß hinunter, Falken und die Schatten von Falken ihre Schleifen zogen und wie schwarze Perlen aus feinem Draht in der Luft hingen. Sie hatte auf dem Dragon's Mouth bestanden, dieser heiser dröhnenden Flut schlammverklumpten Wassers, und auch auf dem Devil's Cauldron. Er hatte erwartet, daß ihr, wie üblich, übel werden würde, um sie dann von der schwarzen, breiigen Masse, die ein paar Yards unter ihrer Nase schäumend aufplatzte, wegzuziehen, aber sie lehnte sich, andächtig wie eine Priesterin, inmitten der abscheulichen Dämpfe über den Abgrund. Und es war schließlich Norton, der, barhäuptig in der vollen Mittagssonne gegen das grelle, salzweiße Licht anblinzelnd und die nach faulen Eiern riechenden Dämpfe einatmend, von Kopfschmerzen befallen, aufgab. Er empfand den Boden unter seinen Füßen als so zerbrechlich wie einen Vogelschädel, eine bloße Schale von Vernunft und Anstand zwischen ihm und den dunklen Innereien der Erde, wo der träge Schlamm und die brühend heißen Wasser ihren Ursprung hatten.

Und zu allem Übel hatte ihnen auch noch jemand den zurückgelassenen Wassersack gestohlen, hatte ihn einfach von der vorderen Stoßstange des Wagens weggeklaut, während sie, eingeklemmt in der mittäglichen Menschenmenge, über den Holzsteg gedrängt wurden. Jeder konnte es gewesen sein: Der Mann mit der Kamera, das Kind, die Schwarze im rosa, mit einem Zweigmuster verzierten Kleid. Schuld verbreitete sich unter der Menge, wie ein zinnoberroter Farbtropfen in einem Krug mit klarem Wasser, und befleckte sie alle. Alle waren sie Diebe, ihre Gesichter waren leer, brutal oder verschlagen. Ekel gerann in Nortons Kehle. Als er endlich im Auto war, sank er in sich zusammen, schloß die Augen und ließ Sadie fahren. Kühlere Luft umfächelte seine

Schläfen. Hände und Füße schienen sich zu heben, sich leicht und von traumartiger Hefe aufgetrieben auszudehnen. Wie ein riesiger, leuchtender Seestern trieb er, umspült vom Schlaf, dahin, sein Bewußtsein war irgendwo dort geballt, dunkel und verschlossen wie eine Nuß.

»Sechsundfünfzig«, sagte Sadie.

Norton öffnete die Augen, sie brannten und tränten, als ob jemand sie während seines Schlafs mit Sand gescheuert hätte. Es war ein prächtiger Bär, mit schwarzem Fell und massig, der zielbewußt am Rand des Waldes entlanglief. Links und rechts reckten sich die hohen, fleckigen Pinienstämme in den Himmel und breiteten weit oben ihr dunkles Nadeldach aus. Obwohl die Sonne hoch stand, drangen nur wenige Lichtsplitter durch die kühle, blau-schwarze Masse der Bäume. Das Zählen der Bären hatte als Spiel an ihrem ersten Tag im Nationalpark begonnen und ging noch immer, fünf Tage später, weiter, lange nachdem sie aufgehört hatten, die Nummernschilder aus den verschiedenen Bundesstaaten und die Zahlen auf dem Kilometerzähler zu registrieren, wenn der Kilometerstand sich aus vier, fünf oder sechs gleichen Zahlen zusammensetzte. Vielleicht war es die Wette, weswegen sie weitermachten.

Sadie hatte zehn Dollar gewettet, daß sie bis zum Ende ihres Aufenthaltes neunundfünfzig Bären sehen würden. Norton hatte, ohne viel zu überlegen, mit einundsiebzig dagegen gehalten. Insgeheim hoffte er, Sadie würde gewinnen. Sie nahm Spiele ernst wie ein Kind. Es kränkte sie, wenn sie verlor, sie war derartig zuversichtlich, und vor allem, sie verließ sich auf ihr Glück. Neunundfünfzig war für Sadie der Inbegriff von Fülle. Für sie gab es nie ›Hunderte von Mücken‹ oder ›Millionen‹ oder ›sehr viele‹, sondern immer neunundfünfzig. Fröhlich hatte sie, ohne eine Sekunde

nachzudenken, neunundfünfzig Bären vorausgesagt. Jetzt, wo sie der Zahl so nahe waren – sie hatten Großvater-Bären, Mutterbären und Bärenjunge, honigfarbene, schwarze, braune und zimtfarbene Bären gezählt, Bären, die zur Hälfte in Abfallkübeln steckten, Bären, die am Straßenrand bettelten, Bären, die im Fluß schwammen, Bären, die zur Abendessenszeit um Zelte und Wohnwagen herumschnüffelten –, konnten sie ruhig bei neunundfünfzig bleiben. Sie würden den Naturschutzpark am nächsten Tag verlassen.
Fern von den Holzstegen, dem Getue der Parkpolizei und den vielfältigen Wunderdingen, erholte sich Norton ein wenig. Sein Kopfschmerz hatte sich in die äußerste Ecke der Wahrnehmung zurückgezogen, kreiste und zögerte dort wie ein widerspenstiger Vogel. Als Junge hatte Norton ganz für sich eine Art intensiven Gebets entwickelt – nicht an eine Vorstellung von Gott gerichtet, sondern an das, was er sich gerne als den Genius eines Ortes vorstellte, der schützende Geist eines Eschenhains oder eines Küstenstreifens. Wofür er betete, war in der einen oder anderen Form ein privates Wunder: Er stellte sich vor, besonderes Glück in Aussicht zu haben, wenn er beispielsweise ein Reh sah oder ein vom Wasser geschliffenes Stück Quarz fand. Ob sein Wille lediglich mit dem Zufall übereinstimmte oder tatsächlich etwas herbeizwang, dessen war er sich nicht sicher. Jedenfalls besaß er eine gewisse Macht. Eingelullt von dem gleichmäßigen Motorengeräusch, tat Norton nun so, als ob er schliefe, und begann, sich die Tiere des Waldes zu Willen zu machen – die nebelfarbene, feingezeichnete Antilope, die schwerfälligen, zerzausten Büffel, die roten Füchse, die Bären. Vor seinem inneren Auge sah er sie im tiefen Dickicht und den Mittagsverstecken innehalten, aufgeschreckt, wie durch die Gegenwart von etwas Fremdem. Er sah, wie sich

eines nach dem anderen umdrehte und sich dem Platz näherte, wo er saß und heftig und unermüdlich die Bewegung jedes Hufs und jeder Tatze bestimmte.

»Elch!« rief Sadie, wie eine Stimme aus den Tiefen seines Kopfes. Das Auto schwenkte seitwärts und kam am Straßenrand zum Stehen. Norton schreckte hoch. Andere Wagen hielten neben und hinter ihnen. Obwohl Sadie sehr ängstlich war, fürchtete sie sich nicht vor Tieren. Sie konnte gut mit ihnen umgehen. Norton hatte sie einmal überrascht, als ein wilder Hirsch aus ihrer Hand Blaubeeren fraß, ein Hirsch, der sie mit einem Huftritt zu Boden schleudern konnte. Der Gedanke an Gefahr kam ihr einfach nie in den Sinn.

Jetzt lief sie hinter den Männern in Hemdsärmeln her, hinter den Frauen in bedruckten Baumwollkleidern, hinter Kindern jedes Alters, die sich am Rand der Straße zusammendrängten, wie am Schauplatz eines höchst erstaunlichen Unfalls. Die Straßenböschung fiel steil ab zu einer Lichtung inmitten dichtstehender Pinien. Alle hatten Photoapparate. Sie stellten die Blende ein, schwenkten Belichtungsmesser, riefen ihren Verwandten und Freunden am Straßenrand zu, sie bräuchten neue Filme, und fielen rutschend und strauchelnd in einer Lawine rostfarbener Piniennadeln und loser Erde den Abhang hinunter. Großäugig knieten die Elche auf dem feuchten grünen Grund des kleinen Tals, königlich unter der Last des sich spreizenden, dunkelschaligen Geweihs. Als die vollgepackten Menschen schreiend auf sie zukamen, erhoben sie sich in langsamem, schläfrigem Erstaunen und gingen gelassen und gleichgültig in den weglosen Wald hinter der Lichtung.

Norton stand in ruhiger, zurückgezogener Würde oben am Abhang. Er beachtete die Leute nicht, die jetzt unzufrieden und lärmend durch das Unterholz stolperten. Im Geiste entwarf er eine Entschuldigung an die Elche. Er hatte es gut gemeint.

»Ich hatte noch nicht mal Zeit für ein Photo«, sagte Sadie neben ihm. »Aber es war sowieso pechschwarz da unten.« Ihre Finger legten sich auf seinen nackten Oberarm, weich und fest wie eine Saugschnecke. »Komm, laß uns den Teich ansehen. Den, der alle fünfzehn Minuten zu kochen anfängt.«

»Geh du«, sagte Norton. »Ich habe Kopfschmerzen, fast einen Sonnenstich. Ich werde im Auto auf dich warten.«

Sadie sagte nichts, zeigte aber unverkennbar ihre Übellaunigkeit, und Norton merkte, daß er sie enttäuscht hatte.

Mit dem Gefühl eines nahenden Sturms sah Norton kurz darauf, wie Sadie unter ihrem spitzen Strohhut, das rote Band unter dem Kinn zu einer Schleife gebunden, die Unterlippe in gekränktem Schmollen vorschob und vom Auto wegstolzierte. In der Gruppe anderer Touristen entschwand sie über dem blendend weißen Horizont.

In Tagträumen sah sich Norton oft in der Rolle des Witwers: eine hohlwangige, dunkel gekleidete, hamletähnliche Gestalt, dazu bestimmt, abgesondert und zerzaust von unverhofften Stürmen auf einsamen Vorsprüngen oder an der Reeling von Schiffen zu stehen, während Sadies schlanker, eleganter, weißer Körper in einer Art Halbrelief im Zentrum seines Geistes in ihm fortlebte. Es kam Norton nie in den Sinn, daß seine Frau ihn überleben könne. Ihre Sinnlichkeit, ihre schlichten heidnischen Freudenausbrüche, ihre Unfähigkeit, anders als ihren momentanen Emotionen gemäß zu argumentieren – das war ein zu zarter, zu dünngesponnener Stoff, um außerhalb seiner beschützenden Flügel überleben zu können. Wie er vermutet hatte, war

Sadies selbständiger Ausflug alles andere als befriedigend verlaufen. Der Teich hatte zwar erwartungsgemäß in wunderschönen Blautönen zu kochen begonnen, aber ein plötzlich umschlagender Windstoß schlug ihr den heißen Dampf ins Gesicht und verbrühte sie fast tödlich. Und irgendein Kerl oder eine Gruppe von Jungen hatte sie auf dem Steg angesprochen und ihr alles verdorben. Eine Frau allein wurde nie in Ruhe gelassen; eine einzelne Frau war eine einherspazierende Aufforderung für alle möglichen Unverschämtheiten.

Norton wußte genau, daß Sadie damit um seine Begleitung bettelte. Aber seit dem Vorfall mit dem Wassersack gärte in ihm ein heftiger Ekel vor der Masse der Touristen. Bei dem Gedanken, sich wieder unter den Pöbel mischen zu müssen, zuckten seine Finger. Aus großer Entfernung, vom Olymp aus, sah er sich, wie er ein Kind in den dampfenden Teich schubste und einen fetten Mann in den Bauch boxte. Unverhofft stießen seine Kopfschmerzen wieder zu, wie der Schnabel eines Geiers.

»Warum heben wir uns den Rest nicht für morgen auf«, sagte er. »Dann bin ich sicher wieder soweit, mit dir mitzugehen.«

»Heute ist unser letzter *Tag.*«

Norton wußte nichts darauf zu sagen.

Erst als sie am siebenundfünfzigsten Bär vorbeikamen, wurde Norton klar, wie verärgert Sadie war. Der Bär lag ausgestreckt vor ihnen auf der Straße, eine massige braune Sphinx, die einen Sonnenstrahl besetzt hielt. Sadie konnte ihn nicht übersehen haben; sie mußte auf die linke Fahrbahn wechseln, um um ihn herumzukommen, aber sie preßte die Lippen zusammen und sagte nichts, sondern gab Gas und schoß durch die Kurve. Als sie zu der Kreuzung nahe der großen regenbogenfarbenen Teiche kamen, fuhr sie so schnell vorbei, daß eine Gruppe, die gerade die Straße überqueren wollte, zurücksprang und der Parkpolizist wütend hinter ihnen herschrie: »Hej, fahren Sie langsam!« Ein paar hundert Meter nach der Kreuzung begann Sadie zu weinen. Ihr Gesicht schwoll an, und ihre Nase rötete sich; Tränen liefen ihr über die Mundwinkel und übers Kinn.

»Bleib stehen«, befahl Norton schließlich, um die Sache in die Hand zu nehmen. Der Wagen holperte auf den unbefestigten Straßenrand, bockte ein- oder zweimal, dann war der Motor abgewürgt. Sadie fiel wie eine Stoffpuppe über dem Lenkrad zusammen.

»Ich wollte doch sonst gar nichts«, schluchzte sie undeutlich, »ich wollte doch nur die Teiche und die Quellen sehen.«

»Hör mal«, sagte Norton, »ich glaube, ich weiß, was mit uns los ist. Es ist fast zwei Uhr, und wir sind seit sechs Stunden ohne einen Happen unterwegs.«

Sadies Schluchzer wurde leiser. Sie ließ es sich gefallen, daß er den Strohhut losband und ihr das Haar streichelte. »Wir fahren jetzt zur Mammoth Junction«, fuhr Norton fort, als erzähle er eine beruhigende Gute-Nacht-Geschichte, »essen eine heiße Suppe und Sandwiches, fragen nach der Post, und auf dem Rückweg klettern wir zu allen heißen Quellen hoch und halten an jedem Teich. Was hältst du davon?«

Sadie nickte. Er spürte, daß sie einen Moment zögerte. Dann platzte sie heraus: »Hast du den *Bär* gesehen?«

»Natürlich habe ich den Bär gesehen«, sagte Norton und unterdrückte ein Lächeln. »Wie viele sind es jetzt?«

»Siebenundfünfzig.«

Mit der nachlassenden Intensität der Sonne und mit Sadies hübscher, biegsamer Taille in seinem Arm fühlte Norton ein neues Wohlwollen für die Menschheit in sich erblühen. Die irritierende Flamme im Innersten seines Schädels wurde kühler. Er startete den Wagen mit entschiedener, selbstgefälliger Überlegenheit.

Jetzt schlenderte Sadie gesättigt und zufrieden ein paar Meter vor ihm, unsichtbar, eingehüllt in Dunst, aber so sicher die Seine wie ein Lamm am Strick. Ihre Unschuld, ihre Wahrhaftigkeit verlieh ihm den Nimbus einer schützenden Gottheit. Er war in ihr, er umschloß sie. Er sah nicht, oder er wollte nicht sehen, wie ihre Ergebenheit ihn bewegte und anzog, auch jetzt nicht, wo sie ihn durch den dampfenden erstickenden Dunst führte und er ihr folgte, obwohl sich die Regenbogenfarben in der Tiefe des Wassers verloren hatten.

Als sie den Rundgang auf den Stegen beendet hatten, war die Sonne hinter die Hügel gesunken, und die großen Pinien bildeten eine Schattenwand entlang der verlassenen Straße. Norton fuhr weiter, ein Anflug von Unruhe ließ ihn auf die Benzinuhr sehen. Der weiße Zeiger stand auf ›Leer‹. Sadie mußte es auch gesehen haben, denn sie schaute in dem schwächer werdenden Licht zu ihm rüber.

»Meinst du, wir schaffen es?« fragte sie in merkwürdiger Erregung.

»Natürlich«, sagte Norton, obwohl er keineswegs sicher war. Bis zum See gab es keine Tankstelle, und die Fahrt dahin würde über eine Stunde dauern. Der Tank hatte natürlich eine Reserve, aber er hatte es nie ausprobiert, er ließ das Benzin nie unter »Viertel« absinken. Der Ärger mit Sadie mußte ihn von der Benzinuhr abgelenkt haben; sie hätten ohne weiteres an der Mammoth Junction tanken können. Er schaltete das Fernlicht an, aber selbst dadurch schien die

kleine, sich von ihnen fortbewegende Lichthöhle nicht gegen die dunklen Bataillone der sie umgebenden Pinien anzukommen. Wie angenehm wäre es, dachte er, wenn zur Abwechslung die Lampen eines anderen Autos hinter ihnen im Rückspiegel zu sehen wären. Aber der Spiegel war voller Dunkelheit. In einem ängstlichen, irrationalen Augenblick spürte Norton das ganze Gewicht der Dunkelheit, sie lastete auf seinem Schädel, preßte sich von allen Seiten mit grausamer Stärke gegen ihn, als ob sie die zarte, knochenbewehrte Schale zerbrechen wollte, die ihn zu etwas Besonderem machte.
Er fuhr mit der Zunge über die trockenen Lippen und begann gegen die Dunkelheit anzusingen, was er seit seiner Kindheit nicht mehr getan hatte.

›You wanderin' boys of Liverpool
I'll have you to beware
When you go a-huntin'
With your dog, your gun, your snare . . .‹

Der klagende Rhythmus des Liedes vergrößerte die Einsamkeit der Nacht um sie.

›One night as I lay on my bunk
A dreamin' all alone . . .‹

Plötzlich flackerte Nortons Gedächtnis wie eine Kerze im Luftzug. Der Text des Liedes war ihm entfallen. Aber Sadie griff den Faden auf:

›I dreamt I was in Liverpool
Way back in Marylebone . . .‹

Und zusammen sangen sie das Lied zu Ende:

›With my true love beside me
And a jug of ale in hand
And I woke quite broken-hearted
Lying off Van Diemen's land.‹

Daß er den Text vergessen hatte, verstörte Norton. Er hatte ihn auswendig gewußt wie seinen Namen. Ihm war, als ob sein Gehirn aufweiche.

Während der nächsten halben Stunde kamen sie an keiner ihnen bekannten Stelle vorbei, und der Zeiger der Benzinuhr fiel weit über ›Leer‹ hinaus. Norton merkte, daß er dem dünnen Surren des Motors lauschte, wie dem Atem eines geliebten, sterbenden Verwandten, mit gespitzten Ohren lauerte er auf das Stocken, das Stottern, die Stille.

»Selbst, wenn wir es schaffen«, sagte Sadie mit einem angespannten, kleinen Lachen, »können wir noch zweimal Pech haben. Es könnte ein Wohnwagen auf unserem Parkplatz stehen und am Zelt ein Bär auf uns warten.«

Endlich tauchte der See langsam vor ihnen auf, eine strahlende, silberne Fläche hinter den dunklen Schattenkegeln der Pinien, die das Licht der Sterne und den rötlichen, wieder aufgegangenen Mond spiegelte. Etwas Weißes kreuzte leuchtend das Scheinwerferlicht, als ein Hirsch in die Büsche jagte. Der schwache, trockne Nachhall der Hirschhufe und der Anblick des Wassers trösteten sie. Auf der anderen Seite des Sees zeigte ein winziges Diadem von Lichtern die Läden des Camping-Zentrums an. Zwanzig Minuten später fuhren sie giggelnd wie Teenager in die beleuchtete Tankstelle ein. Der Motor erstarb fünf Yards vor der Tanksäule.

Norton hatte Sadie seit Beginn ihrer Reise nicht so fröhlich gesehen. Im Freien zu übernachten, selbst im Park zwischen anderen Zelten und Wohnwagen, entnervte sie. Eines Abends, als er kurz am Seeufer entlangging, während sie zurückblieb und das Geschirr vom Abendessen abwusch, war sie hysterisch geworden – mit ihrem Küchenhandtuch winkend, war sie rufend zum See hinuntergestürzt, und bis er sie hörte und zurückkam, waren die blauen Schatten um sie dicht wie Wasser geworden. Aber jetzt hatten die überstandene Fahrt durch die angsterregende Dunkelheit, der leere Benzintank und die menschenleere Straße wie Brandy auf sie gewirkt. Ihr Übermut bestürzte ihn; er trug die Last ihrer ewigen Vorsicht, ihrer hasenhaften Ängste. Als sie auf den Campingplatz fuhren und zu ihrem Platz nach der Biegung kamen, blieb Nortons Herz stehen. Ihr Zelt war weg. Aber dann sah er, schamrot über seine Dummheit, daß es nur von dem länglichen, ballonartigen Umriß eines fremden Wohnwagens aus Aluminium verdeckt worden war, der sich neben sie gestellt hatte.

Er lenkte das Auto auf den Parkplatz hinter den Wohnwagen. Im Licht der Scheinwerfer sahen sie einen dunklen, gewölbten Schatten, ein paar Yards von ihrem Zelt entfernt. Sadie lachte leise und frohlockend. »Achtundfünfzig!«

Durch das helle Licht oder das Motorengeräusch verwirrt, zog sich der Bär vom Abfalleimer zurück. In schwerfälligem Trott verschwand er in dem Labyrinth der dunklen Zelte und Wohnwagen.

Eigentlich kochte Sadie nach Einbruch der Dunkelheit ungern, da der Geruch des Essens die Tiere anlockte. Aber an diesem Abend holte sie aus dem Campingplatz-Eisschrank die rosafarbenen Seeforellen, die sie am Tag zuvor gefangen hatten. Sie briet sie zusammen mit ein paar Pellkartoffeln und kochte Mais dazu. Sie rührte sogar beim gelben Licht

ihrer Taschenlampe die übliche Ovomaltine und machte gutgelaunt das Wasser für den Abwasch heiß.
Um den Verlust des Wassersacks und seine Unachtsamkeit beim Tanken wettzumachen, räumte Norton besonders gründlich auf. Er wickelte die Fischreste in Wachspapier ein und verstaute das Päckchen auf dem Rücksitz des Autos, zusammen mit einer Tüte Kekse, fig newtons, und dem Eisbehälter. Er überprüfte die Autofenster und verriegelte die Türen. Er vergewisserte sich, daß der Kofferraum abgeschlossen war, denn er war so vollgepackt mit Büchsen- und Trockennahrung, daß sie gut zwei Monate damit hätten auskommen können. Dann nahm er den Eimer mit dem seifigen Abwaschwasser und scheuerte den Holztisch und die beiden Bänke damit. Bären würden nur die schlampigen Camper belästigen, hatte die Parkpolizei gesagt, Leute, die Essensreste liegenließen oder Essensvorräte in ihren Zelten aufbewahrten. Jede Nacht zogen die Bären auf Futtersuche von Mülltonne zu Mülltonne über den Campingplatz. Dagegen konnte man nichts machen. Die Mülltonnen hatten metallene Deckel und waren in die Erde eingelassen, aber die Bären waren pfiffig genug, um die Deckel hochzuklappen und den Abfall herauszugraben. Sie wühlten sich durch Wachspapier und Pappkartons, auf der Suche nach Resten von altem Brot, Hamburgern und Hot dogs, nach unausgewaschenen Honig- und Marmeladengläsern, nach all den verschwenderischen Hinterlassenschaften von Campern ohne anständige Kühlboxen oder Vorratsbehälter. Obwohl es strikt verboten war, fütterten manche Leute die Bären auch noch – lockten sie mit Zucker und Gebäck vor ihre Kameras, schoben den Bären sogar ihre Kinder unter die Nase, nur um ein noch originelleres Photo zu schießen.
In dem pelzigen, blauen Mondlicht waren die Pinien voll

drohender Schatten. Norton stellte sich die großen, ungeschlachten Gestalten der Bären vor, die tief in dieser Dunkelheit herumtrotteten und nach Nahrung schnüffelten. Wieder quälten ihn Kopfschmerzen. Und zusammen mit den Kopfschmerzen ging ihm noch etwas anderes im Kopf herum und quälte ihn wie die vergessenen Worte eines Liedes: Irgendein Sprichwort, eine langversunkene Erinnerung war es, wonach er suchte, aber nicht greifen konnte.
»Norton!« zischte Sadie aus dem Zelt.
Er ging zu ihr wie in Trance, mit den langsamen Bewegungen eines Schlafwandlers, und zog den Reißverschluß des Zelteingangs mit dem eingenähten Moskitonetz hinter sich zu. Der Schlafsack hatte die Wärme ihres Körpers aufgenommen, er kroch neben sie, wie in ein tiefes Nest.

Das Krachen weckte ihn. Erst träumte er den wahnsinnigen Schlag, das nachfolgende, klirrende Geräusch von splitterndem Glas, dann erwachte er, war auf der Stelle hellwach und hörte immer noch eine leiser werdende Kaskade von Glokken und Gongs.
Sadie lag angespannt neben ihm. Der Hauch ihrer Worte liebkoste sein Ohr. »Mein Bär«, sagte sie, als ob sie es gewesen war, die ihn aus der Dunkelheit gerufen hatte.
Nach dem Krachen war es einen Moment unnatürlich still. Dann hörte Norton ein schurrendes Geräusch in der Nähe des Autos. Gepolter und Scheppern folgte, als ob der Bär Blechdosen und Einmachgläser den Abgang hinunterrollte. Er hat den Kofferraum aufgekriegt, dachte Norton. Er wird all unsere Fleisch-, Suppen- und Obstdosen aufreißen und wird die ganze Nacht dableiben und alles verschlingen. Die Vorstellung, daß der Bär an ihren Vorräten war, machte ihn wütend. Irgendwie war der Bär an dem geklauten Wasser-

sack schuld, an dem leeren Benzintank, und als ob das noch nicht genug wäre, machte er sich nun auch noch daran, ihre Vorräte für zwei Monate in einer einzigen Nacht aufzufressen.

»Tu was.« Sadie kuschelte sich in das Nest aus Decken. »Verscheuch ihn.« Ihre Stimme forderte ihn heraus, dennoch waren seine Glieder schwer.

Norton hörte, daß der Bär am Zelt entlangtrottete und schnüffelte. Die Zeltleinwand flappte wie ein Segel. Vorsichtig kletterte er aus dem Schlafsack, ungern verließ er die dunkle Moschuswärme. Er spähte durch das Netzfenster der Zelttür. In der blauen Flut des Mondlichtes sah er den Bär, der sich durch ein Loch in das linke Rückfenster des Wagens schob, da, wo die Scheibe hätte sein sollen. Mit einem Knistern, als ob Papier zusammengeknüllt würde, holte der Bär ein kleines Bündel Stroh mit herabhängenden Bändern heraus.

Eine Woge von Wut durchlief Norton. Der verdammte Bär hatte kein Recht, den Hut seiner Frau derart zu zerfetzen. Der Hut gehörte zu Sadie so untrennbar wie ihr Körper, und dieser Bär zerstörte ihn, fetzte ihn auseinander, auf eine schrecklich neugierige Weise.

»Du bleibst hier«, sagte Norton. »Ich werde den Bär verjagen.«

»Nimm die Lampe. Die wird ihm angst machen.«

Norton tastete auf dem Zeltboden nach der kalten, zylindrischen Form der Taschenlampe, zog den Reißverschluß der Tür auf und stieg in den bleichen Schleier des Mondlichts hinaus. Der Bär hatte es inzwischen geschafft, sich den gebratenen Fisch vom Wagenboden zu angeln. Aufgerichtet fummelte er täppisch, aber ohne sich ablenken zu lassen, an der Wachspapierverpackung. Die Überreste von Sadies Hut,

ein absurdes, lächerliches Strohknäuel, lagen zu seinen Füßen.
Norton richtete den Lichtstrahl der Taschenlampe direkt in die Augen des Bären. »Hau ab hier, du«, sagte er.
Der Bär rührte sich nicht.
Norton machte einen Schritt vorwärts. Der Bär stand wie ein Turm vor dem Auto. In dem grellen Licht sah Norton das gezackte Glas um das gähnende Loch des Autofensters. »Hau ab ...« Er hielt die Lampe ruhig, schritt vorwärts und setzte seine ganze Kraft darein, dem Bären seinen Willen aufzuzwingen. Jeden Moment mußte der Bär nachgeben und sich trollen. »Hau ab ...« Aber da war noch ein anderer Wille, und er war stärker als der seine.
Die Dunkelheit ballte sich zu einer Faust und schlug zu. Das Licht erlosch. Der Mond schob sich hinter eine Wolke. Heißer Ekel schoß Norton durch Herz und Eingeweide. Er kämpfte dagegen an und schmeckte den dicken, süßen Honig, der seine Kehle füllte und ihm aus den Nasenlöchern quoll. Wie von einem weiten und sich rasend schnell entfernenden Planeten hörte er einen gellenden Schrei – des Schreckens oder Triumphs, er wußte es nicht.
Es war der letzte Bär, ihr Bär, der neunundfünfzigste.

# MÜTTER

Esther war noch oben, als Rose an der Hintertür »Huhu, Esther, sind Sie fertig?« rief. Rose wohnte mit ihrem pensionierten Ehemann Cecil in dem oberen der kleinen Landhäuser, am Ende der Auffahrt, die zu Esthers Haus führte – ein großes, strohgedecktes Gutshaus mit einem gepflasterten Hof. Es waren nicht die üblichen Pflastersteine, sondern unbehauene Steine, deren schmale, längliche Seiten ein Mosaik bildeten, und die Stiefel und Hufe, die im Laufe der Jahrhunderte darüber gegangen waren, hatten sie zu einer fast glatten Fläche zusammenwachsen lassen. Vom Hof aus führte das Steinmosaik unter der stabilen, eisenbeschlagenen Eichentür in die dunkle Diele zwischen Küche und Spülküche, und zu Zeiten der alten Lady Bromehead hatte es auch den Boden beider Räume gebildet. Aber nachdem sich Lady Bromehead im Alter von neunzig Jahren bei einem Sturz die Hüfte gebrochen hatte und in ein Heim gebracht worden war, hatte eine Reihe dienstbotenloser Mieter ihren Sohn überredet, die Räume mit Linoleum auszulegen.

Die Eichentür war die Hintertür; jeder, außer den seltenen, fremden Besuchern, benutzte sie. Von der gelbgestrichenen Vordertür aus guckt man zwischen zwei stachligen Buchsbäumen auf ein Brennesselfeld, das bis an die Kirche reicht, die, umgeben von Grabsteinen, in den grauen Himmel weist. Das vordere Tor liegt direkt an der Ecke des Friedhofs.

Esther zog sich ihren roten Turban über die Ohren und ordnete die Falten ihres Kaschmirmantels so, daß sie lose an ihr herabfielen. Der flüchtige Betrachter würde sie schlicht für eine große, stattliche, beleibte Person halten und nicht sehen, daß sie im achten Monat schwanger war. Rose hatte, bevor sie nach Esther rief, nicht geklingelt. Esther stellte sich vor, wie die neugierige Rose sich in der nackten Diele begierig umsah, in der unordentlich bis hin zur Küche das Kinderspielzeug verstreut war. Esther hatte sich immer noch nicht daran gewöhnt, daß die Leute einfach ins Haus hineinplatzten, ohne vorher zu klingeln. Der Briefträger machte das, und der Bäcker und der Junge aus dem Lebensmittelgeschäft, und nun auch noch Rose, die aus London war und es eigentlich besser wissen sollte.

Einmal hatte Esther beim Frühstück laut und deutlich mit Tom gestritten, als die Hintertür aufgerissen wurde und klatschend eine Handvoll Briefe und Zeitungen auf das Dielenpflaster flogen. Das »Morgen« des Briefträgers war gerade noch zu hören. Esther fühlte sich bespitzelt. Eine Zeitlang hatte sie danach die Hintertür von innen verriegelt, aber die Unmutsäußerungen der Handwerker, die hereinzukommen versuchten und die Tür am hellichten Tag verschlossen fanden, dann klingelten und warteten, bis sie kam, um die Tür geräuschvoll zu entriegeln, waren ihr dann noch peinlicher als vorher das selbstverständliche Hereinkommen. Deshalb ließ sie es, wie es war, und vermied, sich zu streiten, und wenn, dann weniger lautstark.

Als Esther runterkam, wartete Rose draußen vor der geöffneten Tür, feingemacht mit einem lavendelfarbenen Satinhut und einem karierten Tweedmantel. Neben ihr stand eine blonde Frau mit ausgemergeltem Gesicht, bläulichen Augenlidern und ohne Augenbrauen. Das war Mrs. Nolan, die Frau des Pub-Inhabers vom »White Hart«. Rose hatte erzählt, daß Mrs. Nolan bisher nicht an den Treffen der Mothers' Union teilgenommen hatte, weil sie niemanden hatte, der mit ihr ging. Deshalb nahm Rose sie nun, zusammen mit Esther, zum monatlichen Treffen der Union mit.

»Könnten Sie bitte noch einen Moment warten, Rose, ich will Tom nur schnell sagen, daß ich gehe.« Als Esther auf dem Kopfsteinpflasterweg vorsichtig in den hinteren Teil des Gartens ging, spürte sie förmlich, wie Roses scharfe Augen ihren Hut, ihre Handschuhe und die Absätze ihrer Lackschuhe musterten. Hinter den leeren Ställen pflanzte Tom Roller berries in das frisch umgegrabene Beet. Die Kleine saß auf einem Hügel roter Erde auf dem Weg und schaufelte sich mit einem verbeulten Löffel Dreck in den Schoß.

Esthers kurzer Anflug von Unmut über Toms unrasiertes Gesicht und daß er die Kleine einfach im Dreck spielen ließ, verflog, als sie sah, wie sehr die beiden mit sich zufrieden waren und völlig übereinstimmten. »Tom!«, ohne darüber nachzudenken, stützte sie ihre weißbehandschuhte Hand auf das erdverkrustete Holzgatter, »ich gehe jetzt, kannst du dem Baby ein Ei kochen, falls es spät wird?«

Tom richtete sich auf und rief ihr irgendwas Ermunterndes zu, das aber in der dicken Novemberluft zwischen ihnen unterging, und das Baby drehte sich in die Richtung von Esthers Stimme, das Mündchen schwarz, als ob es Dreck gegessen hätte. Aber bevor die Kleine sich hochstemmen und hinter ihr herwackeln konnte, ging Esther schnell in den Hof zurück, wo Rose und Mrs. Nolan warteten. Esther ließ die beiden durch das zwei Meter hohe, grobe Holztor vorgehen und zog es hinter sich ins Schloß. Rose winkelte beide Arme an, und Mrs. Nolan ergriff den einen und Rose den anderen, und die drei stöckelten in ihren besten Schuhen die steinige Einfahrt hinunter, vorbei an Roses Landhaus, vorbei an dem Haus des blinden Mannes und seiner unverheirateten Schwester, bis sie in die Dorfstraße einbogen.

»Wir treffen uns heute in der Kirche.« Rose schob mit der Zunge einen Pfefferminzbonbon in die Backe und bot den beiden auch einen aus der mit Silberpapier umwickelten Rolle an. »Wir treffen uns nicht immer in der Kirche. Nur wenn neue Mitglieder dazukommen.«

Mrs. Nolan verdrehte ihre hellen Augen gen Himmel, Esther konnte nicht ausmachen, ob aus allgemeiner Bestürzung oder wegen des bevorstehenden Kirchenbesuchs. Sie lehnte sich ein bißchen vor und fragte über Rose hinweg: »Sind Sie auch neu hier?«

Mrs. Nolan stieß ein freudloses Lachen aus. »Ich bin seit *sechs Jahren* hier.«

»Aber dann müssen Sie doch jeden kennen.«

»Kaum eine *Seele*«, sagte Mrs. Nolan in einem Ton, der Esther nichts Gutes verhieß und in ihr eine Vorahnung aufsteigen ließ, wie ein Vogelschwarm, der mit frostigen Krallen auf ihr Herz drückte. Wenn Mrs. Nolan, nach Aussehen und Akzent ganz offensichtlich eine Engländerin, und dazu die Frau des Dorfwirtes, sich nach sechs Jahren in Devon noch als Fremde fühlte, wie konnte dann Esther, als Amerikanerin, jemals darauf hoffen, in dieser verwurzelten Gemeinschaft Fuß zu fassen?

Arm in Arm gingen die drei Frauen die Straße hinunter, unter der hohen Stechpalmenhecke von Esthers Grundstück entlang, vorbei an ihrem Vordertor und der roten grobkörnigen Kirchhofsmauer. Stumpfe, mit Flechten überzogene Grabsteine neigten sich ihnen in gleicher Höhe entgegen. Lange bevor man an Straßenpflaster dachte, war der Weg allmählich so festgetreten worden, daß er sich wie ein uraltes Flußbett zwischen den abschüssigen Böschungen wand. Sie gingen am Fenster des Metzgers vorbei, der seine Auslage, wie immer in der Wochenmitte, mit Schweinshachsen und Schmalztöpfen dekoriert hatte, und weiter die Straße hoch, an der Polizeiwache und der öffentlichen Bedürfnisanstalt vorbei. Von allen Seiten sah Esther Frauen, einzeln oder in Gruppen, auf das Friedhofstor zustreben. Unter der Last von schweren Wollsachen und düsteren Hüten schienen sie ausnahmslos griesgrämig und alt zu sein.

Als Esther und Mrs. Nolan etwas zögernd am Tor stehenblieben und Rose anstupsten vorzugehen, erkannte Esther in der ungewöhnlich häßlichen Person, die lächelnd und nickend hinter ihr stand, die Frau, die ihr auf dem Harvest Festival eine riesige Steckrübe für eineinhalb Shilling verkauft hatte. Die Steckrübe hatte Esthers Einkaufskorb total ausgefüllt und quoll über den Rand, wie ein übernatürliches Gemüse aus dem Märchenbuch; aber als sie versuchte, sie in Scheiben zu schneiden, stellte sich heraus, daß sie schwammig und zäh wie ein Korken war. Nach zwei Minuten war sie im Dampfkochtopf zu einem blaß-orangenen Matsch geschrumpft, der Boden und Seiten des Topfes mit einer schleimigen, übelriechenden Flüssigkeit schwarz färbte. Vielleicht hätte ich sie einfach gleich kochen sollen, dachte Esther jetzt, als sie Rose und Mrs. Nolan unter den stumpf gekappten Linden zur Kirchentür folgte.

Die Kirche erschien ihr merkwürdig hell, bis ihr einfiel, daß sie sie niemals tagsüber betreten hatte, sondern immer nur im Dunkeln zur Abendandacht. Die hinteren Bankreihen waren bereits von raschelnden, nickenden, knieenden, wohlwollend in alle Richtungen lächelnden Frauen besetzt. Rose führte Esther und Mrs. Nolan zu einer leeren Bank in der Mitte der Kirche. Erst schob sie Mrs. Nolan, dann sich selbst hinein und zog Esther hinter sich her. Rose kniete als einzige der drei nieder. Esther senkte den Kopf und schloß die Augen, aber ihr Kopf blieb leer, sie kam sich nur scheinheilig vor. Deshalb öffnete sie die Augen und blickte um sich. Mrs. Nolan war die einzige in der Versammlung, die keinen Hut trug. Sie fing Esthers Blick auf, zog die Augenbrauen hoch, oder vielmehr das, was einmal ihre Augenbrauen waren. Dann lehnte sie sich vor. »Ich bin bisher selten hier gewesen«, vertraute sie Esther an.

Esther schüttelte den Kopf und formte die Lippen zu einem »Ich auch.« Das entsprach nicht ganz der Wahrheit. Einen Monat nachdem sie in die Stadt gezogen war, hatte Esther begonnen, die Abendandachten zu besuchen, ohne eine einzige auszulassen. Die Leere des ersten Monats hatte sie beunruhigt. Sonntags schickten die städtischen Glöckner morgens und abends ihr Glockenspiel dröhnend in die Umgebung. Ihren eindringlichen Klängen konnte man sich nicht entziehen. Sie krallten sich in die Luft und schüttelten sie mit hündischer Hingabe. Die Glocken vermittelten Esther das Gefühl, aus einem schönen örtlichen Feiertag ausgeschlossen zu sein.

Ein paar Tage nach ihrem Einzug hatte Tom sie wegen eines Besuchers nach unten gerufen. Zwischen unausgepackten Bücherkisten saß im vorderen Wohnzimmer der Pfarrer. Er war ein kleiner, grauhaariger Mann mit abstehenden Ohren, einem irischen Akzent und einem berufsbedingten, gütigen, alles verstehenden Lächeln. Er sprach über die Jahre, die er in Kenia verbracht hatte, wo er mit Jomo Kenyatta befreundet war, über seine Kinder in Australien und über seine englische Frau.

Esther erwartete ständig die Frage, ob sie Kirchgänger seien, aber über die Kirche sprach er überhaupt nicht. Er schaukelte das Baby auf den Knien, und schon nach kurzer Zeit ging er, und seine massige schwarze Gestalt verlor sich auf dem Weg zum Vordertor.

Einen Monat später, nach dauernder Beunruhigung durch die evangelischen Glocken, schrieb Esther, fast gegen ihren Willen, ein paar hastige Zeilen an den Pfarrer, in denen sie ihm mitteilte, daß sie gerne an der Abendandacht teilnehmen würde, und ihn bat, ihr das Zeremoniell zu erklären.
Nervös wartete sie einen ganzen Tag und dann noch einen, bereitete nachmittags Kuchen und Tee zu, den sie und Tom schließlich allein aßen, wenn sie sicher waren, daß die Teezeit auch bestimmt vorbei war. Am dritten Tag, als sie gerade ein gelbes Flanellnachthemd für das Baby zusammenheftete, sah sie zufällig aus dem Fenster auf das Vordertor, durch das eine untersetzte, schwarze Gestalt trat und langsam durch die Brennesseln auf das Haus zuschritt.
Esther begrüßte den Pfarrer voller Bedenken. Sie sagte ihm sofort, daß sie Unitarierin sei. Aber der Pfarrer lächelte erwidernd, daß sie als Christin, gleich welcher Richtung, in seiner Kirche willkommen sei. Das plötzliche Bedürfnis, dem Ganzen ein Ende zu bereiten und ihm geradeheraus zu sagen, daß sie Atheistin sei, schluckte Esther hinunter. Als sie das Gebetbuch der anglikanischen Kirche, das der Pfarrer ihr mitgebracht hatte, aufschlug, hatte sie das Gefühl, er könne den Anschein von Hinterhältigkeit in ihren Zügen bemerken; dennoch folgte sie seinen Erklärungen über die Gottesdienstordnung. Die Erscheinung des Heiligen Geistes und die Worte »Auferstehung des Fleisches« gaben ihr das irritierende Gefühl, zweimal vorhanden zu sein. Aber selbst, als sie gestand, daß sie nicht an die Auferstehung des Fleisches glauben könne (sie wagte nicht, auch noch hinzuzufügen, ›und auch nicht des Geistes‹), schien der Pfarrer nicht beunruhigt. Er wollte nur wissen, ob sie an die Wirksamkeit von Gebeten glaube.
»Oh ja, ja, daran glaube ich!« hörte Esther sich ausrufen,

und sie wunderte sich über die Tränen, die ihr im richtigen Moment in die Augen stiegen und nichts anderes bedeuteten als: Wie schön wäre es, daran glauben zu können. Später fragte sie sich, ob die Ursache ihrer Tränen die Vorstellung des unermeßlichen, unabänderlichen Abgrunds zwischen ihrer Ungläubigkeit und der Glückseligkeit des Glaubens waren. Sie brachte es nicht übers Herz, dem Pfarrer zu sagen, daß sie bereits einmal vor zehn Jahren all diese frommen Versuche unternommen hatte, und zwar im College, im Seminar »Vergleichende Religionswissenschaft«, und das einzige, was dabei herausgekommen war, war ihr Bedauern, keine Jüdin zu sein.

Der Pfarrer schlug vor, sie solle sich bei der nächsten Abendandacht mit seiner Frau treffen und sich neben sie setzen, damit sie sich nicht so fremd fühle. Dann fiel ihm noch etwas Besseres ein, sie würde vielleicht lieber mit Rose und Cecil, ihren Nachbarn, kommen. Sie seien regelmäßige »Kirchgänger«. Erst als der Pfarrer seine Gebetbücher und den schwarzen Hut nahm, fiel Esther der Zuckerkuchen und das in der Küche vorbereitete Teetablett ein. Aber jetzt war es zu spät. Esther beobachtete, wie der Pfarrer gemessenen Schrittes seinen Rückzug durch die grünen Brennesseln antrat, und dachte, es muß noch etwas anderes als Vergeßlichkeit gewesen sein, daß der Kuchen auf seinem Platz belassen wurde.

Die Kirche füllte sich jetzt rasch. Die Pfarrersfrau mit ihrem länglich-spitzen, freundlichen Gesicht erhob sich von ihrer vordersten Bank, und kam auf Zehenspitzen nach hinten, um das Andachtsbuch der Müttervereinigung auszuteilen. Esther spürte das Baby strampeln und pochen, und gelassen sagte sie sich: Ich bin eine Mutter. Ich gehöre hierher. Gerade, als die urzeitliche Kälte des Kirchenbodens auf ihre

Fußsohlen überging, standen alle Frauen raschelnd und ›Ruhe‹ zischend auf einmal auf, und der Pfarrer kam mit bedächtigem, gottgefälligem Schritt aus dem Seitenschiff.
Die Orgel holte Luft und stimmte den Eröffnungschoral an. Der Organist schien Anfänger zu sein. Alle paar Takte gelang ihm ein ausgedehnter Mißton, und die Stimmen der Frauen rutschten mit irre schleichender Verzweiflung hinter der ausweichenden Melodie her. Dann wurde gekniet, respondiert und weitere Choräle gesungen.
Der Pfarrer trat vor und wiederholte in voller Länge eine Geschichte, deren Thema schon Bestandteil der letzten Abendandacht gewesen war, und sie gipfelte in der ungeschickten, geradezu peinlichen Metapher über körperliche und seelische Abtreibungen, die Esther ihn schon eine Woche vorher bei einer Taufzeremonie hatte ausbringen hören. Bestimmt war es sein Lieblingsthema. Rose schob sich noch ein Pfefferminzbonbon zwischen die Lippen, und Mrs. Nolans Augen hatten den glasigen, entrückten Blick einer unglücklichen Seherin.
Zum Schluß traten drei Frauen vor, zwei von ihnen recht jung und anziehend, die letzte sehr alt, und knieten vor dem Altar nieder, um in die Müttervereinigung aufgenommen zu werden. Der Pfarrer hatte den Namen der älteren vergessen (Esther spürte direkt, wie er danach suchte) und mußte warten, bis seine Frau die Geistesgegenwart hatte, um nach vorne zu gleiten und ihm den Namen ins Ohr zu flüstern. Die Zeremonie konnte weitergehen.
Es war vier Uhr vorbei, als der Pfarrer die Frauen entließ. Esther verließ die Kirche zusammen mit Mrs. Nolan, da Rose von zwei anderen Frauen, von Brenda, der Frau des Gemüsehändlers, und der flotten Mrs. Hotchkiss, die auf Widdop Hall lebte und Schäferhunde züchtete, aufgehalten wurde.

»Bleiben Sie zum Tee?« fragte Mrs. Nolan, als sie inmitten der Frauen über die Straße geschoben wurden, die Allee entlang und auf die Polizeiwache in dem gelben Backsteinhaus zu.

»Deshalb bin ich ja gekommen«, sagte Esther. »Ich glaube, den Tee haben wir uns verdient.«

»Wann kommt Ihr Baby?«

Esther lachte. »Jeden Moment.«

Die Frauen bogen von der Allee links in einen Hof ein. Esther und Mrs. Nolan folgten ihnen in einen dunklen, scheunenartigen Raum, der Esther auf bedrückende Weise an Kirchenausflüge und Gruppensingen erinnerte. Ihre Augen versuchten in der Dunkelheit eine Teemaschine oder andere Anzeichen von Geselligkeit auszumachen, blieben aber nur an einem Pianino hängen. Die anderen Frauen drängten weiter, eine schlechtbeleuchtete Treppe hinauf. Zwei Schwingtüren öffneten sich zu einem hell erleuchteten Raum, mit zwei parallel stehenden Tischen, auf denen weiße Leinendecken lagen. In der Mitte der Tische wechselten Kuchen- und Gebäckplatten mit Schalen messingfarbener Chrysanthemen ab. Es war eine erstaunliche Anzahl sorgfältig verzierter Kuchen, einige mit Kirschen und Nüssen, andere mit Zuckerguß. Der Pfarrer hatte bereits am Kopfende des Tisches Stellung bezogen, und seine Frau an dem anderen, die Frauen drängten sich hinter die dichtgestellten Stühle zu beiden Seiten. Die Frauen aus Roses Gruppe nahmen am entgegengesetzten Ende des Pfarrertisches Platz. Gegen ihren Willen kam Mrs. Nolan genau gegenüber vom Pfarrer zu sitzen, Esther saß rechts von ihr, und der Stuhl links neben ihr war versehentlich leer geblieben.

Die Frauen saßen endlich und machten es sich bequem.

Mrs. Nolan wandte sich an Esther. »Und was machen Sie . . . ?«
Es war die Frage einer verzweifelten Frau.
»Oh, ich habe ein Baby.« Esther schämte sich wegen ihrer ausweichenden Antwort und setzte hinzu: »Ich tippe die Arbeiten meines Mannes ab.«
Rose beugte sich zu ihnen. »Ihr Mann schreibt für den *Rund*funk.«
»Ich male«, sagte Mrs. Nolan.
»Welche Technik?« Esther war ziemlich überrascht.
»Hauptsächlich Öl. Aber ich bin nicht sehr gut.«
»Haben Sie es schon mal mit einem Aquarell versucht?«
»Oh ja, aber da muß man wirklich gut sein. Das muß von Anfang an richtig sein.«
»Und was malen Sie? Porträts?«
Mrs. Nolan krauste ihre Nase und zog ein Zigarettenpäckchen hervor.
»Meinen Sie, man könnte hier rauchen? Nein, porträtieren liegt mir nicht. Aber manchmal male ich Ricky.«
Die kleine, verbraucht aussehende Frau, die mit dem Tee die Runde machte, war inzwischen bei Rose angelangt.
»Wir dürfen doch rauchen, nicht?« fragte Mrs. Nolan Rose.
»Oh, ich glaube nicht. Ich wollte beim ersten Mal auch unbedingt rauchen, aber niemand hat es getan.«
Mrs. Nolan blickte die Teefrau an. »Darf man rauchen?«
»Oh, nein, das nun wirklich nicht. Nicht in den Räumen der Kirche.«
»Wegen der Feuervorschriften?« wollte Esther wissen. »Oder ist es etwas Religiöses?« Aber keiner konnte ihr die Frage beantworten. Mrs. Nolan begann, Esther von ihrem siebenjährigen Sohn Benedict zu erzählen. Ricky war, wie sich herausstellte, ein Hamster.

Plötzlich flogen die Schwingtüren auf und ließen eine hochrote Frau mit einem dampfenden Tablett hinein. »Die Würste, die Würste!« kreischten von allen Seiten hocherfreute Stimmen. Esther war schon ganz schwach vor Hunger. Nicht einmal das klare, heiße Fett, das durch die Teigumhüllung sickerte, konnte sie zurückhalten – sie nahm einen großen Bissen, und Mrs. Nolan biß ebenfalls herzhaft zu. In diesem Moment senkten alle ihre Köpfe. Der Pfarrer sprach das Tischgebet.

Esther und Mrs. Nolan sahen sich an, beide mit vollen Bakken, zwinkerten sich zu und versuchten ihr Kichern zu unterdrücken, wie zwei Schulmädchen, die ein Geheimnis haben. Sowie das Gebet zu Ende war, wurden die Platten herumgereicht, und jedermann langte herzhaft zu. Mrs. Nolan erzählte Esther vom großen Benedict, dem Vater des kleinen Benedict, der Gummipflanzer in Malaya gewesen war, bis er das Pech hatte, krank zu werden, und nach Hause geschickt wurde.

»Wollen Sie noch etwas Kuchen?« Rose reichte eine Platte mit feuchten fruchtgefüllten Kuchenstücken, und Mrs. Hotchkiss schob eine dreischichtige Schokoladentorte hinterher.

Esther nahm von jedem ein Stück. »Wer hat den ganzen Kuchen gebacken?«

»Die Frau des Pfarrers«, sagte Rose. »Sie backt sehr viel.«

»Und der Pfarrer«, Mrs. Hotchkiss rückte ihren Rebhuhnflügel-Hut zurecht, »der Pfarrer hilft beim Rühren.«

Mrs. Nolan, ihrer Zigaretten entzogen, trommelte mit nervösen Fingern auf die Tischplatte. »Ich denke, ich sollte allmählich gehen.«

»Ich komme mit«, sagte Esther Kuchen kauend. »Ich muß zurück wegen der Kleinen.«

Aber die Frau mit dem Tee schenkte noch einmal nach, und die ganze Gesellschaft ähnelte mehr und mehr einem großen Familientreffen, von dem man sich nicht einfach entfernen kann, ohne sich zu bedanken oder wenigstens die Erlaubnis zum Gehen eingeholt zu haben.
Irgendwie hatte sich die Pfarrersfrau von ihrem Platz losgemacht und beugte sich plötzlich mütterlich über sie, eine Hand auf Mrs. Nolans Schulter, eine auf Esthers. »Dieser Hefekuchen ist köstlich«, sagte Esther, um ihr ein Kompliment zu machen. »Haben Sie ihn gebacken?«
»Oh, nein, er ist von Mr. Ockenden.« Mr. Ockenden war der örtliche Bäcker. »Es ist einer übrig. Wenn Sie wollen, können Sie ihn nachher kaufen.«
Esther war von diesem finanziellen Anschlag unangenehm berührt, aber dann fiel ihr sofort wieder ein, daß Kirchenleute aller Konfessionen ständig hinter irgendwelchen Pfennigen, Kollekten und Schenkungen her waren. Kürzlich hatte sie sich nach der Abendandacht im Besitz einer Sammelbüchse wiedergefunden – eines schmucklosen Holzkastens mit einem Schlitz, der offensichtlich darauf abzielte, daß man bis zum nächstjährigen Harvest Festival Geld reinstecken sollte. Während des Festivals wurden die Büchsen geleert und erneut in Umlauf gebracht.
»Ich hätte liebend gerne so einen Kuchen«, sagte Esther, eine Spur zu fröhlich.
Als die Pfarrersfrau ihren Platz wieder eingenommen hatte, hob unter den nicht mehr ganz jungen Frauen in ihren besten Blusen, Strickjacken und runden Filzhüten am Tischende ein Gemurmel und Gemache an. Schließlich erhob sich unter heftigem Geklatsche ihrer Nachbarinnen eine Frau, um im Namen aller der Frau Pfarrer für die reizende Teeinladung zu danken. Mit einer launigen Anmerkung wurde

auch dem Pfarrer für seine Hilfe gedankt – offenbar war es ein offenes Geheimnis, daß er für das Kneten des Kuchenteigs zuständig war. Erneuter Applaus und viel Gelächter. Danach erhob sich die Pfarrersfrau, um ihrerseits insbesondere Esther und Mrs. Nolan namentlich zu begrüßen. Außer sich vor Entzücken, gab sie der Hoffnung Ausdruck, sie würden der Mothers' Union beitreten. Man klatschte und lächelte und warf neugierige Blicke auf die genannten Frauen, aber dann wurden wieder die Platten herumgereicht. In dem ganzen Durcheinander verließ der Pfarrer seinen Platz und setzte sich auf den leeren Stuhl neben Mrs. Nolan. Er nickte Esther zu, als wollte er sagen, sie hätten ihre Gespräche ja bereits gehabt, und wandte sich mit leiser Stimme an Mrs. Nolan. Esther hörte schamlos zu, während sie sich durch ihren gebutterten Hefekuchen und diverse Kuchen aß. Der Pfarrer gab Mrs. Nolan einen merkwürdig scherzhaften Verweis, weil er sie nie zu Hause angetroffen hätte, wobei ihre zarte, helle Haut sich leuchtend rot färbte, und er fuhr fort: »Es tut mir leid, aber der Grund, warum ich nicht nach Ihnen rufen ließ, ist, weil ich dachte, Sie seien geschieden, und da möchte ich mich grundsätzlich nicht aufdrängen.«
»Oh, das macht nichts, das macht nun wirklich nichts mehr«, murmelte Mrs. Nolan, noch immer mit flammenden Wangen, und zupfte heftig am Kragen ihrer offenen Jacke. Der Pfarrer schloß seine Rede mit einer kleinen, freundlichen Moralpredigt, deren Inhalt an Esther vorbeiging, weil Mrs. Nolans gräßliche Situation sie derart verwirrte und außer sich brachte.
»Ich hätte nicht kommen sollen«, wisperte sie Esther zu. »Geschiedene Frauen sind hier nicht erwünscht.«
»Das ist ja lächerlich«, sagte Esther. »Ich gehe. Kommen Sie, wir gehen.«

Rose blickte auf, als sie sah, daß ihre beiden Schützlinge die Mäntel zuknöpften. »Ich komme mit. Cecil wird schon auf seinen Tee warten.«
Esther schaute zur Pfarrersfrau hinüber, die am anderen Ende des Raums von einer Traube schwatzender Frauen umgeben war. Der überzählige Kuchen war nicht auszumachen, und sie hatte auch keine Lust, die Sache weiter zu verfolgen. Sie konnte ja Mr. Ockenden auf seiner Samstagsrunde danach fragen. Und die Pfarrersfrau hätte wahrscheinlich auch noch einiges auf den Preis draufgeschlagen – zum Nutzen der Kirche, versteht sich, wie beim Wohltätigkeitsbasar.
Am Rathaus verabschiedete sich Mrs. Nolan bei Esther und Rose und ging den Berg zum Wirtshaus hinunter. In der ersten Senke löste sich die Straße am Fluß in einer feuchten blauen Nebelwand auf; schon nach kurzer Zeit war Mrs. Nolan nicht mehr zu sehen.

Rose und Esther gingen zusammen weiter.
»Ich habe nicht gewußt, daß Geschiedene nicht dabeisein dürfen«, sagte Esther.
»Oh, nein, die sind nicht gern gesehen.« Rose fummelte in ihrer Tasche herum und zog ein Päckchen Malzbonbons heraus. »Mögen Sie einen? Mrs. Hotchkiss hat gesagt, daß Mrs. Nolan, selbst wenn sie wollte, nicht Mitglied der Mothers' Union werden könne. Möchten Sie einen Hund?«
»Einen was?«
»Einen Hund. Mrs. Hotchkiss hat vom letzten Wurf einen Schäferhund übrig. Die schwarzen hat sie alle verkauft, die will jeder, und nun ist nur noch ein grauer da.«
»Tom *haßt* Hunde«, Esther war von ihrer Heftigkeit selbst überrascht. »Besonders deutsche Schäferhunde.«

Rose schien zufrieden. »Ich hab ihr schon gesagt, daß ich mir nicht vorstellen könne, daß Sie einen wollen. Gräßlich, diese Hunde.«

Aus dem dichten Dunst erhoben sich die grünlich schimmernden Grabsteine, als ob die alten Flechten eine magische Leuchtkraft besäßen. Die beiden Frauen ließen den Friedhof mit seiner niedrigen, schwarzen Eibe hinter sich, und als die Abendkühle durch ihre Mäntel drang und die Wärme des Tees vertrieb, winkelte Rose ihren Arm an, und ohne zu zögern, hängte sich Esther ein.

# OCEAN 1212-W

Die Landschaft meiner Kindheit war nicht Land, sondern das Ende vom Land – die kalten, salzigen, rollenden Hügel des Atlantik. Manchmal denke ich, daß mein Bild vom Meer das Klarste ist, was ich besitze. Ich trage es in mir, verbannt, wie ich bin, wie die purpurnen weißumrandeten Glückssteine oder die blauschaligen Muscheln, deren Inneres regenbogenfarben schimmert wie die Fingernägel von Engeln; und in einer Welle der Erinnerung werden die Farben tiefer und glänzend, die frühe Welt holt Atem.
Atem, das ist das erste. Etwas atmet. Mein Atem? Der meiner Mutter? Nein, etwas anderes, etwas Größeres, Ferneres, sehr Ernstes, sehr Erschöpftes. Mit geschlossenen Augen lasse ich mich dahintreiben – ich bin ein kleiner Schiffskapitän, der den Finger in die Luft hält, um zu prüfen, woher der Wind weht – donnernde Angriffe auf die Ufermauer, ein Schauer von Hagelkörnern über Mutters tapferen Geranienstöcken oder das einlullende Gesäusel eines vollen, spiegelnden Teiches, der träge und freundlich die Quarzkiesel am Rande bewegt, wie eine über ihren Juwelen brütende Dame. Vielleicht prasselt Regen gegen die Fensterscheiben, oder der Wind seufzt und fährt in die Ritzen des Hauses, als wolle er es von allen Seiten aufschließen.
Davon ließ ich mich nicht täuschen. Der mütterliche Pulsschlag der See spottete über solcherlei Fälschungen. Wie eine unergründliche Frau verbarg sie vieles; die See hat viele Gesichter, viele zarte, schreckliche Schleier. Sie spricht von Wundern und Weiten, wenn sie sich bemühen würde, könnte sie auch töten. Als ich zu krabbeln begann, setzte

mich meine Mutter an den Strand, um zu sehen, welchen Eindruck die See auf mich machte. Ich kroch direkt auf die ankommende Welle zu und hatte eben die grüne Wand durchbrochen, als sie mich an den Fersen festhielt.

Ich habe mich oft gefragt, was geschehen wäre, wenn es mir gelungen wäre, den Spiegel zu durchdringen. Hätten meine Säuglingskiemen das Salz in mein Blut aufgenommen? Zu der Zeit glaubte ich weder an Gott noch an den Weihnachtsmann, sondern an Seejungfern. Sie waren für mich genauso folgerichtig und wahrhaftig wie die zerbrechliche Rute des Seepferdchens im Zoo-Aquarium oder wie die Rochen, die an den Angelschnüren der fluchenden Sonntagsfischer zerrten – Rochen, die wie alte Kopfkissenbezüge aussahen, mit vollen, scheuen Frauenlippen.

Und in meiner Erinnerung ist das Bild enthalten, wie meine Mutter, selbst eine Tochter des Meeres, mir und meinem jüngeren Bruder aus Matthew Arnolds Gedicht »Der verlassene Wassergeist« vorlas:

> In sandbedeckten Grotten, kühl und tief,
> in denen aller Wind längst schlief,
> erloschenes Licht noch glimmt und bebt.
> Wo Seetang in der Strömung schwebt,
> die Seeungeheuer sich ordnen zum Rund,
> und äsen auf schlammigem Weidegrund,
> in denen sich Seeschlangen ranken und schwärmen
> den Panzer trocknen, im Meer sich wärmen,
> wo das ewige Auge der Wale glimmt,
> wenn es segelnd vorüber schwimmt und schwimmt,
> rund um die Welt; nie Abschied nimmt.

Ich sah die Gänsehaut auf meinen Armen. Ich wußte nicht, woher sie kam. Mir war nicht kalt. Hatte ein Geist sie gestreift? Nein, es war die Dichtung. Ein Funke von Arnold war auf mich übergesprungen und schüttelte mich wie ein Fieberschauer. Ich hätte am liebsten geweint, so merkwürdig war mir zumute. Ein neuer Pfad zum Glück hatte sich mir geöffnet.

Ab und an, wenn mich die Sehnsucht nach dem Meer meiner Kindheit überkommt – nach den jämmerlichen Schreien der Möwen und dem Geruch von Salz, dann packt mich irgendein Besorgter ins Auto und bringt mich zum nächsten salzigen Horizont. Immerhin gibt es in England keinen Ort, der – wieviel? – mehr als siebzig Meilen vom Meer entfernt ist. »Guck«, sagt man mir dann, »da ist es.« Als ob das Meer eine große Auster wäre, die immer gleich schmeckend in jedem beliebigen Restaurant der Welt serviert werden könnte. Ich steige aus dem Auto, strecke mich und schnuppere. Das Meer. Aber dies ist nicht das Meer, dies wahrlich nicht.

Da stimmt als erstes die Umgebung überhaupt nicht. Wo ist denn der graue Daumen des Wasserturms ganz links und die sichelförmige Sandbank darunter, die eigentlich eine Steinbank ist, und das Deer Island Gefängnis an der äußersten Landspitze ganz rechts? Die Straße, die ich kannte, kurvte in die Wellen, zu einer Seite den Ozean, zur anderen die Bucht; und auf halbem Weg stand das Haus meiner Großmutter, mit seinen Fenstern nach Osten, in die volle rote Sonne und die Lichter des Meeres schauend.

Noch heute weiß ich ihre Telephonnummer: Ocean 1212-W. Immer und immer wieder sagte ich sie der Telephonvermittlung, von unserem Haus am stilleren Teil der Bucht, es war meine Zauberformel, mein Gedicht, und ich erhoffte,

daß der schwarze Hörer mir, wie eine Muschel, das säuselnde Murmeln des Meeres, zusammen mit dem ›Hallo‹ meiner Großmutter, zurückgäbe.
Und den Atem des Meeres. Sein Licht. War es ein riesiges, strahlendes Tier? Sogar mit geschlossenen Augen konnte ich spüren, daß sich der Schimmer seines glänzenden Spiegels wie ein Netz auf meine Lider legte. Ich lag in einer Wiege von Wellen, und das glitzrige Meer fand die Ritzen in der dunkelgrünen Jalousie und spielte und tanzte, zitterte und verweilte.
Während des Mittagsschlafs schnellte ich mit meinem Fingernagel über die hohlen Messingstäbe meines Bettes, um deren Klang zu lauschen, und in einem überraschenden Anfall von Entdeckerfreude fiel mir die Nahtstelle der neuen Rosentapete ins Auge, und der gleiche neugierige Fingernagel pulte ein großes Stück nackter Wand frei. Ich wurde deshalb ausgeschimpft und sogar verhauen, bis mein Großvater mich den häuslichen Rachegöttinnen entriß und zu einem langen Strandspaziergang über Berge wackliger, rutschender, roter Steine mitnahm.
Meine Mutter ist in dem gleichen meerumspülten Haus geboren und aufgewachsen; sie erinnert sich noch, daß die Leute aus der Stadt in dem von den Wellen angeschwemmten Strandgut herumstocherten – Teekessel, klatschnasse Stoffbündel, einzelne, traurige Schuhe, aber nie, da war sie sicher, ein ertrunkener Matrose. Die haben wohl ihr Seemannsgrab direkt gefunden. Aber was könnte uns das Meer sonst noch vermachen? Ich gab die Hoffnung nicht auf. Braune und grüne Glasscherben fanden sich häufig, rar waren die roten und die blauen: Ob es die Positionslampen zerschmetterter Schiffe waren? Oder die vom Meer zerbrochenen Reste von Bier- und Whiskyflaschen? Schwer zu sagen.

Ich denke, das Meer hat Dutzende von Teegeschirren verschlungen, die entweder aus aufgegebenen Dampfern geworfen oder von sitzengelassenen Bräuten den Fluten anheimgegeben wurden. Ich sammelte Porzellanscherben mit Borten von Rittersporn und Vögeln oder geflochtenen Gänseblümchen. Niemals hatte ich zwei zusammenpassende Muster.
Eines Tages dann brannten sich die Gefüge des Strandes für immer in die Netzhaut meiner Augen ein. Heißer April. Ich wärmte mir auf den glimmerglitzernden Steintreppen, die zum Haus meiner Großmutter führten, den Po und starrte abwesend auf die Elster aus Kieselsteinen, fächerförmigen Muscheln und bunten Glassteinchen an der Hauswand. Meine Mutter war im Krankenhaus. Seit drei Wochen. Ich schmollte. Ich wollte nichts unternehmen. Sie hatte mich im Stich gelassen und in meinen Himmel ein schwelendes Loch geschlagen. Wie konnte sie, die sonst so liebevoll und treu war, mich so einfach verlassen? Voller Schwung und mit unterdrückter Erregung knuffte meine Großmutter auf ihrem Brotteig herum. Sie würde mir nichts sagen, Wienerin und altmodisch, wie sie war. Sie spitzte nur die Lippen. Dann ließ sie sich letztlich doch erweichen. Ich würde eine Überraschung erleben, wenn Mutter zurückkäme. Es wäre etwas sehr Schönes. Es wäre – ein Baby.
Ein Baby.
Ich haßte Babys. Zweieinhalb Jahre lang war ich der Mittelpunkt einer zärtlichen Welt gewesen, und plötzlich drehte sich die Erdachse mit einem Ruck, und ein eisiger Frost ließ mich bis in die Knochen erstarren. Ich würde nur noch Zuschauer sein, ein Riese aus dem Museum. Babys!
Sogar meinem Großvater auf der Glasveranda gelang es nicht, mich aus meinem unermeßlichen Trübsinn zu lok-

ken. Ich lehnte ab, seine Pfeife im Gummibaum zu verstekken, um ihn in einen Pfeifenbaum zu verwandeln. Auf seinen Turnschuhen schlich er davon, gekränkt, aber pfeifend. Ich wartete, bis seine Gestalt den Water Tower Hill umrundet hatte und in Richtung Seepromenade verschwunden war. Trotz des milden Wetters waren dort die Eis- und Imbißbuden noch geschlossen. Sein melodisches Pfeifen sollte mich zu Abenteuern und zum Vergessen verlocken. Aber ich wollte nicht vergessen. Zäh hielt ich an meinem Groll fest, der häßlich und stachlig war, ein trauriger Seeigel, und stapfte allein in die entgegengesetzte Richtung auf das angsteinflößende Gefängnis zu. Wie von einem Stern sah ich, kalt und nüchtern, daß jedes und alles für sich allein stand. Ich spürte meine Haut wie eine Mauer: Ich bin ich. Der Stein da ist der Stein. Meine schöne Verschmelzung mit den Dingen dieser Welt war vorbei.

Die Flut wich, zog sich in sich selbst zurück. Dort stand ich, eine Verschmähte, zwischen trocknem, schwarzem Seetang, dessen harte Perlen ich gerne aufplatzen ließ, zwischen ausgehöhlten Orangen- und Grapefruithälften und dem ganzen Muschelmüll. Ganz plötzlich, alt und einsam, sah ich alles – Messerscheidenmuscheln, Feenboote, klapprige Miesmuscheln, die graue, pockennarbige Borte der Austern (nie war eine Perle drin) und die winzigen weißen »Eiswaffeltüten«. Jedem war klar, wo es die besten Muscheln gab – am Rand der letzten teergesäumten Welle. Ohne Gefühl hob ich einen steifen rosa Seestern auf. Er lag in der Mitte meiner Hand und war nichts als deren lächerliche Wiederholung. Ich hatte manchmal Seesterne in Marmeladengläsern mit Salzwasser gepflegt, bis ein verlorener Arm nachgewachsen war.

An diesem Tag, diesem schrecklichen Geburtstag des An-

dersseins, schleuderte mein Rivale, irgend jemand anderes, den Seestern gegen einen Stein. Sollte er doch draufgehen. Er hatte keinen Verstand.
Ich stieß mit dem Zeh gegen die runden, stumpfen Steine. Sie blieben ungerührt. Es war ihnen gleichgültig. Ich nahm an, sie seien glücklich. Das Meer wirbelte ins Nichts, in den Himmel – an diesem windstillen Tag gab es keine Trennung zwischen Himmel und Meer. Ich wußte aus der Schule, daß das Meer sich wie ein blauer Mantel über die Wölbung der Erdkugel breitet, aber mein Wissen verband sich irgendwie nie mit dem, was ich sah – Wasser, das sich halb in die Luft hebt, ein glatter, glasiger Glanz, mit den Schneckenspuren von Dampfern an den Rändern. Für mich kreisten sie immer um diese Linien. Was lag dahinter? »Spanien«, hatte mein eulenäugiger Freund Harry Bean gesagt. Doch die begrenzte Landkarte meines Kopfes konnte das nicht auch noch aufnehmen. Spanien. Mantillas und goldene Schlösser und Stiere. Meerjungfrauen auf Felsen, Schatztruhen, all das Phantastische, von dem mir die unermüdlich fressende und wühlende See jeden Moment ein Stückchen vor die Füße schwemmen konnte. Als ein Zeichen.
Ein Zeichen? Wofür?
Ein Zeichen, das mir bedeutete, auserwählt und etwas Besonderes zu sein. Ein Zeichen, das mir die Sicherheit gab, nicht auf ewig verstoßen zu sein. Und ich sah ein Zeichen. Aus der weichen, noch glänzenden Masse von Tang, aus dem ein feuchter, frischer Geruch stieg, reckte sich eine kleine, braune Hand. Was konnte das sein? Was wünschte ich zu finden? Eine Meerjungfrau? Eine spanische Infantin?
Es war ein Affe.
Kein echter, sondern einer aus Holz. Von all dem Wasser, das er geschluckt hatte, kauerte er schwer und teerfleckig

auf seinem Sockel, entrückt und heilig, mit langer Schnauze und überaus fremdartig. Ich bürstete und trocknete ihn und bewunderte sein feingeschnitztes Fell. Er hatte mit den erdnußfressenden, verträumt-törichten Affen, die ich kannte, nichts gemein. Er hatte die edle Haltung eines affenähnlichen Denkers. Heute weiß ich, daß das Totem, das ich so liebevoll aus seiner Glückshaube von Tang schälte (und das inzwischen leider mit anderem Gepäck aus der Kindheit verlegt wurde) ein heiliger Pavian war.

Das Meer hatte meine Not erkannt und mir seinen Segen gegeben. Mein Baby-Bruder nahm an diesem Tag seinen Platz im Hause ein, aber auch mein wunderbarer und (wer weiß?) vielleicht unbezahlbarer Pavian.

Vielleicht ist meine Liebe zur Verwandlung und Wildheit aus meiner kindlichen Sicht des Meeres geboren. Berge erschrecken mich – sie sitzen einfach nur da und sind stolz. Die Unbeweglichkeit von Hügeln nimmt mir die Luft wie dicke Kissen. Wenn ich nicht am Meer entlangging, war ich auf ihm oder in ihm. Mein junger sportlicher und geschickter Onkel bastelte uns eine Strandschaukel. Wenn die Flut eine bestimmte Höhe hatte, konnte man sich bis zum höchsten Punkt schaukeln, loslassen und ins Wasser fliegen.

Niemand brachte mir das Schwimmen bei. Es passierte einfach. Ich stand in einem Kreis von Spielgefährten in der ruhigen Bucht, das Wasser reichte mir bis unter die Arme, und die sich leise kräuselnden Wellen schaukelten mich sanft hin und her. Ein kleiner verwöhnter Junge saß strampelnd in einem Gummiring, obwohl er nicht schwimmen konnte. Meine Mutter hatte meinem Bruder und mir verboten, uns Schwimmflügel oder Ringe oder Schwimmkissen auszuleihen, aus Angst, sie würden uns in tieferes Gewässer hinausziehen, und in einen frühen Tod treiben. »Lernt erst mal schwimmen«, lautete ihre strenge Anweisung. Der kleine Junge kletterte aus seinem Reifen, schnappte danach, klammerte sich fest und ließ keinen ran. »Es ist meiner«, sagte er berechtigterweise. Eine plötzlich aufkommende Brise hob ihn in dunkleres Gewässer, er ließ los, und der ringförmige rosa Lebensretter entglitt seiner Reichweite. Er riß die Augen auf und beklagte heulend seinen Verlust. »Ich hole ihn«, sagte ich prahlerisch, um mein glühendes Verlangen zu tarnen, mit ihm auf den Wellen zu reiten. Ich sprang, flatterte und schlug die Hände zur Seite, und meine Füße berührten den Grund nicht mehr. Ich war in jenem verbotenen Land – »über meinen Kopf hinweg«. Nach den Warnungen meiner Mutter hätte ich untergehen müssen wie ein Stein, aber ich tat es nicht. Mit hochgerecktem Kinn mahlte ich mit Händen und Füßen das kühle Grün. Ich packte nach dem abtreibenden Ring und schwamm zurück. Ich schwamm. Ich konnte schwimmen.

Vom Flughafen gegenüber der Bucht stieg ein Fesselballon auf, wie eine silbrige Perle, ein Salut.

In diesem Sommer bauten mein Onkel und seine Verlobte ein Boot. Mein Bruder und ich durften glänzende Nägel holen. Wir wachten von den Hammerschlägen auf. Die Honigfarbe des frischen Holzes, die weißen Hobelspäne (aus denen man Fingerringe machen konnte) und der süßliche Staub des Sägemehls schufen ein Idol, etwas Wunderschönes – ein richtiges Segelboot. Vom Meer brachte mein Onkel Makrelen mit. In ihrem unvergänglichen grünlich-blauschwarzen Brokat kamen sie auf den Tisch. Wir lebten vom Meer. Aus Kabeljauköpfen und -schwänzen bereitete meine Großmutter eine Fischsuppe, die gekühlt zu einer einzigartigen Sülze wurde. Wir kochten zum Abendessen gebutterte Muscheln und legten ganze Reihen von Hummerkör-

ben aus. Aber ich konnte meiner Großmutter nie zusehen, wenn sie die dunkelgrünen Hummer mit den winkenden, holzverkeilten Scheren in den Topf mit kochendem Wasser warf, aus dem sie, eine Minute später, rot, tot und eßbar wieder herausgenommen wurden. Ich fühlte das brennend heiße Wasser zu deutlich auf meiner Haut.
Das Meer war unser größtes Vergnügen. Wenn Besuch kam, wurde er als erstes auf Decken an den Strand gesetzt, mit Thermosflasche, belegten Broten und farbigen Sonnenschirmen drumherum, als ob es vollkommen ausreichte, über das blaue, grüne, graue, königsblaue Wasser zu schauen. Die Erwachsenen trugen damals noch diese puritanischen, schwarzen Badeanzüge, wodurch unsere Photoalben etwas leicht Altertümelndes an sich haben.
Meine letzte Erinnerung an das Meer ist die der Gewalt – ein windstiller, giftiger Tag 1939, an dem das Meer in stählerner Glätte dickflüssig und schwer atmend wie ein angekettetes bedrohliches Tier mit bösen lilaumrandeten Augen dalag. Besorgte Telephongespräche gingen zwischen meiner Großmutter aus dem meerzugewandten Haus und meiner Mutter an der Bucht hin und her. Mein kniehoher Bruder und ich genossen die Gespräche über Flutwellen, hochgelegene Plätze, bretterverrammelte Fenster und treibende Schiffe wie ein Wunderelixier. Der Hurrikan war für den Abend vorausgesagt worden. Damals ballte sich noch nicht in jedem Herbst in Florida ein Sturm zusammen, der dann über Cape Cod als Hurrikan ausbricht – bumm, bumm, bumm, so regelmäßig wie das Feuerwerk zum 4. Juli und launigerweise immer mit Frauennamen belegt. Dies war etwas fürchterlich Besonderes, ein Meeresdrachen. Unsere Welt konnte gefressen oder in Fetzen gerissen werden. Wir wollten dabeisein.

Der schwefelfarbene Nachmittag wechselte unnatürlich früh in tiefstes Schwarz, als ob das, was da kommen sollte, weder durch Sterne noch durch Lampen beleuchtet gesehen werden sollte. Der Regen setzte, einem gewaltigen Arche-Noah-Wolkenbruch gleich, ein. Der Wind folgte. Die Welt war zu einer Trommel geworden. Sie kreischte und bebte unter den Schlägen. Blaß, aber begeistert lagen mein Bruder und ich im Bett und nippten wie immer an unserem heißen Schlaftrunk. Natürlich wollten wir nicht schlafen. Wir krabbelten zur Jalousie und hoben sie einen Spalt hoch. Auf einem schwarzströmenden Spiegel zitterten unsere Gesichter wie Nachtfalter, die neugierig nach einem Weg suchen, um einzudringen. Aber wir konnten nichts sehen. Das einzige Geräusch war ein Heulen, verstärkt durch die Schläge, das Krachen, Stöhnen und Splittern von Gegenständen, die beim Kampf des Giganten wie tönernes Geschirr herumflogen. Das Haus wankte bis in die Grundfesten. Es bebte und wiegte und schaukelte die beiden kleinen Beobachter in den Schlaf.

Die Verwüstungen am nächsten Tag waren so, wie man es sich wünschte – entwurzelte Bäume und umgestürzte Telephonmasten, protzige Sommerhäuser tanzten am Leuchtturm auf den Wellen, und überall lagen die Reste kleiner Schiffsrümpfe. Großmutters Haus hatte heldenhaft widerstanden, obwohl die Wellen genau über die Straße in die Bucht gebrochen waren. Die Nachbarn sagten, daß es durch Großvaters Deich gerettet wurde. Der Sand hatte ihren Backofen unter einer goldenen Spirale begraben, die Polstermöbel waren voller Salzflecken, und ein toter Hai lag da, wo früher das Geranienbeet gewesen war, aber meine Großmutter schwang bereits den Besen, so daß bald die alte Ordnung wiederhergestellt war.

Bei diesem Bild endet meine Erinnerung an meine Kindheit am Meer. Mein Vater starb, und wir zogen tiefer ins Land. Von da an blieben diese ersten neun Jahre meines Lebens fest eingeschlossen, wie ein Schiff in einer Flasche – schön, unerreichbar, vergangen, eine feine, weiße, flüchtige Mythe.

## SCHNEEANGRIFF

Am zweiten Weihnachtsfeiertag begann es in London zu schneien: Mein erster Schnee in England. Fünf Jahre lang hatte ich mich taktvoll erkundigt: »Gibt es überhaupt jemals Schnee bei Ihnen?«, wenn ich mich für die sechs Monate lauer, grauer Feuchtigkeit wappnete. »Aber ja, ich kann mich an Schnee erinnern«, war die übliche Antwort, »als ich ein junger Kerl war, da hat es geschneit.« Worauf mir die gewaltigen Mengen von frischem und wunderschönem weißen Schnee einfielen, mit dem wir Schneeballschlachten veranstaltet, Tunnel gegraben hatten und auf dem wir Schlitten fahren konnten – in Amerika, als *ich* jung war. Und nun empfand ich an meinem Londoner Fenster denselben süßen Schauer von Vorfreude, als Teile der Dunkelheit aufleuchteten, wenn der Schnee durch den Lichtschein der Straßenlaterne trieb. Da meine Wohnung (die früher der Wohnsitz von W. B. Yeats war, wie eine runde, blaue Tafel am Haus belegt) keine Zentralheizung hat, war mein Schauer nicht nur bildlich, sondern sehr real.

Am nächsten Tag lag überall Schnee – weiß, malerisch, unberührt, und es schneite weiter. Auch am Tag darauf lag der Schnee noch immer unberührt da. Er schien sogar noch mehr geworden zu sein. Als ich die ungeräumte Straße überquerte, rutschte er mir oben in die Stiefel. Auch die Hauptstraße war nicht geräumt worden. Im Schneckentempo arbeiteten sich einige Busse und Taxen durch tiefe weiße Fahrrinnen. Hier und da sah man Männer, die mit Hilfe von Zeitungen, Besen und Lappen versuchten, ihre Autos freizulegen.

Die meisten Geschäfte in der Nachbarschaft waren noch immer in einem halben Meter weißer Flocken versunken. Die Fußabdrücke der Kunden führten in Bögen, wie Vogelspuren, von Tür zu Tür. Vor der Tür des Apothekers war ein kleines Stück freigeräumt. Dankbar trat ich hinein.

»Na«, scherzte ich, »Ihr *habt* wohl gar keine Schneepflüge hier in England, was?« während ich mich mit Papierwindeln, schwarzem Johannisbeersaft, Hagebuttensirup, Nasentropfen und Hustensaft (auf dem Etikett stand in Groteskschrift »The Linctus«) belud, eben mit allen Vorbeugemitteln und Hilfen, die Babys bei Wintererkältungen brauchen.

»Nein«, strahlte mich der Apotheker an, »nein, ich fürchte, wir haben keine Schneepflüge. Auf Schnee sind wir hier einfach nicht vorbereitet. Er kommt schließlich so selten.«

Das schien mir eine begründete, aber auch bedenkliche Antwort. Wenn England nun für eine neue Eiszeit ausersehen war, was dann?

»Soll ich Ihnen«, der Apotheker lehnte sich mit verschwörerischem Lächeln über die Theke, »mal zeigen, was ich hilfreich finde?«

»Ja, bitte, zeigen Sie es mir«, sagte ich verzweifelt und dachte, er käme mit Beruhigungsmitteln.

Verlegen und gleichzeitig stolz stemmte der Apotheker ein zwei Meter langes ungehobeltes Brett hinter dem Trufood- und Hustenbonbon-Tresen hoch.

»Ein Brett!«

»Ein Brett?«

Der Apotheker schloß die Augen und umfaßte selig, wie eine Hausfrau die Nudelrolle, sein Brett.

»Mit diesem Brett *schiebe* ich den Schnee einfach zur Seite.«

Ich stolperte mit meinen Päckchen hinaus. Ich lächelte. Jeder lächelte. Der Schnee war nichts als ein riesiger Spaß, und unsere Lage war etwa so gefährlich wie die von verirrten Alpinisten in einer Witzzeichnung.
Der Schnee wurde hart und gefror. Bürgersteige und Straßen verwandelten sich in eine holprige Eisbahn, über deren tückische Furchen alte Leute stolperten, die sich an Hundeleinen festhielten oder sich von Fremden helfen ließen.
Eines Morgens klingelte es bei mir.
»Soll ich Ihnen die Treppe frei schaufeln, gnä' Frau?« fragte ein waschechter kleiner Londoner Junge, der einen gewaltigen Segeltuchkarren bei sich hatte.
»Und was soll das kosten?« fragte ich herausfordernd, da ich nicht wußte, was man üblicherweise dafür zahlte, und erwartete, daß er mich ausnehmen wolle.
»Ach, eh, drei Pence.«
Mein Mißtrauen schmolz dahin, und ich stimmte zu.
Dann, Nachlässigkeit ahnend, sagte ich: »Das Eis muß aber auch weggehackt werden!«
Zwei Stunden später arbeitete der Junge immer noch. Nach vier Stunden klingelte er und bat um einen Besen. Ich guckte aus dem Fenster und sah, daß der Karren voller kleiner Eisberge war. Schließlich war er fertig. Ich inspizierte seine Arbeit. Offenbar hatte er die Zwischenräume des Geländers mit einem Meißel gereinigt. »Sieht nach noch mehr Schnee aus.« Hoffnungsvoll prüfte er den niedrighängenden grauen Himmel. Ich gab ihm sechs Pence, und er entschwand in einer Flut von Dankesbezeugungen mit seinem schneebeladenen Karren.
Es schneite noch mehr. Und dann kam die Kälte.
Am Morgen des großen Frostes entdeckte ich, daß die Badewanne halb voll mit schmutzigem Wasser war. Das war mir

unbegreiflich. Von Installationsarbeiten hatte ich keine Ahnung. Ich wartete einen Tag; vielleicht würde es ja abfließen. Aber es floß nicht ab, im Gegenteil, es nahm zu, an Menge und Schmutz. Als ich am nächsten Morgen erwachte, fiel mein Blick auf einen Fleck an meiner schönen, frischgeweißten Zimmerdecke. Vor meinen Augen tropfte von verschiedenen Stellen meiner Zimmerdecke eine klebrige Flüssigkeit auf den Teppich. An den Nahtstellen löste sich die Tapete.

»Helfen Sie mir«, flehte ich den Hausverwalter von der Telephonzelle aus an, mit den Füßen in einer schwarzen Wasserlache stehend. Ich hatte selbst noch kein Telephon, weil der Anschluß mindestens drei Monate dauerte. »Es tropft von meiner Zimmerdecke, und die Badewanne ist voll mit dreckigem Wasser.«

Stille.

»Nicht *mein* schmutziges Wasser«, beeilte ich mich hinzuzufügen. »Das ist von allein in der Wanne hochgestiegen. Ich glaube, da ist Schnee drin. Vielleicht kommt es vom Dach.«

Die letzte Aussage war ein wenig apokalyptisch. *Hatte* ich wirklich Schnee in der Wanne gesehen? Auf jeden Fall klang es gefährlicher.

»Es könnte durchaus vom Dach kommen«, sagte der Hausverwalter mit matter Stimme und fügte entschieden strenger hinzu: »Es ist Ihnen doch klar, daß in ganz London kein Installateur aufzutreiben ist. Jeder hat diese Probleme. Ich habe selbst drei Rohrbrüche in meiner Wohnung gehabt.«

»Ja, aber Sie wissen, wie man das reparieren kann«, gurrte ich standhaft. »Aus den Kaltwasserhähnen kommt auch kein kaltes Wasser. Was bedeutet *das*?«

»Das werden wir bald sehen«, murmelte er.

Eine Stunde später erschienen gestiefelt und schnaufend ein Angestellter der Baufirma und der Assistent des Hausverwalters, lange, schwarze Schmutzspuren hinter sich herziehend. Mit Pickel und Schaufeln bewaffnet, krochen sie durch die Falltür auf den Dachboden, und kurz darauf donnerten größere Schneemassen vom Dach in den Hof.
»Warum ist das Dach undicht?« fragte ich den Assistenten.
»Alle alten Dächer sind undicht. Das macht nichts, wenn es regnet, aber bei Schnee staut sich alles in der Dachrinne. Das geht auch noch, solange es kalt ist.« Er lächelte. »Aber wenn es taut!«
»Aber da, wo ich herkomme, schneit es jeden Winter, und die Dächer sind *nie* undicht.«
Der Assistent wurde rot. »Na ja, direkt über Ihrem Bett *ist* die Dachrinne auch noch kaputt.«
»Über meinem Bett! Sollten Sie sie dann nicht besser reparieren? Wenn es noch mehr schneit und taut, werde ich eines Tages unter einer Schicht von nassem Putz aufwachen. Oder vielleicht gar nicht mehr aufwachen.«
Der Mann machte nicht den Eindruck, als ob er jemals ernstlich vorgehabt hätte, die Dachrinne zu reparieren. Ich konnte ihm deutlich ansehen, daß er darauf hoffte, es würde keinen Schnee mehr geben.
»Besser Sie reparieren es. Ich möchte Sie schließlich nicht *noch einmal* belästigen müssen.«
Die Männer kletterten hinunter und begannen, die verfärbte und still vor sich hintropfende Decke zu reinigen, wobei sie so taten, als ob sie die Angelegenheit vollkommen im Griff hätten. Ich stürzte ins Kinderzimmer, weil ich es krachen und brüllen hörte. In einem Anfall von Kraft hatte mein Sohn gerade mit heftigem Rütteln sein Kinderbett kaputtgemacht und sämtliche Schrauben rausgebrochen.

Nachdem ich sein Schluchzen beruhigt hatte, kam ich gerade wieder zurück, als die Männer »Hoppla« sagten. In offensichtlicher Verlegenheit hielten sie einen gelben Plastikeimer unter einen Sturzbach, der sich aus der Decke ergoß, als ob sie etwas Obszönes verbergen wollten.
»Wie lange wird diese Tropferei noch weitergehen?« erkundigte ich mich. »Das ist ja wie bei der chinesischen Wasserfolter, tropf, tropf, tropf, die ganze Nacht. Können Sie denn nicht einen Eimer auf den Dachboden stellen?«
»Nee, gnä' Frau, da oben ist nicht mal Platz für eine Kerze. Die Dachrinne liegt direkt über Ihrer Decke.«
Sie ließen den Eimer auf dem Boden stehen – für alle Fälle –, und mit dem Versprechen, die Dachrinne noch vor dem Wochenende reparieren zu wollen, stampften sie davon.
Seither habe ich sie nicht mehr gesehen.
Dann erschien der Hausverwalter höchstpersönlich, mit Melone und Feuchtigkeits-Detektor, um sich meiner tropfenden Zimmerdecke, des nicht fließenden kalten Wassers und der Badewanne voll alpiner Flüssigkeit anzunehmen.
Mit dem Feuchtigkeits-Detektor stach er in die Decke und versicherte mir, sie würde in absehbarer Zeit nicht herunterkommen. »Aber, es ist Ihnen doch klar, daß die Gefahr besteht, daß Sie kein Trinkwasser haben werden?«
Ich sagte, nein, das sei mir nicht klar, warum auch?
»Das Bauunternehmen hat die Leitungen zum Haus nicht ordnungsgemäß verlegt, deshalb sind sie eingefroren. Stellen Sie besser Ihren Warmwasserboiler ab, damit die Heizschlangen nicht den leeren Tank ausbrennen. Wenn der Wasserspeicher im ersten Stock leer ist, ist es vorbei.«
Ich versuchte, mir ein paar Dinge, außer Gesichtwaschen und Teekochen, in Erinnerung zu rufen, die ohne Wasser nicht zu machen sind. Es waren viele.

»Ich will versuchen, die Leitungen bis heute abend in Ordnung bringen zu lassen«, versprach der Verwalter. »Die Trinkwasserversorgung ist wichtiger als Ihre Badewanne.«
Er trat auf den verschneiten Balkon hinaus, um den Wirrwarr uralter Rohre an der Außenwand zu besichtigen, dann ging er wieder in die Küche und fummelte an den Wasserhähnen rum. »Aha«, sagte er schließlich. »Ich hab erst gedacht, der Installateur hätte ein Rohr falsch angeschlossen, so daß das Wasser in der Wanne tatsächlich vom Dach gekommen wäre. Aber sehen Sie!« Ich mußte neben der Badewanne stehenbleiben und die Brühe beobachten, während er in die Küche ging und den Heißwasserhahn aufdrehte.
Blasen und Ringe stiegen gluckernd aus dem offenen Abfluß auf.
»Sehen Sie«, sagte der Verwalter anklagend, *»es ist Ihr eigenes Wasser*, das in der Wanne steht. Ihr Abflußrohr ist eingefroren, deshalb kann es nicht abfließen.«
Dann bat er mich auf den Balkon hinaus.
Mit verblüffender Schnelligkeit ratterte er Ursprung und Funktion der verschlungenen Rohre herunter. »Das ist Ihr Abwasserrohr, das da Ihr Badewannenrohr, und die da oben sind Belüftungsrohre.« Voller Verzweiflung guckte ich mir die Rohre an. Allein das Badewannenabflußrohr lief mehr als sechs Meter an der Wand und dem Balkon entlang, bevor es nach einem Knick unten seine Ladung in eine offene Abflußrinne entließ.
»Irgendwo ist das Abflußrohr vom Bad eingefroren.«
»Was passiert, wenn man heißes Wasser in die Wanne laufen läßt?« fragte ich.
»Dann taut es das Eis oben auf, um anschließend wieder zu gefrieren.«
»Aber was kann ich dann tun?«

»Sie können Kerzen an die Rohre halten. Oder heißes Wasser draufschütten. Ich *könnte* natürlich das Baugeschäft beauftragen, das Rohr mit einer Lötlampe zu enteisen, wenn Sie das wollen, aber das geht auf Ihre Kosten.«

»Aber *Sie* sind für Außenreparaturen zuständig, und die Rohre liegen außen.«

»Ganz richtig«, strahlte mich der Verwalter teuflisch an, »aber das *Bad* liegt innen. Haben Sie denn jeden Abend die Abflüsse zugestöpselt, um zu verhindern, daß Wasser abfließt und einfriert?«

»Nnnein, das hat mir keiner gesagt. Aber ich drehe immer die Hähne ganz fest zu.«

Ich fühlte mich in die Enge getrieben. »Zugegeben«, sagte der Verwalter hochmütig, »das Wasserwerk hätte Zettel verteilen sollen, um darüber zu informieren, was in solchen Notfällen zu tun ist.«

»Und was machen *Sie* in *Ihrer* Wohnung?«

»Oh, ich schütte mehrmals am Tage große Mengen kochendes Wasser durch alle Abflüsse und nachts verstopfe ich sie. Ist natürlich 'ne schreckliche Stromverschwendung, aber es scheint zu funktionieren.«

Nachdem der Verwalter, eingepackt in Schal, Handschuhe und Melone, sich mit seinem Feuchtigkeits-Detektor davongemacht hatte, dachte ich über seinen Rat nach. Große Mengen kochendes Wasser konnten nichts ausrichten, solange die Rohre nicht frei waren, und ich hatte einen begrenzten wenn nicht bereits schon erschöpften Wasservorrat. Die Kerzenmethode schien aus armseliger Dickens-Zeit zu stammen. Um wenigstens irgend etwas zu tun, füllte ich einen Eimer mit heißem Wasser und ging frierend auf den Balkon. Wahllos schüttete ich das inzwischen lauwarme Wasser auf irgendeine Stelle des schwarzen, aufsässigen

Rohres. Auf ein Wunder hoffend, ging ich hinein und sah in die Badewanne. Das Wunder war ausgeblieben.
Das dreckige Zeug rührte sich nicht.
Das einzige, was sich rührte, war der Mieter von unten.
»Haben Sie gerade Wasser auf Ihren Balkon geschüttet?«
»Der Verwalter hat gesagt, ich sollte das tun«, gestand ich.
»Der Verwalter ist ein Idiot. Das Wasser ist durchgelaufen, und jetzt habe ich eine Pfütze in der Küche. Und die vorderen Wände sind tropfnaß. *Da* können Sie natürlich nichts für. Aber wie soll ich Teppiche über solche Mengen von Wasser legen?«
Ich sagte, das wisse ich auch nicht.
Abends kam ich auf der Straße an großen gefrorenen Wasserlachen vorbei. Geplatzte Rohre, vermutete ich. An einem Wasserhahn, der neuerdings an der Ecke aus dem Gehsteig ragte, stand ein Rentner und füllte einen großen blumengemusterten Porzellankrug mit Wasser voll.
»Ist das *Trink*wasser?« brüllte ich, um den häßlichen Ostwind zu übertönen.
»Ich nehme an«, krächzte er, »daß man ihn deshalb hier installiert hat.«
»Gräßlich«, schrien wir beide im selben Moment und entfernten uns wie traurige Schiffe in der Dunkelheit.
Am späten Abend hörte ich ein Geräusch von der Lautstärke des Niagarafalls, Schritte stampften die Treppe zu mir hoch, und ein heftiges Klopfen folgte. Aus den Wasserhähnen war gurgelndes Würgen zu hören. Ich riß die Tür auf, und ein rotgesichtiger junger Installateur stürmte herein. »Läuft das Wasser?«
Ich hielt mir die Augen zu und zeigte nach oben, von wo noch immer donnernder Lärm drang. »Sehen Sie nach. Ich kann nicht. Wird jetzt alles überschwemmt?«

»Ach wo, da wird nur der Wassertank aufgefüllt. Es ist alles in Ordnung.«
Und so war es. Wir hatten Trinkwasser, wir waren glücklich. Wegen der Wanne beschloß ich, auf das Tauwetter zu warten – auf jenen mystischen, unvorhersagbaren Zeitpunkt, an dem alles besser werden würde. Jeden Tag leerte ich den schmutzigen Inhalt der Wanne mit einem Eimer in die Toilette und spülte ihn hinunter.
Merkwürdigerweise beschwerte sich niemand.
Ich fragte einen Mann, der von außen eine kleine blaue Gasflamme gegen eine Rohrverdickung hielt, ob das helfen würde. »Bisher noch nicht«, antwortete er fröhlich.
Die Fröhlichkeit schien überall verbreitet. Wie bei den Bombenangriffen packten wir alle mit an. Ein indisches Mädchen erzählte mir in der U-Bahn, daß sie in ihrem Haus drei Wochen lang kein Wasser gehabt hätten, dann platzten die Rohre, und alles stand unter Wasser. Sie mußten auswärts essengehen, und die Hauswirtin teilte täglich eine bestimmte Menge von Eimern mit Wasser aus.
»Tut mir leid, Sie aus dem Warmen geholt zu haben«, entschuldigte sich der Milchmann, als er die wöchentliche Rechnung kassierte. »Dieses Jahr haben wir neun Monate Winter und drei Monate schlechtes Wetter.«

Dann kamen die Stromausfälle.
An einem rußfarbenen, frostigen Morgen knipste ich die beiden Schalter der elektrischen Heizung an, die die Baufirma in die Mitte meiner sonst sehr schönen georgianischen Wand gedübelt hatte, was ungefähr so aussah wie ein Marsmensch mit Operationsmaske. Zwei Stangen leuchteten rot und tröstlich auf. Dann nichts mehr. Ich drückte auf den Lichtschalter. Nichts. Ob durch das ganze zusätzliche

Geheize eine Sicherung durchgebrannt war – ich schleifte ständig den kleinen pilzförmigen kindersicheren elektrischen Heizlüfter von Raum zu Raum (davon gab es nie genug). Einer nach dem anderen waren sie in den letzten Tagen erloschen und hatten nur noch eiskalte Luft von sich gegeben. Ich blickte auf die graue Straße hinunter. Nirgendwo sah ich ein Licht. Mein persönliches Problem mußte ein universelles sein. Dennoch war ich niedergeschlagen. Was war passiert? Wie lange würde es dauern?

Ich klopfte bei der Wohnung unter mir. Ein warmer stechender Ölgeruch kam mir im Flur entgegen, das mußte einer dieser Paraffin-Öfen sein, die ich nie kaufen würde, aus lauter Angst vor Feuer.

»Ach, wußten Sie nicht, daß der Strom abgeschaltet wurde?« sagte der Mieter Zeitung lesend.

»Warum?«

»Streik. Ein Baby ist deshalb im Krankenhaus gestorben.«

»Und was ist mit *meinen* Babys? Sie sind erkältet. Das können sie doch nicht mit uns machen, das geht doch nicht!«

Mit einem resignierten, hilflosen Lächeln hob der Mieter die Schultern. Dann lieh er mir eine grüne Gummiwärmflasche. Ich wickelte meine Tochter mit der Wärmflasche in eine Decke und setzte sie mit einem Becher warmer Milch vor ihr Lieblingspuzzle. Dem Baby zog ich einen Schneeanzug an. Glücklicherweise hatte ich das Gas zum Kochen.

Stunden später krähte meine kleine Tochter »Feuer ist an«. Und da war es – schwach, rot und häßlich, aber ausgesprochen wundervoll.

Das nächste Mal wurde der Strom ein paar Tage später, ohne Vorwarnung zur Teezeit ausgeschaltet. Inzwischen hatte ich auch eine Erkältung, die britische Version mit Fieber und Schüttelfrost, gegen die mein Hausarzt weder Trost noch

Heilmittel anzubieten hatte. Entweder man stirbt daran oder nicht.

Eine Nachbarin kam mit einem erstklassigen Fang vorbei. Nachtlichter. Damit konnte man wenigstens was sehen. In den Geschäften waren Wachsstöcke, Kerzen und ähnliches total ausverkauft. Für diese hatte sie anstehen müssen. Alten Leuten half man draußen mit Kerzenlicht die gefährlichen Stufen zu ihren Kellerwohnungen hinunter. In allen Fenstern verbreiteten Kerzen ihr sanftes gelbes Licht, die Stadt flackerte.

Sogar noch nach den Stromabschaltungen hielt sich der Trieb zu horten. Ein Haushaltswarengeschäft hatte nur »Kerzen« ans Fenster geschrieben, und im Nu waren die roten und weißen Schachteln, die aus dunkler Quelle stammen mußten, verkauft, alle anderen Geschäfte hatten keinen Nachschub bekommen. Ich kaufte ein Pfund Minikerzen und stopfte sie mir in die Taschen.

Ein Elektriker erzählte mir, daß die Generatoren für die Unmenge neuer elektrischer Haushaltsgeräte nicht genügend ausgerüstet seien. Man sei dabei, neue Generatoren zu bauen, aber das ginge nicht schnell genug. Einen derartigen Bedarf hätten die Statistiker nicht vorausgesehen.

Einen Monat nach dem ersten Schneefall wurde das Wetter milder. Von den Dachtraufen begann es zu tropfen. Mit einem ordinären Gurgeln leerte sich meine Badewanne von selbst. Auf den Straßen sah ich offiziell aussehende Männer, die Pulver auf das halbgetaute Eis schaufelten.

»Was ist das?« erkundigte ich mich.

»Salz und Sägemehl, damit es taut.«

Und dann sah ich meinen ersten Londoner Schneepflug – klein, tüchtig und mit einer Gruppe von Männern, die die Arbeit des Schneepflugs dadurch unterstützten, indem sie

die aufsässigen Überreste loshackten und abschlugen und sie dann in einen offenen Lastwagen schaufelten. »Wo waren Sie den ganzen Monat?« fragte ich einen.
»Oh, wir waren auf dem Weg.«
»Wie viele Schneepflüge haben Sie denn?«
»Fünf.«
Ich fragte nicht nach, ob die fünf für unseren Stadtteil reserviert waren oder für die ganze Stadt herhalten mußten. Das spielte nun wirklich keine Rolle.
»Was machen Sie mit dem Schnee?«
»Wir schütten ihn in den Abwasserkanal. Dann wird er weggeschwemmt.«
»Und was machen Sie, wenn das jedes Jahr passiert?« fragte ich meinen Hausverwalter.
Er wurde bleich. »Oh, es ist seit 1947 nicht so schlimm gewesen.«
Ich bin sicher, er wollte nicht darüber nachdenken – über die Möglichkeit eines jährlichen Schneeangriffs. Warm anziehen, jede Menge Tee und tapfer sein. Das schien die Antwort. Und außerdem, was, außer Krieg und schlechtem Wetter, kann in einer großen kalten Stadt eine solche Kameradschaft hervorrufen? Unterdessen bleiben die Rohre draußen im Freien. Wo auch sonst?
Und was, wenn es *noch* einen Schneeangriff gibt?
Und noch einen?
Meine Kinder werden zu beherzten, unabhängigen und zähen Menschen heranwachsen, und in meinem von Schüttelfrösten begleiteten Alter werden sie sich durch die Schlangen kämpfen, um Kerzen herbeizuschaffen, während ich einen wasserlosen Tee braue – *das* wenigstens sollte die Zukunft bringen – auf einem einflammigen Gaskocher in der Ecke. Falls das Gas nicht auch wegbleibt.

# II

## EIN VERGLEICH

Wie ich den Romanautor beneide!
Ich stelle ihn mir – besser gesagt sie, denn es sind Frauen, nach denen ich als Parallelen suche –, ich stelle sie mir vor, wie sie mit großer Schere einen Rosenbusch stutzt, ihre Brille zurechtrückt, zwischen Teetassen herumschlurft, summt, Aschenbecher und Babys arrangiert, eine Neige Licht einsaugt, und frisch geschärft fürs Wetter durchsticht sie mit einer Art bescheidenem, schönem Röntgenblick die psychischen Innenräume ihrer Nachbarn – ihrer Nachbarn im Zug, im Wartezimmer des Zahnarztes, im Teeladen an der Ecke. Für sie, diese Glückliche, was gibt es, was da nicht von Belang ist? Alte Schuhe kann man gebrauchen, Türgriffe, Luftpostbriefe, Flanellnachthemden, Kathedralen, Nagellack, Düsenflugzeuge, Rosenlauben und Wellensittiche; kleine Eigenheiten – an einem Zahn saugen, am Saum zerren –, jedes seltsame, lausige, vortreffliche oder abscheuliche Ding. Ganz zu schweigen von Gefühlen und Gründen, diesen rumpelnden, donnergleichen Umrissen. Ihr Geschäft ist die Zeit, die Art und Weise, in der sie nach vorn schießt, rückwärts rangiert, blüht, verfällt und sich doppelbelichtet. Ihr Geschäft sind Leute in der Zeit. Und sie, scheint mir, hat alle Zeit der Welt. Sie kann sich ein Jahrhundert Zeit lassen, wenn sie mag, eine Generation, einen ganzen Sommer.
Ich ungefähr eine Minute.
Ich rede nicht über epische Gedichte. Wir alle wissen, wie lange die brauchen können. Ich rede von dem kleineren, unoffiziellen, domestizierten Gedicht. Wie kann ich es beschreiben? Eine Tür geht auf, eine Tür geht zu. Dazwischen

sieht man ein Einzelbild: einen Garten, eine Person, einen Wolkenbruch, eine Libelle, ein Herz, eine Stadt. Ich denke dabei an diese runden viktorianischen Papierbeschwerer aus Glas, an die ich mich erinnern, die ich aber nicht mehr finden kann, eine Welt entfernt von der Massenware aus Plastik, die die Spielzeugregale bei Woolworth besetzt. Diese Art Papierbeschwerer ist eine durchsichtige Kugel, in sich abgeschlossen, sehr rein, mit einem Wald, einem Dorf oder einer Familie darin. Man kehrt es von unten nach oben, dann zurück. Es schneit. Im Moment ist alles verändert. Dort drinnen wird es nie wieder sein wie vorher – nicht die Tannenbäume noch die Giebel, noch die Gesichter.
So findet ein Gedicht statt.
Dabei gibt es wirklich so wenig Platz! So wenig Zeit! Der Dichter wird ein meisterlicher Kofferpacker:

*Das Erscheinen dieser Gesichter in der Menge:*
*Blütenblätter auf einem nassen, schwarzen Ast.*

Da ist es: Anfang und Ende in einem Atem. Wie käme der Romanautor damit zurecht? In einem Absatz? Auf einer Seite? Mischt es vielleicht, wie Farbe, mit etwas Wasser an, verdünnt es, breitet es aus.
Jetzt werde ich überheblich, ich setze mich ins rechte Licht.

Wenn das Gedicht konzentriert ist, eine geschlossene Faust, dann ist der Roman eine offene Hand, ausgreifend und entspannt: hat Straßen, Umwege, Bestimmungen; eine Herzlinie, eine Kopflinie, Geld und Sitten geraten hinein. Wo die Faust ausschließt und erschlägt, kann die offene Hand in ihren Reisen vieles berühren und umfassen.
Ich habe nie eine Zahnbürste in ein Gedicht gepackt.

Ich denke nicht gerne an die Dinge – vertraute, brauchbare, ehrenwerte Dinge – die ich nie in ein Gedicht gepackt habe. Einmal packte ich eine Eibe hinein. Und diese Eibe begann mit erstaunlichem Egoismus die ganze Angelegenheit zu ordnen und zu erledigen. Es war keine Eibe neben der Kirche auf einer Straße hinter einem Haus in der Stadt, in der eine bestimmte Frau lebte ... undsoweiter, wie es in einem Roman hätte sein mögen. Oh nein. Sie stand wie ein Schrank mitten in meinem Gedicht, hantierte mit seinen dunklen Schattierungen, den Stimmen im Kirchhof, den Wolken, den Vögeln, der zarten Melancholie, mit der ich sie bedacht hatte – mit allem! Ich konnte sie mir nicht unterwerfen. Und, am Ende war mein Gedicht ein Gedicht über eine Eibe. Diese Eibe war schlicht zu stolz, ein vorübergehendes schwarzes Zeichen in einem Roman zu sein.

Vielleicht verärgere ich ein paar Dichter, indem ich damit sage, daß das *Gedicht* stolz ist. Auch das Gedicht, werden sie mir entgegnen, kann alles einschließen. Und mit weit mehr Genauigkeit und Kraft als diese ausgebeulten, aufgelösten und anspruchslosen Geschöpfe, die wir Romane nennen. Gut, ich gestehe diesen Dichtern ihre Löffelbagger und alten Hosen zu. Ich glaube *wirklich* nicht, Gedichte müßten unbedingt so keusch sein. Ich würde, glaube ich, sogar eine Zahnbürste zugestehen, wenn das Gedicht wirklich eines wäre. Aber diese Erscheinungen, diese poetischen Zahnbürsten sind selten. Und wenn sie einmal auftauchen, neigen sie, wie meine aufsässige Eibe, dazu, sich selbst als erwählt und etwas ziemlich Besonderes zu finden.

Nicht so in Romanen.

Da kehrt die Zahnbürste in schöner Unverzüglichkeit in ihren Halter zurück und wird vergessen. Die Zeit fließt, strudelt, schlängelt sich, und Menschen haben die Muße, vor unseren Augen zu wachsen und sich zu verändern. Das reichhaltige Gerümpel des Lebens tanzt um uns herum: Kommoden, Fingerhüte, Katzen, der ganze vielgeliebte, abgegriffene Gemischtwarenkatalog, von dem der Romanautor wünscht, daß wir ihn mit ihm teilen. Ich meine nicht, daß es hier kein Muster, keine genaue Wahrnehmung, keine strikten Regeln gibt.

Ich schlage nur vor, daß das Muster vielleicht nicht so beharrlich insistiert.

Die Tür des Romans schließt sich ebenso wie die Tür des Gedichts.

Aber weder so schnell noch mit so besessener, unbeantwortbarer Endgültigkeit.

## ›CONTEXT‹

Die Kernfragen unserer Zeit, die mich im Moment beschäftigen, sind die unberechenbaren genetischen Folgen des radioaktiven Niederschlags und eine Dokumentation über die fürchterliche, wahnsinnige, allmächtige Verbindung der Großindustrie und der Militärs in Amerika, von Fred J. Cook, die unter dem Titel »Dschagannath – Der Kriegsstaat« kürzlich in der »Nation« erschien. Werden meine Gedichte davon beeinflußt? Ja, aber nur indirekt. Mir ist die Sprache Jeremias nicht gegeben, aber meine Vision der Apokalypse reicht aus, um mir den Schlaf zu rauben.
Meine Gedichte handeln nicht von Hiroshima, aber von einem Kind, das im Dunkeln Finger für Finger Gestalt annimmt. Meine Gedichte beschreiben nicht den Terror von Massenvernichtungen, sondern die Trostlosigkeit des Mondes über einer Eibe auf dem benachbarten Friedhof. Sie sprechen auch nicht über das Vermächtnis gefolterter Algerier, aber von den nächtlichen Gedanken eines müden Chirurgen.
Auf eine bestimmte Weise sind diese Gedichte Abweichungen. Ich glaube nicht, daß sie Ausflüchte sind. Für mich sind die wirklichen Kernfragen unserer Zeit die Kernfragen aller Zeiten – Schmerz und Wunder des Liebens; das Werden in allen seinen Formen – Kinder, Brotlaibe, Gemälde, Bauten; und die Erhaltung des Lebens aller Menschen überall, dessen Gefährdung kein abstraktes, zweideutiges Gerede über »Frieden« oder »unversöhnliche Widersacher« entschuldigen kann.
Ich glaube nicht, daß eine »Schlagzeilen-Dichtung« mehr

Menschen interessieren, sie stärker berühren würde als die Schlagzeilen selbst. Und wenn das zeitnahe Gedicht nicht aus etwas Tieferem entsteht als aus allgemeiner, veränderlicher Menschenliebe und wirklich zu diesem Einhorn-Ding wird – einem richtigen Gedicht –, dann läuft es Gefahr, genauso schnell zerknüllt zu werden, wie eine Zeitungsseite.
Die Dichter, die mich beglücken, sind von ihren Gedichten so besessen wie vom Rhythmus des eigenen Atems. Ihre besten Gedichte sind aus einem Stück entstanden und nicht per Hand zusammengesetzt; zum Beispiel manche Gedichte aus Robert Lowells »Life Studies«; Theodore Roethkes greenhouse poems; einige von Elizabeth Bishop und sehr viele von Stevie Smith (»Kunst ist wild wie eine Katze, und fernab jeglicher Kultur«).
Sicherlich ist Genuß der größte Nutzen eines Gedichts – und nicht die Wirkung, die es in religiöser oder politischer Propaganda hat. Bestimmte Gedichte oder einzelne Zeilen erscheinen mir so geschlossen und wunderbar wie Altäre oder wie die Krönung von Königinnen für Menschen erscheinen muß, die andere Bilder verehren. Ich habe keine Angst davor, daß Gedichte nur relativ wenig Menschen erreichen. Denn tatsächlich reichen sie erstaunlich weit – bis ins Unbekannte, ja, sogar rund um die Welt. Weiter als die Worte eines Lehrers oder die Vorschriften eines Arztes; und wenn sie Glück haben, reichen sie weiter als ein Leben.

## AMERICA! AMERICA!

Ich bin auf öffentliche Schulen gegangen – wirklich öffentliche. *Jedermann* ging dahin: der Draufgänger und der Schüchterne, der Pummlige und der Schlaksige, der künftige Elektronikwissenschaftler so wie der künftige Polizist, der eines Nachts einen Diabetiker zu Tode treten wird, in der falschen Annahme, es sei ein Betrunkener, der etwas Ernüchterung brauche; der Arme, an dem der Geruch von feuchter Wolle, von Babypisse und dem polyglotten Eintopf von zu Hause hing; der Reichere mit schäbigem Pelzkragen, Monatssteinringen und Vätern mit Autos (»Wat macht denn *dein* Vater?« »Nischt macht er, er is Busfahrer.« Gelächter). Erziehung – da war sie – uns allen kostenlos auferlegt, eine schöne große Portion deprimierter amerikanischer Öffentlichkeit. *Wir* waren natürlich nicht deprimiert. Das überließen wir unseren Eltern, die sich mit ein oder zwei Kindern mühsam durchschlugen und nach der Arbeit und kargem Abendessen dumpf über ihren Radios hingen, um Nachrichten von »zu Hause« und über einen Mann mit schwarzem Schnurrbart namens Hitler zu hören.

Wir aber fühlten uns vor allem als Amerikaner in dieser brodelnden Stadt am Meer, wo ich die ersten zehn Jahre Unterricht wie Fusseln zusammenklaubte – ein großer lärmender Katzensack voller irischer Katholiken, deutscher Juden, Schweden, Neger, Italiener und mit dieser seltenen reinen Mayflower-Fracht, irgendwelcher *Engländer*.

In diese Zwischendeckladung von Neu-Bürgern sollten durch freie Gemeindeschulen die Lehren von Freiheit und Gleichheit eingepflanzt werden. Obwohl wir uns immerhin

fast Bostoner nennen konnten (der Flughafen der Stadt mit seinen schönen schwebenden Flugzeugen und silbernen Fesselballons dröhnte und glänzte über der Bucht), waren doch die Wolkenkratzer New Yorks die Ikonen in unserem Hausaltar, New York und die große grüne Königin, die mit ausgestreckter Nachttischlampe für die Freiheit einstand.
Jeden Morgen legten wir die Hand aufs Herz und gelobten Treue den Sternen und Streifen der amerikanischen Flagge, die als wesenlose Altardecke auf dem Lehrertisch lag. Und wir sangen Lieder von Pulverdampf und Patriotismus zu unmöglichen, schwankenden, viel zu hohen Melodien. Ein hohes schönes Lied mit den Worten »For purple mountain majesties above the fruited plain« brachte jedesmal den krabbengroßen Dichter in mir zum Weinen. Ich hätte damals den Unterschied zwischen majestätischen Bergen und fruchtbaren Ebenen nicht erklären können und verwechselte Gott mit George Washington (dessen lammfrommes Großmuttergesicht, umkränzt von hübschen weißen Lokken, von der Wand des Klassenzimmers auf uns herunterschien), dennoch schmetterte ich zusammen mit meinen kleinen rotzigen Mitbürgern »America! America! God shed His grace on thee, and crown thy good with brotherhood from sea to shining sea.«
Über das Meer wußten wir einiges. Am Ende fast jeder Straße spuckte, klatschte und schleuderte sein grauer formloser Rachen Porzellanteller, hölzerne Affen, feine Muscheln und Schuhe toter Männer heraus. Nasse Salzwinde furchten ständig unsere Spielplätze – die sowieso nur eine schauerliche Mischung aus Kies, Schotter, Granit und nackter festgestampfter Erde waren und gemeinerweise zu nichts anderem bestimmt, als zarte Knie abzuschürfen und aufzuschlagen. Dort tauschten wir Spielkarten (wegen der

Muster auf der Rückseite) und schweinische Geschichten aus, machten Seilhüpfen, ließen Murmeln kullern und spielten die Radio- und Comic-Heftdramen unserer Zeit nach (»Wer weiß, welches Übel im Herzen des Menschen lauert? Der Schatten weiß es – huuu, huuu, huuu«, oder: »Guck, was da oben fliegt, es ist ein Vogel, es ist ein Flugzeug, es ist Superman!«). Wenn wir zu etwas Besonderem bestimmt waren – vorgeprägt, verurteilt, beschränkt, schicksalsschwer –, wir merkten nichts davon. Unbekümmert stürzten wir nach der Schule zum Völkerballspiel ins Freie, offen und voller Hoffnung, wie das Meer.

Denn uns stand die Welt offen. Wenn wir arbeiteten. Wenn wir fleißig lernten. Weder unsere Aussprache, noch Geld, noch unsere Eltern spielten eine Rolle. Waren denn nicht Rechtsanwälte aus den Lenden von Kohleträgern entsprungen, Ärzte aus den Tonnen der Müllmänner? Bildung war das Schlagwort, und nur der Herrgott weiß, wie sie uns zuteil wurde. Am Anfang wahrscheinlich unmerklich, ein geheimnisvolles infrarotes Glühen der abgegriffenen Rechenbücher, die entsetzlichen Gedichte, in denen das klare blaue Oktoberwetter gepriesen wurde, und die Welt der Geschichte, die mehr oder weniger mit der Boston Tea Party begann und endete – Pilgerväter und Indianer waren für uns ebenso prähistorisch wie das Eohippus.

Später waren wir versessen aufs College – ein heimtückischer schrecklicher Virus. Jeder fühlte sich gezwungen, *das* eine oder andere College zu besuchen. Ein College für Betriebswirtschaft, ein Junior College, ein staatliches College, ein Sekretärinnencollege, ein College der Ivy League, ein College für Schweinezüchter. Erst die Bücher, dann die Arbeit. Als wir (künftiger Polizist und Elektronikgenie gleichermaßen) in die blühende Höhere Schule der Nachkriegszeit hineinplatzten, wurden wir in immer kürzeren Zeitabständen von vollberuflichen Studienberatern mit Diskussionen über Motivation, Wunschvorstellungen, Schulfächer, Berufe und über Colleges belämmert. Hervorragende Lehrer kamen über uns wie Meteoritenschwärme: Biologielehrer hielten menschliche Gehirne hoch, Englischlehrer begeisterten uns mit ihrer persönlichen, schwärmerischen Leidenschaft für Tolstoi und Plato, Kunsterzieher führten uns durch die Elendsviertel von Boston und dann zurück zur Staffelei, wo wir die college-eigenen Farben mit wütendem sozialen Engagement auf die Pappe schleuderten. Solche Überspanntheiten, wie die Einbildung, etwas ganz Besonderes zu sein, wurden uns gurrend aber bestimmt ausgeredet, wie früher das Daumenlutschen.

Der Studienberater für Mädchen diagnostizierte mein Problem sofort. Ich war einfach auf gefährliche Weise zu kopfbetont. Meine vornehme reine Kette glatter Einser könne mich durchaus, ohne ausreichende außerschulische Ergänzung ins Nichts schleudern. Die Colleges zögen zunehmend vielseitige Studenten vor. Da ich mich im Fach Zeitgeschichte gerade mit Machiavelli beschäftigt hatte, nahm ich das Stichwort auf.

Nun hatte dieser Studienberater, was ich nicht wußte, eine weißhaarige Zwillingsschwester, die ich immer wieder im Supermarkt und beim Zahnarzt traf. Dieser Zwillingsschwester vertraute ich meine zunehmenden, vielfältigen Aktivitäten an – ich kaute Orangenschnitze in den Viertel-Pausen beim Basketball der Mädchen (die Mannschaft hatte ich organisiert), ich malte riesengroße Bilder von L'il Abner und Daisy Mae für unsere Klassenfêten, ich klebte noch um Mitternacht den Umbruch der Schulzeitung, während mein bereits völlig erschöpfter Mitredakteur mir die Witze aus dem »New Yorker« vorlas. Der leere, merkwürdig nichtssagende Gesichtsausdruck der Zwillingsschwester meines Studienberaters hinderte mich nicht, noch taten das die offensichtlichen Erinnerungslücken ihres tüchtigen bleichen Doppelgängers im Schulbüro. Ich wurde ein wütend pragmatischer Teenager.

»Der Zweck heiligt die Mittel«, hätte ich vielleicht vor mich hinsagen können, während ich die Söckchen auf die gleiche Höhe wie die meiner Mitschülerinnen zog, offiziell gab es keine Schuluniform, aber es *gab* doch eine Uniform – Pagenschnitt, Rock und Pullover, alles blitzsauber, und »Slipper«, abgetragene Kopien indianischer Mokkasins. Trotz unseres demokratischen Überbaus pflegten wir sogar zwei uralte Überbleibsel des Snobismus – zwei Mädchen-Verbindungen mit Namen Subdeb und Sugar 'n' Spice. Zu Beginn jedes neuen Schuljahres schickten die alten Mitglieder den neuen Mädchen Einladungen – den Hübschen, den Beliebten, den irgendwie Besonderen. Bevor man allerdings die gönnerhafte Zulassung erhielt, mußte man sich einer Einführungswoche unterziehen, um zu beweisen, daß man der hochgeschätzten Norm genügte. Die Lehrer predigten dagegen, die Jungen spotteten darüber, aber es lief immer wieder nach dem gleichen Muster ab.

Mir wurde, wie jedem Neuling, eine Große Schwester zugewiesen, die systematisch begann, mein Ego zu zerstören. Eine ganze Woche lang durfte ich kein Make-up tragen, mich nicht waschen, mein Haar nicht kämmen, die Kleider nicht wechseln und nicht mit Jungen sprechen. In aller Herrgottsfrühe mußte ich im Haus meiner Großen Schwester erscheinen, ihr Bett machen und das Frühstück zubereiten. Dann schleppte ich, zusätzlich zu meiner, ihre unerträglich schwere Büchertasche hinter ihr her, wobei ich, wie ein Hund, in gebührendem Abstand bleiben mußte. Auf dem Weg konnte es passieren, daß sie mir befahl, auf einen Baum zu klettern und mich dann an einem Ast runterhängen zu lassen, bis ich hinunterfiel; oder ich mußte einem Passanten eine unverschämte Frage stellen oder in Geschäften um angefaulte Trauben und schimmligen Reis betteln. Wenn ich lächelte – also das geringste Anzeichen von Ironie über meine Versklavung zeigte –, mußte ich mitten auf dem Bürgersteig niederknien, bis mir das Lächeln verging. Wenn es klingelte und die Schule aus war, übernahm wieder die Große Schwester. Spätabends tat mir alles weh und ich stank; meine Hausaufgaben dröhnten in meinem betäubten und benebelten Kopf. Ich war drauf und dran, auf ein Okay-Image getrimmt zu werden.

Irgendwie zog das bei mir nicht. Diese Einführung in ein Nichts von Zugehörigkeit. Vielleicht war ich einfach nicht genügend angepaßt, um da mitzumachen. Denn was taten diese auserwählten Knospen amerikanischer Weiblichkeit bei ihren Verbindungstreffen? Sie aßen Kuchen; aßen Kuchen und zerrissen sich die Mäuler über ihre Samstags-Verabredung. Das Privileg, jemand zu sein, zeigte unter dem Druck, wie alle zu sein, sein wahres Gesicht; ergo, ein Niemand.

Kürzlich spähte ich durch die verglaste Seitenwand in eine amerikanische Volksschule: Kindgerechte Tische und Stühle aus sauberem, hellen Holz standen da, spielzeugkleine Öfen und winzige Trinkwasserhähne. Die Sonne schien ungehindert hinein. Das ganze Chaos, alle Qual und aller Mut, woran ich mich so zärtlich erinnere, waren in einem Vierteljahrhundert sanft entschwunden. Eine Klasse hatte den Vormittag busfahrend zugebracht, um zu lernen, wie man Fahrgeld bezahlt und nach der richtigen Haltestelle fragt. Lesen – unsereins lernte es mit vier Jahren von den Aufschriften der Waschpulverkartons – war eine so traumatische und stürmische Kunst geworden, daß man sich glücklich schätzte, es mit zehn Jahren geschafft zu haben. Aber die Kinder da im Kreis lächelten. Doch sah ich dort im Erste-Hilfe-Schrank nicht einen Schimmer, das Funkeln von Flaschen – Gleichmacher und Weichmacher für den Embryo-Revoluzzer, den Künstler, den Andersdenkenden?

# III

## CAMBRIDGE NOTIZEN

*(Februar 1956)*

### 19. Februar, Sonntag Abend

Wen immer es angeht: Hin und wieder kommen Zeiten, in denen die gleichgültigen und unpersönlichen Mächte der Welt sich wenden und in einem Donnerwetter von Gericht vereinigen. Für den plötzlichen Schrecken, das Gefühl von Verdammnis gibt es keinen Grund, außer daß die Umstände alle den inneren Zweifel, die innere Furcht spiegeln. Gestern, ich ging recht friedlich über die Brücke der Mill Lane, nachdem ich mein Fahrrad zur Reparatur zurückgelassen hatte (und mich verloren fühlte, Fußgänger, machtlos) und das Lächeln lächelte, das einen wohlwollenden Lack auf die schaudernde Furcht vor dem Starren der Fremden aufträgt, kehrten sich plötzlich kleine Jungen gegen mich, die auf dem Deich Schneebälle formten. Sie begannen, sie nach mir zu werfen, und versuchten offen und ehrlich, mich zu treffen. Sie verfehlten mich jedesmal, und mit dem wachsamen Urteil, das mit Erfahrung einhergeht, beobachtete ich die schmutzigen, von vorn und von hinten auf mich zufliegenden Schneebälle, und elend vor Verwunderung ging ich langsam weiter, entschieden und bereit, einen Treffer zu parieren, bevor er traf. Es traf aber keiner, und mit einem toleranten Lächeln, das eine höhere Lüge war, ging ich weiter. Mein Thesaurus, mit dem ich lieber als mit der Bibel auf einer einsamen Insel leben würde (wie ich schon häufiger geprahlt habe), lag heute, nachdem ich den Entwurf eines schlechten, widerlichen Gedichts geschrieben hatte, aufgeschlagen bei 545: Täuschung, 546: Wahrheit, 547: Der Betrogene, 548: Betrug. Der schlaue Rezensent und Autor, der ein Verbündeter der großzügigen schöpferischen Kräfte des Widerstands ist, schreit mit tödlicher Genauigkeit: »Schwindel, Schwindel«, was während dieses dunklen Höllenjahrs sechs Monate am Stück geschrien worden ist.

Gestern abend, als ich bei Emmanuels Party (ah, ja) hereinkam, hypnotisierten sie gerade jemanden namens Morris im dunklen überfüllten Zimmer, das bewußt bohèmehaft von Kerzen in alten Weinflaschen beleuchtet wurde. Der fette, dabei kräftige, häßliche Junge sagte in kommandierender Überlegenheit und Macht: »Wenn du versuchst, durch die Tür zu gehen, wird Glas im Weg sein. Du kannst nicht durch die Tür gehen, es wird Glas im Weg sein. Wenn ich ›Grammophon‹ sage, wirst du wieder einschlafen.« Dann holte er Morris aus der Trance zurück und Morris versuchte, durch die Tür zu gehen, blieb aber stehen. Er konnte nicht durch die Tür gehen, es war Glas im Weg. Der fette Junge sagte »Grammophon«, und zwei lachende, nervöse Jungen fingen Morris auf, als er hinfiel. Dann brachten sie Morris dazu, steif wie ein Stahlträger zu werden; Morris schien genau zu wissen, *wie* steif das gerade war, und ging hart zu Boden.

Und ich redete und redete mit Win: rosagesichtig, blauäugig, blond, zuversichtlich, über die Anfänge einer Liebe zu einem Mädchen, das er beim Skilaufen traf und das verlobt ist und nach Hause fährt, um zu sehen, ob sie das auflösen kann, um zurückzukommen und vielleicht mit ihm zusammen zu leben und zu reisen. Und ich fand heraus, daß ich nicht Unrecht wegen L. hatte und daß wir beide N. lieben, und ich redete über R. Solche Spiele. Ich redete von R., als wäre er tot. Mit tödlichem Edelmut. Ein großer, gutaussehender John legte seine warme Hand auf meine Schulter, und ich fragte ihn vorsätzlich über Hypnotismus aus, während Chris mit seinem eifrigen, glänzenden, rotwangigen Babygesicht und seinem lockigen Haar über dem Abgrund schwebte, und aus deplazierter Freundlichkeit weigerte ich mich, mit John in das wilde Zimmer zu gehen, aus dem Tanzmusik quoll, und ging, um was zu trinken und mich keusch mit Win zu unterhalten. Zu Rafe, der der Gastgeber war und ein glänzendes Gesicht hatte und jedesmal, wenn er vorbeikam, eine immer neu gefüllte Schüssel mit Früchten und jeweils andersfarbigem Schnaps trug, sagte ich: »Du bist ein wunderbarer Gastgeber«.

Dann ging Chris, kniete hinter all dem Gerede und umarmte die kleine schwarzgewandete Miniatur-Sally-Bowles mit ebensolchen schwarzen Hosen und Pullover und dem geschorenen Blondhaar einer Jeanne d'Arc und einer langen, verruchten Zigarettenspitze (genau passend zu ihrem sehr zierlichen Mann Roger, der ganz in Schwarz wie ein blasser Ballettänzer ging, sehr klein, er hatte gerade einen Artikel über Yeats in einem Magazin namens Khayyam (wie Omar) veröffentlicht). Chris zog sich ein rotgekleidetes Mädchen auf den Schoß, dann gingen sie tanzen. Inzwischen redeten Win und ich sehr weise; seine entsetzliche Leichtigkeit erschlägt mich: ich könnte alles wegwerfen und mich an John ranmachen, der seinerseits dem Leichtesten und Nächstliegenden hinterher ist. Aber jeder trägt den gleichen lächelnden verängstigten Gesichtsausdruck, der sagt: »Ich bin wichtig. Wenn du mich erst kennenlernst, wirst du sehen, wie wichtig ich bin. Sieh mir in die Augen. Küß mich und du wirst sehen, wie wichtig ich bin.«

Auch ich will wichtig sein. Indem ich anders bin. Und diese Mädchen sind alle gleich. Weit entfernt mit meinen Gedanken gehe ich mit Win meinen Mantel holen, er bringt mir meinen Schal, während ich auf der Treppe warte, und Chris ist rotwangig, dramatisch, atemlos, reuig. Er möchte gescholten und gestraft sein. Das ist zu einfach. Das ist, was wir alle wollen.

Ich stehe recht weit darüber und entfernt, und es ist bequem, über die Schneefelder nach Hause geführt zu werden. Es ist sehr kalt, und während des ganzen Wegs zurück denke ich: Richard, du lebst in diesem Moment: Du lebst jetzt. Du bist in meinen Eingeweiden und ich handele, weil du am Leben bist. Und inzwischen schläfst du wahrscheinlich erschöpft und glücklich in den Armen irgendeiner genialen Hure oder vielleicht sogar des Schweizer Mädchens, das dich heiraten will. Ich rufe nach dir. Ich will dir schreiben, von meiner Liebe, diesem absurden Glauben; der mich keusch hält, so keusch, daß alles, was ich je berührt oder anderen gesagt habe, zu einer Probe für dich und nur dafür aufbewahrt wird. Den anderen vergeht die Zeit und sogar ein wenig über die Grenzen hin zu Küssen und Berührungen, ich flehe um Gnade und schrecke erfroren zurück. Ich gehe in Schwarz, bin mehr und mehr schwarz angezogen.

Einen meiner roten Handschuhe habe ich bei einer Cocktailparty verloren. Ich habe nur schwarze übrig, und sie sind kalt und trostlos.

»Richard«, sage ich und erzähle Nat und erzähle Win und erzähle Chris, wie ich bereits Mallory und Iko und Brian und Martin und David erzählt habe: Da ist Dieser Junge in Frankreich. Und heute habe ich es John erzählt, er ist ein ausgezeichneter Zuhörer und bereit, hier zu sitzen und mich sagen zu hören, wie ich einst glücklich gewesen bin, an meinem höchsten Punkt, und zu der Frau wuchs, die ich jetzt bin; alles nur wegen dieses Jungen namens Richard. Und John sagt: Ich könnte dich leidenschaftlich lieben, wenn ich mich ließe. Aber er hat sich nicht gelassen. Wieso? Weil ich ihn nicht berührt habe, ich habe ihm nicht mit dem Bild in die Augen gesehen, das er da sehen möchte. Und ich könnte. Aber ich bin zu müde, zu edel, auf eine perverse Art. Es macht mich krank. Ich würde ihn nicht wollen, selbst wenn er zum Opfer würde. So sage ich ihm lässig, daß ich das nicht geschehen lassen werde, weil es eine Totgeburt ist. Ich habe schon so viele davon geboren.

Und dann sage ich bitter: Liebe ich Richard? Oder benutze ich ihn als Entschuldigung für die edle, einsame, lieblose Pose? Unter dem perversen Etikett der Treue? So wie ich ihn benutze, würde ich ihn auch hier am Ort haben wollen, dünn, nervös, klein, launisch, kränklich? Oder wäre mir nicht der große Kopf, das weite Herz und die starke Potenz ohne die abstoßenden Einzelheiten der realen Welt lieber? Feigling.

Und wenn ich unerwartet zum Frühstück in den Speisesaal komme, drehen sich die drei Schlauen mit einem schrägen Blick um und fahren offensichtlich fort, wie wenn Mrs. Milne hereinkommt, verschleiern aber das Thema ihrer Worte: »So merkwürdig; starrt immer nur ins Feuer«. Und sie haben einen dafür verdammt, verrückt zu sein. Nur so. Weil die Furcht schon da ist und so lange schon gewesen. Die Furcht, daß alle Kanten und Formen und Farben der wirklichen Welt, die mit derart wirklicher Liebe so schmerzhaft wieder aufgebaut worden sind, in einem Moment des Zweifels schwinden und »plötzlich ausgehen«, wie der Mond in dem Gedicht von Blake.

Eine morbide Furcht: Die zuviel protestiert. Zum Arzt. In dieser Woche gehe ich zum Psychiater, nur um ihn kennenzulernen, zu wissen, daß es ihn gibt. Und bezeichnenderweise fühle ich, daß ich ihn brauche. Ich brauche einen Va-

ter. Ich brauche eine Mutter. Ich brauche ein älteres, klügeres Wesen, um mich auszuweinen. Ich rede zu Gott, aber der Himmel ist leer, und Orion geht vorbei und spricht nicht. Ich fühle mich wie Lazarus: Die Geschichte fesselt mich so. Im Tode bin ich wiederauferstanden und finde sogar Zuflucht in dem reinen Sensationswert, selbstmörderisch zu sein, dem Grab so nah, und wieder herauszukommen mit den Narben und dem störenden Zeichen auf meiner Wange (bilde ich mir das ein?), das zunehmend hervortritt: Wird blaß wie ein Leichenfleck auf der roten, windgegerbten Haut, und auf Fotos gegen meine ernste Winterblässe braun. Und ich identifiziere mich zu sehr mit dem, was ich lese und schreibe. Ich *bin* Nina in »Strange Interlude«. Ich *will* gleichzeitig Ehemann, Geliebten, Vater und Sohn haben. Und ich bin zu verzweifelt abhängig davon, meine Gedichte, meine glatten kleinen Gedichte, so ordentlich, so handlich, vom »New Yorker« angenommen zu bekommen. Um mich an der Blonden zu rächen, als ob die bloßen Deiche des bedruckten Papiers der schöpferischen Flut standhalten könnten, die allen Neid auslöscht, alle bloß kleinlich ängstliche Eifersucht. Sei großzügig.
Ja. Das ist, was Stephen Spender an der Kritik aus Cambridge fehlt. Und was mir fehlt, in den knickerigen Bissen zurück, die witzeln und auf Sonderbarkeiten herumhacken. Was ist denn mit uns?: Jane, die ungeschickt mit Messern gestikuliert, Toaster und Tafelsilber hinunterwirft, die Gordons Kette mit ungeschickt zupackendem Frohsinn kaputt macht, Abendessen von Richard nimmt, Schlaf, Zimmer, Schlüssel von mir und sich nie kümmert, völlig nachlässig. Wie symbolisch können wir noch werden? Ärger frißt, bringt die Nahrung um, die er frißt. Kann sie übelnehmen? Sie ist auf der Seite der großen erobernden Jungen, der

Schöpferischen. Wir haben die heftigen Welpen. Könnten wir jene anderen finden? Wir haben unseren Chris, unseren Nat. Aber könnten wir?

Großzügig. Ja, heute habe ich Chris verziehen. Daß er mich verlassen und mir ein wenig weh getan hat, wie es mir sogar weh getan hat als er diese zwei gesichtslosen Mädchen kannte, nur weil ich als Frau alle Frauen für meine Männer bekämpfe. Meine Männer. Ich bin eine Frau, und es gibt da keine Loyalität, selbst zwischen Mutter und Tochter. Beide kämpfen für den Vater, für den Sohn, fürs Bett, für Leib und Seele. Ich habe auch John verziehen; für seinen verfaulten Zahn und seine lausige Blässe, weil er ein Mensch ist und ich fühlte, daß ich ›der Menschen Art bedarf‹. Selbst John, wie er da saß, entfernt durch diese unsere weisen Wörter, selbst er könnte ein Vater sein. Und ich flehe so sehr darum, von einem Mann gehalten zu werden; irgendeinem Mann, der ein Vater ist.

So soll ich nun jede Nacht reden. Mit mir. Mit dem Mond. Ich werde laufen, wie ich es heute nacht getan habe, auf meine Einsamkeit bedacht im Blausilber des kalten Mondes, der strahlend mit Myriaden Funken auf die Haufen frisch gefallenen Schnees schien. Ich rede mit mir und sehe die dunklen Bäume an, gesegnet unbeteiligt. So viel leichter, als Menschen vors Antlitz zu treten, als glücklich aussehen zu müssen, unverletzlich, schlau. Mit abgesetzten Masken laufe ich, rede zum Mond, zu der gleichgültigen, unpersönlichen Macht, die nicht hört, aber eben mein Dasein hinnimmt. Und mich nicht darnieder streckt. Ich ging zu dem Bronzeknaben, den ich liebe, auch weil niemand sich um ihn kümmert, und fege einen Klumpen Schnee von seinem empfindlichen, lächelnden Gesicht. Er stand da im Mondlicht, dunkel, der Schnee umriß weiß seine Glieder im

Halbkreis der Ligusterhecke, er trug still lächelnd seinen wogenden Delphin und balancierte auf seinem Grübchenfuß.

Und er wird das Kind in »When We Dead Awaken«. Und Richard wird mir kein Kind geben. Und es ist sein Kind, das ich mir wünschen könnte. Zu gebären, Wachstum zu ertragen. Der einzige, mit dem ich es aushalten könnte, ein Kind zu haben. Jedoch. Ich habe auch Angst, ein deformiertes Kind, einen Kretin zu tragen, der dunkel und häßlich in meinem Leib wächst, wie die alte Verwesung, von der ich immer fürchtete, daß sie hinter den Blasen meiner Augen ausbricht. Ich stelle mir Richard hier vor, mit mir, und mein Dickwerden von seinem Kind. Ich verlange immer weniger. Ich sähe ihn an und sagte einfach: Ich bin traurig, daß du nicht stark bist und nicht schwimmst und segelst und Ski läufst, aber du hast eine starke Seele, und ich werde an dich glauben und auf dieser Erde unbesiegbar machen. Ja, ich habe diese Macht. Die meisten Frauen haben sie bis zu einem gewissen Grad. Da ist aber auch der Vampir. Der alte, ursprüngliche Haß. Der Wunsch, die Runde zu machen und die Arroganten zu kastrieren, die in den Momenten der Leidenschaft zu solchen Kindern werden.

Wie uns die Schritte im Kreis auf der Wendeltreppe dorthin zurückbringen, von wo wir gekommen sind! Mich verlangt nach Mutter, selbst nach Gordon, wenn mich seine Schwächen . . . auch krank machen. Und er wird es finanziell behaglich haben. Und er ist stattlich und kräftig. Er läuft Ski und schwimmt, aber alle Eigenschaften Gottes könnten nicht seinen schwachen Geist und seine physische Schwäche wettmachen. Gott, ich würde ihn beinah schon nehmen, um seine Schwäche zu beweisen, wo doch mein Zweifel ihm nicht die Chance ließe, stark zu sein. Außer, ich wäre sehr

vorsichtig. Ich möchte, daß er auch stark ist. Nur ist so wenig Hoffnung, es ist so spät.
Die einzig vollendete Liebe empfinde ich für meinen Bruder. Weil ich ihn physisch nicht lieben kann, werde ich ihn immer lieben. Und ein wenig eifersüchtig auf seine Frau sein. Seltsam, daß ich, nach solcher Leidenschaft, solchen Schlägen und Tränen, so grimmiger Freude gelebt habe, so kalt, so angeekelt werden konnte von all den überflüssigen Spielereien mit Anderen, diese aufblitzenden Attraktionen, die jetzt mein Untergang scheinen, weil mich jeder nur Richard näherbringt. Und ich hoffe, es gibt irgendeinen Mann in Europa, den ich treffen und lieben werde und der mich von diesem mächtigen Götzenbild befreit. Den ich selbst im Kern seiner Schwachheit annehmen, den ich stark machen kann, weil er mir Seele und Verstand gibt, mit denen ich arbeiten kann.
Und jetzt wird es spät, spät. Und ich habe die alte Wochenanfangspanik, weil ich nicht genug lesen und nachdenken kann, um meinen geringen akademischen Verpflichtungen nachzukommen, und ich habe seit der »Vence«-Geschichte überhaupt nicht geschrieben (die mit der Ablehnung der Gedichte durch den »New Yorker« zurückkommen wird, und selbst wenn ich so etwas tapfer sage, hoffe ich, daß ich lüge, weil meine Liebe für Richard in dieser Geschichte ist, und mein Witz, ein bißchen; und ich will es im Druck gefroren haben und nicht abgelehnt: Wie gefährlich, da sieht man wieder, daß ich mich zu stark mit Ablehnungen identifiziere!). Aber wie kann ich weiterhin still sein ohne eine Seele, mit der ich richtig sprechen kann, jemand der nicht irgendwie heftig engagiert ist oder nah genug, wenigstens froh zu sein, daß ich unglücklich bin. Ich möchte nach Richard und all meinen Freunden rufen, daß sie kommen,

mich zu retten. Aus meiner Unsicherheit, durch die ich mich selbst kämpfen muß. Indem ich das nächste Jahr hier beende, den Druck des Lesens, Nachdenkens genieße, während hinter meinem Rücken das spottende Ticken ist: Ein Leben geht vorbei. Mein Leben.

So ist das. Und ich verschwende meine Jugend und die Tage des Glanzes auf dürrem Boden. Wie ich in jener Nacht geweint habe, als ich zu Bett gehen wollte, und da war niemand; nur meine Träume von Weihnachten und dem letzten Jahr mit Richard, den ich so geliebt habe. Und ich trank den Rest schlechten Sherry aus, knackte ein paar Nüsse, die innen alle sauer und zu nichts verdorrt waren, und die stoffliche, leblose Welt verspottete mich. Was morgen? Immer Masken flicken und Ausreden dafür finden, daß ich knapp die Hälfte meines Solls gelesen habe. Dabei geht ein Leben vorbei!

Wie mich verlangt, den Stoff dieser Welt zu durchdringen: Im Leben zu ankern durch Wäsche und Flieder, tägliches Brot und Spiegeleier, einen Mann, den dunkeläugigen Fremden, der meine Nahrung und meinen Leib und meine Liebe ißt und einmal am Tag die Erde umrundet und zurückkommt, um abends bei mir Trost zu finden. Wer gibt mir das Kind, das mich jener Rasse als Mitglied wiederbringt, die Schneebälle auf mich wirft und vielleicht die Fäulnis spürt, auf die sie einschlägt.

Gut. Elly kommt diesen Sommer (und Mutter und Mrs. Prouty), und nächsten Herbst Sue. Beide Mädchen liebe ich und endlich einmal, mit diesen beiden, kann ich ganz Frau sein, und wir können reden und reden. Ich habe Glück. Das wird kein langes Warten. Aber jetzt? Wieviel gebe ich? Nichts. Ich bin selbstsüchtig, verängstigt, weine zuviel, um mich für mein Phantomschreiben aufzusparen. Aber in jedem Fall ist es besser als im letzten Semester, als ich Abend

für Abend als Hure in einem gelben Kleid verrückt wurde. Der verrückte Dichter. Wie schlau von Dick Gilling, aber er ist sehr intuitiv. Ich hatte das Herz nicht, das dehnbare Herz, nicht den Saft. Aber ich lehnte ab weiterzumachen, wußte, ich könnte nicht groß sein, lehnte ab klein zu sein. Ich zog mich zur Arbeit zurück. Und das ist besser *gewesen*: fünfzehn Stücke in der Woche statt zwei. Die Menge? Nicht nur, aber ein wirkliches Gefühl von Beherrschung, gelegentlichem Einblick. Und das ist es, worauf wir warten.
Wird Richard mich je wieder brauchen? Teil meines Handels ist, daß ich still bleibe, bis er das tut. Wie kommt es, daß der Mann so oft die Führung übernehmen muß? Frauen können so viel, aber getrennt wie jetzt kann ich nichts tun, es bleibt mir verschlossen, ihm zu schreiben; durch eine Art Ehre und Stolz (ich weigere mich, noch mehr darüber zu schwatzen, wie ich ihn liebe), und ich muß warten, bis er mich braucht. Wenn überhaupt in den nächsten fünf Jahren. Und mit Liebe und Treue zusehen, daß ich nicht zu kalt, bitter oder säuerlich werde, um anderen zu helfen. Das ist das Heil. Aus innerer Liebe zu geben. Die Liebe zum Leben zu behalten, was auch geschieht, und anderen zu geben. Großzügig.

20. Februar, Montag

Lieber Doktor: Ich fühle mich sehr krank. Ich habe ein Herz in meinem Bauch, das zuckt und spottet. Plötzlich scheuen die einfachen Alltagsrituale wie ein störrisches Pferd. Es wird unmöglich, Menschen in die Augen zu sehen. Es könnte die Verwesung wieder ausbrechen. Wer weiß. Konversation bekommt etwas Verzweifeltes.
Die Feindseligkeit wächst auch. Das dunkle, gefährliche Gift, das aus einem kranken Herzen kommt. Aus krankem

Geist. Die Vorstellung von Identität, die wir täglich bekämpfen müssen, um die gleichgültige oder feindliche Welt zu beeindrucken, kollabiert nach innen, wir fühlen uns zermalmt. Beim Schlangestehen im Speisesaal, beim Warten auf ein lausiges Essen aus hartgekochtem Ei in Schmelzkäsesauce, Kartoffelbrei und fahlen Pastinaken, hörten wir, wie ein Mädchen zu einem anderen sagte: »Betsy ist heute deprimiert«. Es scheint beinah eine unglaubliche Erleichterung, zu wissen, daß es da jemanden außerhalb einem selbst gibt, der nicht ständig glücklich ist. Wir müssen an einem Tiefpunkt angelangt sein, wenn wir so fern in der Schwärze verschwunden sind: Daß jeder Andere, einzig weil er ein Anderer ist, unverletzlich sei. Das ist eine verdammte Lüge. Aber ich gehe schon wieder in Bedingtheiten unter. Ungewiß. Und es ist verdammt ungemütlich: Wegen der Männer (Richard fort, niemand hier zum Lieben), wegen des Schreibens (zu nervös wegen der Ablehnungen, zu verzweifelt und furchtsam wegen schlechter Gedichte, habe aber Einfälle für Geschichten, muß es nur bald versuchen), wegen der Mädchen (Hausbesen mit Verdächtigungen und Gefühlskälte; inwieweit ist Paranoia Übertragung? Die verwünschenswerte Sache ist, daß sie Unsicherheit und Gemeinheit wittern wie Tiere Blut), wegen des akademischen Lebens (habe Französisch verlassen und fühle mich zeitweilig sehr sündig und ausweichend, muß Buße tun; außerdem fühle ich mich in Diskussionen dumm. Was zur Hölle ist Tragödie? Ich bin's.).
Da also. Fahrrad zur Reparatur, heruntergestürzter Milchkaffee, Speck und Kohl mit Kartoffeln gemischt, Toast dazu, zwei Briefe von Mutter gelesen, die mich recht aufgeheitert haben: Sie ist so mutig, wie sie mit Großmama und dem Haus zurechtkommt, ein neues Leben aufbaut und auf Eu-

ropa hofft. Ich will ihr hier fröhliche Tage machen. Sie hat mich auch wegen des Unterrichtens ermutigt. Wenn ich erst einmal damit *anfange*, werde ich mich nicht mehr so elend fühlen. Diese gefrorene Trägheit ist mein schlimmster Feind, ich werde regelrecht krank vor Zweifel. Ich muß Grenze für Grenze durchbrechen: Skilaufen lernen (mit Gordon und Sue im nächsten Jahr?) und vielleicht in diesem Sommer in einem Militärstützpunkt unterrichten. Es bekäme mir verdammt gut. Wenn ich nach Afrika oder Istanbul ginge, könnte ich nebenher Artikel über die Orte schreiben. Genug der Romantik. Ab an die Arbeit.
Gottseidank hat der »Christian Science Monitor« den Artikel und die Zeichnung über Cambridge gekauft. Sie sollten mir auch noch einen Brief schreiben, wegen meiner Anfrage, mehr zu schreiben. Die Ablehnung der Gedichte durch den »New Yorker« kann mir jetzt jeden Morgen in den Magen treten. Ogott, ist es armselig, wenn ein Leben von so lächerlichen Tontauben wie diesen Gedichten abhängt, immer bereit für den Schrot des Redakteurs.
Werde heute abend über O'Neills Stücke *nachdenken*; manchmal, in Panik, leert sich der Verstand, die Welt verrauscht ins Leere, und ich fühle, ich muß meilenweit in die Nacht rennen oder laufen, bis ich erschöpft umfalle. Fluchtversuch? Oder allein genug, das Geheimnis der Sphinx zu enträtseln. Männer vergessen. Sagte der Lachende Lazarus. Und ich vergesse die Augenblicke von Glanz. Ich muß sie gedruckt niederbringen. Ich muß sie gedruckt aufbauen. Ehrlich sein.
Egal, sprang nach dem Frühstück in die Kleider und begann einen Hundetrab durch den Schnee zum Seminar von Redpath im Grove Lodge. Grauer Tag. Augenblick der Freude, als der Schnee sich im wehenden Haar verfing, und ich

fühlte mich rotwangig und gesund. Wünschte, ich wäre früher losgegangen, hätte es dann hinziehen können. Bemerkte Krähen, die schwarz auf dem schneeweißen Fenn hockten, graue Himmel, schwarze Bäume, entengrünes Wasser. Beeindruckt.
Großes Gewühl von Autos und Lastwagen an der Ecke vom Royal Hotel. Eilte zur Grove Lodge, bemerkte die graue Freundlichkeit des Steins; mir gefiel das Gebäude. Ging hinein, zog den Mantel aus und setzte mich zwischen lauter Jungen, von denen keiner sprach. Mir war ganz elend davon, wie ein weiblicher Yogi betriebsam auf den Tisch zu starren. Blonder Junge stürmt herein, um anzusagen, daß Redpath die Grippe hat. Und wir sind letzte Nacht bis zwei aufgeblieben, um tugendhaft »Macbeth« zu lesen. Was in Ordnung war. Wurde angesichts alter Reden von Ehrfurcht ergriffen, besonders von »ein Märchen voller Klang und Wut«. Ironischerweise schnappe ich die poetischen Identitäten von Charakteren auf, die Selbstmord oder Ehebruch begehen oder umgebracht werden, und für eine Weile glaube ich ganz und gar an sie. Was sie sagen, ist Wahr.
Gut, dann ein Gang in die Stadt, starrte, wie immer, an den Türmen von King's Chapel hoch, am Market Hill glücklich gefühlt, aber alle Geschäfte zu, außer Sayle's, wo ich ein Paar der gleichen roten Handschuhe als Ersatz für den verlorenen kaufte. Kann nicht ganz in Trauer sein. Ist es möglich, die unbeteiligte, objektive Welt zu lieben und sich vor Menschen zu fürchten? Noch lange gefährlich, aber möglich: Ich liebe Menschen, die ich nicht kenne. Ich lächelte einer Frau zu, die über den Fennweg kam, und sie sagte in ironischem Verständnis: »Wunderbares Wetter«. Ich liebte sie. Ich habe keine Verrücktheit oder Oberflächlichkeit in ihren Augen gespiegelt gesehen. Endlich einmal.

Es sind die Fremden, die in dieser schweren Zeit am leichtesten zu lieben sind. Weil sie nichts verlangen und beobachten, dauernd beobachten. Ich habe Mallory, Iko, John, selbst Chris so satt. Da ist nichts für mich. Ich bin für sie tot, selbst wenn ich einmal geblüht habe. Das ist der verborgene Schrecken, ein Symptom: es ist plötzlich alles oder nichts: Entweder du durchbrichst die äußere Schale ins pfeifende Nichts oder du läßt es. Ich will zurück auf meinen normaleren Mittelweg, auf dem die *Substanz* der Welt von meinem Dasein durchdrungen wird: Essen, Lesen, Schreiben, Reden, Einkaufen: So ist alles in sich selbst gut und nicht nur hektische Tätigkeit, um die Angst zu bedecken, die sich selbst ins Gesicht sehen und sich zu Tode duellieren muß, während sie sagt: Ein Leben geht vorbei.

Der Schrecken ist, wie sich die vorhandene Welt auf und davon faltet und nichts zurückläßt. Nur Fetzen. Menschliche Krähen, die »Schwindel« sagen. Gottseidank werde ich müde und kann schlafen; solange das so ist, ist alles möglich. Und ich esse gern. Und ich gehe so gern und liebe die Landschaft hier. Nur diese ewigen Fragen klopfen weiterhin an das Tor meiner täglichen Wirklichkeit, an der ich klebe wie eine verrückte Geliebte, Fragen, die die dunkle gefährliche Welt bringen, wo alles gleich ist, in der es keine Unterschiede, keine Unterscheidungen, keinen Raum und keine Zeit gibt: Der pfeifende Atem der Ewigkeit, nicht Gottes, sondern der des verleugnenden Teufels. So werden wir ein paar Gedanken auf O'Neill richten, uns stählen, um Anschuldigungen wegen Französisch zu begegnen, einer Ablehnung vom »New Yorker« und der Feindseligkeit, oder schlimmer, völligen Gleichgültigkeit der Menschen, mit denen wir das Brot brechen.

Habe ein einziges Gutes Gedicht geschrieben: »Winter landscape with Rooks«. Es bewegt sich und hat Kraft: Eine übersinnliche Landschaft. Habe ein anderes, großes angefangen, abstrakter, in der Badewanne geschrieben: Gebe acht, es nicht zu allgemein werden zu lassen. Gute Nacht, süße Prinzessin. Du bist immer noch allein, bleibe gelassen, keine Panik, steh diese Hölle durch bis zur großzügigen, süßen, überfließenden, gebenden Liebe des Frühlings.
P.S. Einen Streit gewinnen oder verlieren, eine Annahme oder Ablehnung erhalten ist kein Beweis für Gültigkeit oder Wert der persönlichen Identität. Man mag Unrecht haben, Fehler machen, ein schlechter Handwerker sein oder einfach ignorant – aber dies ist kein Anzeichen für den wahren Wert der ganzen eigenen menschlichen Identität: Vergangenheit, Gegenwart und Zukunft.
Bruch! Ich kann hellsehen, nur noch nicht gründlich genug. Mein Baby »The Matisse Chapel«, dessen imaginären Erlös ich bereits ausgegeben und mit bescheidenem Egoismus besprochen hatte, ist heute morgen vom »New Yorker« abgelehnt worden, ohne auch nur einen Bleistiftstrich auf dem schwarz-weißen Urteil der vorgedruckten Ablehnung. Ich habe es unter einem Stapel Papiere verborgen wie ein totgeborenes uneheliches Kind. Ich erschauerte vor dem Kitsch darin. Besonders nachdem ich Pete de Vries' neues, Funken sprühendes »Afternoon of a Faun« gelesen habe. Es gibt Arten und Arten, ein Verhältnis zu haben. Vor allem darf man es nicht ernst nehmen.
Trotzdem, der entgegenkommende Verstand stellt sich vor, daß die Gedichte, die eine Woche vorher geschickt worden sind, detaillierter Prüfung unterzogen werden. Die werde ich ohne Zweifel morgen zurück bekommen. Vielleicht sogar mit einer Nachricht.

## 25. Februar, Sonnabend

Da sind wir also, geschrubbt, mit frisch gewaschenem Haar, fühlen uns zittrig, aber mit Mumm, an einer Krise vorbei. Wir versammeln die Truppen, wir befehligen eine entschlossene Schwadron Optimismus und ziehen los. Weiter und weiter. Anfang der Woche begann ich darüber nachzudenken, wie dumm es von mir war, all diesen Jungen im letzten Semester all diese endgültigen Erklärungen abzugeben. Das ist lächerlich, das mußte nicht sein. Nicht, daß ich mir die Leute nicht aussuchen kann, mit denen ich meine Zeit verbringen will, aber es muß Gründe dafür gegeben haben, in eine Situation zu kommen, in der man nichts zu tun hatte, als endgültig und offensichtlich zu werden.

Wahrscheinlich kam das, weil ich mich mit einem Jungen nach dem anderen zu nah eingelassen hatte. Mit ihnen kam der gleiche Schrecken, der kommt, wenn das Zubehör der Existenz vorbeizischt und nur noch hell und dunkel, Tag und Nacht übrig sind, ohne all die kleinen Kniffe und Warzen und knotigen Knöchel, die den Stoff des Daseins bilden: Entweder waren sie alles oder nichts. Kein Mann ist alles, also, ipso facto, waren sie nichts. Das mußte nicht sein.

Sie waren außerdem sehr augenfällig nicht Richard; ich kam schließlich immer dahin, ihnen dies zu sagen, als hätten sie eine tödliche Krankheit, und das täte mir, Oh, so leid. Narr: Jetzt didaktisch sein: Jungen namens Iko oder Hamish für das nehmen, was sie sind, und wäre das Kaffee oder Rum und »Troilus und Cressida« oder ein Sandwich beim Wettkampf. Diese kleinen einzelnen Dinge sind für sich genommen gut. Ich muß sie nicht mit der Einzelnen Seele, mit dem Einzigen Körper, der auf Erden mein ist, tun. Es gibt einen bestimmten Bedarf an praktischem Machiavellismus im Leben, eine Lässigkeit, die kultiviert gehört. Für Peter war ich zu ernst, aber das war hauptsächlich, weil er an dieser Ernsthaftigkeit nicht tief genug Anteil genommen hat, um die Fröhlichkeit dahinter zu sehen. Richard kennt diese Freude, diese tragische Freude. Und er ist fort, und ich sollte vermutlich froh darüber sein. Ich wäre irgendwie in größerer Verlegenheit, wenn er mich jetzt heiraten wollte. Ich glaube, ich würde nein sagen. Wieso? Weil wir beide nach Sicherheit streben, und irgendwie, wenn ich ihn annähme, könnte er ertrinken, zerquetscht werden von dem einfachen, bürgerlichen Leben, aus dem ich komme, mit dessen Idealen von großen Männern, konventionellen Männern: Er ist jemand, mit dem ich zu Hause niemals leben könnte. Vielleicht will er eines Tages ein Zuhause, aber jetzt ist er so verdammt weit davon entfernt. Unser Leben wäre so zurückgezogen: Er würde vielleicht den familiären Hintergrund und die gesellschaftliche Schicht, die ich nicht habe, vermissen, mir fehlte an ihm die gesunde körperliche Größe.

Wie wichtig ist all dies? Ich weiß nicht; es ändert sich, als sähe man durch die verschiedenen Enden eines Fernrohrs.

Jedenfalls bin ich müde, es ist Sonnabend nachmittag, und ich habe für das Studium zu lesen und Papiere zu schreiben; was ich vor zwei Tagen hätte getan haben sollen, nur daß es mir so elend ging.

Eine lausige Nebenhöhlenerkältung, die alle meine Sinne abstumpfte, verstopfte meine Nase, ich konnte nicht riechen, schmecken, sehen durch wässerige Augen, hörte sogar nichts, was fast das Schlimmste war. Und obendrein, während einer höllisch schlaflosen Nacht fiebrigen Schnüffelns und Herumwälzens die schrecklichen Krämpfe meiner Periode (ja, Fluch) und der nasse, schmutzige Strahl des Blutes.

Die Dämmerung kam, graute schwarz und weiß in eine gefrorene Hölle. Ich konnte mich weder entspannen noch schlummern, noch sonst etwas. Das war Freitag, das Schlimmste, das Allerschlimmste; konnte nicht einmal lesen, voller Drogen, die in meinen Adern kämpften und klopften. Überall hörte ich Klingeln, Anrufe, die nicht für mich waren, Türklingeln mit Rosen für alle anderen Mädchen der Welt. Reine Verzweiflung. Häßliche rote Nase, keine Kraft. Als ich seelisch am traurigsten war, Bruch, fällt der Himmel ein, und mein Körper läßt mich im Stich.
Jetzt aber, trotz des Zwickens der heilenden Erkältung, bin ich gereinigt und einmal wieder gelassen, humorvoll. Habe diese Woche einige Manöverkritik versucht und die Gelegenheit bekommen Ansichten zu belegen. Bin Listen von Männern durchgegangen, die ich hier kenne, und war entsetzt. Geschenkt, daß diejenigen, die ich weggeschickt habe, die Treffen nicht wert waren (ist doch wahr), aber wie wenige waren es. Und wie wenige ich kannte! Also wieder, entschied ich, es ist wieder Zeit, einer Party, einem Tee zuzusagen. Und Derek lud mich zu einer Wein-Party am Mittwoch ein. Ich gefror, wie üblich, sagte aber »wahrscheinlich« und ging hin. Nach dem ersten Schrecken (Ich glaube immer, ich verwandele mich in eine extrem häßliche Person, wenn ich zu lange allein gewesen bin, und daß Leute mit dem Finger auf mich zeigen) war es gut. Es gab ein Feuer, fünf Gitarrenspieler, nette Kerle, hübsche Mädchen, eine norwegische Blondine namens Gretta, die »On Top of Old Smoky« auf Norwegisch sang, und einen göttlichen heißen Punsch aus Wein und Gin mit Zitrone und Muskat, der hervorragend schmeckte und den Schüttelfrost, der der Erkältung vorausging, entspannte. Dann lud mich ein Junge namens Hamish (wahrscheinlich ein weiterer Ira) für näch-

ste Woche ein und sagte so ganz nebenbei, daß er mich zu der St. Botolph's Party (heute abend) mitnimmt.
Das reichte. Ich hatte gehandelt, und diese Gute Sache war mir widerfahren. Ich bin auch ein Opfer von Prestige. Ich meine Prestigebewußtsein. Und die Oberflächlichkeit dessen, was ich geschrieben habe, die glatte, selbstgefällige Kleinheit ist offenbar. Aber das bin nicht ich. Nicht ganz. Und es sticht, wenn ich so hervorragendes Zeug sehe. Nicht, weil ich glaube, daß ich eifersüchtig bin, aber weil die Blonde da ist. Furcht ist der schlimmste Feind. Und fürchtet sie sich? Menschlichkeit vorausgesetzt, ja. Aber, nach Hunter, halten der Knochenbau und die Färbung es aus. Und verstecken es. Wenn da überhaupt etwas ist.
Und ich habe etwas von E. Lucas Myers gelernt, obwohl er mich nicht kennt und nie wissen wird, daß ich es gelernt habe. Seine Lyrik ist großartig; gewaltig, bewegt sich durch Technik und Disziplin, um sie zu meistern und geschmeidig nach seinem Willen zu biegen. Es ist auch eine strahlende Freude darin, beinahe die eines Athleten, der beim Laufen alle göttlichen Möglichkeiten seiner Muskeln gebraucht. Luke schreibt allein und viel. Es ist ihm ernst, er redet nicht viel davon. Das ist der Weg. Ein Weg, und ich glaube daran, daß ich nicht Rogets Schlampe bin, die mit Wörtern paradiert und Prahlereien ins Publikum wirft.
Nun, Freund C. schreibt auch, und eine bestimmte gesellschaftliche Sicht hat man von ihm erfahren. Aber wie ich in jener gefrorenen Winternacht zu ihm bemerkte: Sein Ego ist ein unerzogener Welpe: Tummelt sich herum, geht überschwenglich aus sich heraus wegen allem und jedem, vor allem, wenn alle und jede ihn bewundert. Er flattert in der Gesellschaft herum, von Mädchen zu Mädchen, von Party zu Party und von Tee zu Tee, Gott weiß, wann er Zeit

zum Schreiben hat, aber die Sachen sind eingängig. Obwohl, gerechterweise, manche seiner Gedichte recht gut sind, fehlt ihm aber Lukes athletische Kraft, außer in ein oder zwei Gedichten, und er kann in den weniger guten die Disziplin nicht halten, sie fallen in sprachliche Geschicklichkeiten auseinander und schauen hervor wie ein beutelnder Saum an einem wirklich guten Kleid. Luke ist ganz knapp und komprimiert und geschmeidig und glühend. Er wird etwas Großes, größer als alle meiner Generation, die ich bisher gelesen habe.

Jedenfalls bin ich also die wirklich guten Jungs nicht wert; oder liegt das an mir? Wenn die Gedichte wirklich gut wären, gäbe es noch eine Chance, aber bis ich etwas mache, was wirklich sitzt, das über die Beschränkungen süßer Sextinen und Sonette hinausgeht, fort von meiner Spiegelung in Richards Augen und dem unvermeidlich schmalen Bett, das für einen heftigen Liebesakt zu klein ist, bis dann kann man mich übersehen und nette Witze über mich machen. Das einzige Heilmittel gegen Eifersucht, das ich sehe, ist das fortdauernde, feste, entschiedene Fälschen einer Identität und eines Satzes persönlicher Wertmaßstäbe, an die ich glaube, mit anderen Worten: Wenn ich glaube, daß es richtig ist, nach Frankreich zu fahren, ist es absurd, Gewissensbisse zu haben, weil Jemand Anderes nach Italien gefahren ist. Es gibt keinen Vergleich.

Die Angst, daß mein Verstand stumpf, mittelmäßig ist, ist vermutlich gerechtfertigt; aber ich bin nicht dumm, wenn ich auch in vieler Hinsicht unwissend bin. Ich werde mein Programm hier straffen; wie ich nun einmal weiß, ist es wichtiger für mich, eine kleine Anzahl von Dingen gut zu machen, als eine große Menge skizzenhaft. So viel vom Perfektionisten habe ich noch. In diesem täglichen Spiel von

Auswahl und Opfer braucht man ein sicheres Auge für das Überflüssige. Das ändert sich auch jeden Tag. An manchen Tagen ist der Mond überflüssig, an manchen, äußerst nachdrücklich, nicht.

So unempfindlich, wie ich durch die Qualen geworden war, vom Essen abgestoßen und von den entfernten wichtigtuerischen Geräuschen aus Reden und Lachen, rannte ich gestern abend aus der Mensa und ging allein zurück ins Haus. Welches Wort Blau könnte das flache erleuchtete Feld weißen Schnees, blendend durchtränkt von blauem Mondlicht, einfangen, mit den schwarzen Bäumen gegen den Himmel, jeder mit seiner einzigartigen Anordnung der Äste. Ich fühlte mich eingeschlossen, gefangen, gewahr, daß es großartig und bebend schön war, aber von Leid und Schmerzen schon zu weit getragen, als darauf anzusprechen und dessen Teil zu werden.

Der Dialog zwischen meinem Schreiben und meinem Leben ist immer in der Gefahr, ein schliddernder Wechsel der Verantwortung zu werden, eine ausweichende Rationalisierung, in anderen Worten: Ich rechtfertige die Unordnung, die ich aus meinem Leben gemacht habe, indem ich sage, ich würde ihm Ordnung, Form, Schönheit geben, wenn ich darüber schriebe; ich habe aber mein Schreiben gerechtfertigt, indem ich gesagt habe, es werde veröffentlicht und mir Leben geben (und dem Leben Prestige). Nun, irgendwo muß man anfangen, und es kann genausogut das Leben sein. Der Glaube an mich, mit meinen Grenzen und einer starken, boxenden Entschiedenheit zu kämpfen, um nach und nach zu bezwingen; wie mit Sprachen: Französisch lernen, Italienisch außer acht lassen (die schlampige Kenntnis dreier Sprachen ist Dilettantismus) und Deutsch wiederbeleben, um jedes solide aufzubauen. Um alles solide aufzubauen.

Bin heute morgen zum Psychiater gegangen und mag ihn: Attraktiv, ruhig und aufmerksam, mit dem angenehmen Gefühl von Alter und Erfahrung im Hintergrund, fühlte: Vater, warum nicht? Wollte in Tränen ausbrechen und sagen »Vater, Vater, tröste mich«. Ich habe ihm von meiner Trennung erzählt und ertappte mich dabei, mich hauptsächlich darüber zu beschweren, daß ich hier keine reifen Menschen kenne: Das kommt dazu! Es gibt nicht einen Menschen hier, den ich bewundere, der älter ist als ich. An einem Ort wie Cambridge ist das skandalös. Das heißt, daß es hier viele ausgezeichnete Leute gibt, die ich noch nicht getroffen habe, wahrscheinlich sind viele junge Dozenten und Männer erwachsen. Ich weiß nicht (und ich frage mich immer: Würden sie mich kennen wollen?). Aber in Newnham ist nicht eine Dozentin, die ich *persönlich* bewundere. Die Männer sind vermutlich besser, aber es besteht keine Möglichkeit, sie als Betreuer zugeteilt zu bekommen, und sie sind zu glänzend, sich auf den freundlichen Umgang einzulassen, auf den Mr. Fisher, Mr. Kazin und Mr. Gibian sich so gut verstanden.
Gut, ich werde Beuschers Freund ausfindig machen und habe vor, Ostern die Clarabuts zu treffen. Ich kann ihnen Jugend, Enthusiasmus und Liebe als Ausgleich für meine Unwissenheit geben. Manchmal fühle ich mich so dumm; doch wenn ich es wäre, wäre ich dann nicht glücklich mit manchen der Männer, die ich bisher getroffen habe? Oder ist es weil ich dumm bin, daß ich es nicht bin; kaum.
Ich sehne mich so nach jemandem, der Richard hinwegfegt, verdiene ich das etwa nicht? Eine Art glühender Liebe, mit der ich leben kann. Mein Gott, ich würde so gern kochen und haushalten, Kraft in die Träume eines Mannes fluten lassen und schreiben, wenn er reden, gehen und arbeiten

könnte und leidenschaftlich seine Laufbahn verfolgen wollte. Ich ertrage es nicht, daran zu denken, daß diese Fähigkeit, zu lieben und zu geben, in mir braun und welk wird. Dabei ist die Wahl so wichtig, daß es mir ein wenig angst macht. Ein wenig viel.

Heute habe ich Rum gekauft und bin nach Nelken, Zitronen und Nüssen gelaufen und habe das Rezept für gebutterten Rumpunsch bekommen, das ich hätte haben sollen, um mich über den Anfang meiner Erkältung zu bringen; ich werde ihn aber bald einmal machen. Hamish ist so gelangweilt, daß er trinkt. Wie entsetzlich. Und ich trinke Wein und Sherry für mich allein, weil ich es mag und das sinnliche Gefühl von Verwöhnung bekomme, wie wenn ich gesalzene Nüsse oder Käse esse: Luxus, Wonne, ein Stich Erotik. Ich nehme an, wenn ich mir die Gelegenheit gäbe, könnte ich mich als Alkoholiker bewähren.

Was ich am meisten fürchte, denke ich, ist der Tod der Phantasie. Wenn der Himmel draußen nichts als rosa und die Dachspitzen nichts als schwarz sind: Der photographische Verstand, der paradoxerweise die Wahrheit sagt, aber eine wertlose Wahrheit über die Welt. Ich sehne mich nach dem vereinigenden Geist, der formenden Kraft, die fruchtbar sprießt und ihre eigenen Welten mit mehr Erfindungsgeist als Gott entwirft. Wenn ich stillsitze und nichts tue, schlägt die Welt weiter, wie eine ungespannte Trommel, ohne Bedeutung. Wir müssen in Bewegung sein, an der Arbeit, an Träumen, denen wir entgegenrennen können; die Armut des Lebens ohne Träume ist schrecklich vorzustellen: Es ist die Art von Verrücktheit, die am schlimmsten ist; die Wahnvorstellungen und Halluzinationen wären eine Bosch'sche Erleichterung. Ich horche immer auf Schritte auf der Treppe und hasse sie, wenn sie nicht für mich sind.

Warum, warum kann ich nicht eine Weile Asket sein, anstatt immer auf dem Grat zwischen dem Wunsch nach völliger Einsamkeit zum Arbeiten und Lesen und so sehr, so sehr den Gesten von Händen und Worten anderer Menschen zu schwanken. Nun, nach dem Racine-Referat, diesem Ronsard-Fegefeuer, diesem Sophokles werde ich schreiben: Briefe, Prosa und Gedichte; gegen Ende der Woche. Bis dahin werde ich gelassen sein.

## WITWE MANGADA
*(Sommer 1956)*

### Benidorm, 15. Juli

Witwe Mangadas Haus: Blasser, pfirsichbrauner Putz, an der Avenida, die am Strand entlang führt. Es schaut auf einen Strand aus rotgelbem Sand mit all den fröhlich angemalten Cabanas, die mit ihren leuchtendblauen Pfählen und den kleinen quadratischen Schattenflächen einen Irrgarten bilden. Die beständige Schwebe und der Gischt der ankommenden Wellen zeichnen eine zerfranste weiße Schaumlinie, hinter der die See am Morgen in der frühen Sonne glüht, schon hoch und heiß um halb elf. Der Ozean ist zum Horizont hin himmelblau, näher zur Küste lebhaft silbrig, glänzend und blau wie Pfauenfedern. In der Mitte der Bucht ragt eine Felsinsel hinaus, die sich in einer Schräge vom Horizont hoch bewegt und ein ansteigendes Dreieck orangefarbenen Felsens formt, das den vollen Schein der Sonne auf seine Klippen nimmt und zum späten Nachmittag in lila Schatten fällt.

Durch winkende Fächer aus Palmblättern fällt die Sonne in flimmernden Linien und Flecken durch die Schlitze der Bambusmarkise auf die Terrasse im zweiten Stock. Darunter ist der Garten der Witwe, mit trockener, staubiger Erde, aus der leuchtendrote Geranien, weiße Margeriten und Rosen sprießen; stachelige Kakteen in rötlichen Tontöpfen säumen die Steinplattenwege. Zwei blaugestrichene Stühle und ein blauer Tisch sind im Hinterhof unter dem Feigenbaum im Schatten plaziert; hinter dem Haus erhebt sich die

zerklüftete lila Kette bergiger Hügel, trockene, sandige Erde, die mit Büscheln struppigen Grases bedeckt ist.
Frühmorgens, wenn die Sonne noch kühl und der Wind naß ist und salzfrisch vom Meer herkommt, gehen die einheimischen Frauen schwarz gekleidet und in schwarzen Strümpfen mit Weidenkörben zum offenen Markt in der Ortsmitte, um zu handeln und frisches Obst und Gemüse an den Ständen einzukaufen: Gelbe Pflaumen, grüne Paprika, reife Fleischtomaten, Knoblauchzöpfe, Stauden gelber und grüner Bananen, Kartoffeln, grüne Bohnen, Kürbisse und Melonen. Grell gestreifte Badelaken, Schürzen und Bastschuhe hängen vor den Häusern aus weißen Lehmziegeln zum Verkauf herab. Innen, in den dunklen Grotten der Geschäfte stehen große Krüge mit Wein und Öl und Essig in geflochtenen Strohbehältern. Die ganze Nacht über tauchen die Lichter der Sardinenboote in der Bucht auf und unter, und frühmorgens ist der Fischmarkt gestapelt voll mit frischem Fisch: Silbrige Sardinen kosten nur acht Pesetas pro Kilo und sind mit ein paar verstreuten merkwürdigen Krabben, Seesternen und Tintenfischen, auf den Tisch gehäuft.
Türen bestehen aus wehenden Gardinen langer Perlenschnüre, die beim Eintritt jedes Kunden auseinanderrasseln und einen Hauch Luft, aber nicht die Sonne hereinlassen. Im Brotladen ist immer der Geruch frischer Laibe, während im inneren fensterlosen Raum bis zur Taille entkleidete Männer die glühenden Öfen versorgen. Der Milchmann liefert früh am Morgen die Milch. Er schöpft sie mit dem Litermaß aus der großen Kanne auf seinem Rad in die Töpfe der Hausfrauen, die sie vor die Schwelle stellen. Mit den Motorrollern und den großen, glänzenden Touristenwagen mischen sich die einheimischen Eselskarren, die mit Gemüse, Stroh oder Weinkrügen beladen sind. Die Arbeiter tragen

Sombreros und halten zwischen zwei und vier ihren Mittagsschlaf im Schatten einer Mauer, eines Baums oder des eigenen Karrens. Das Haus der Witwe hat nur Kaltwasser und keinen Kühlschrank, der dunkle, kühle Wandschrank ist voller Ameisen. Eine schimmernde Ansammlung von Töpfen, Pfannen und Küchengeräten aus Aluminium hängt an der Wand; Geschirr und Gemüse wäscht man in großen Marmorbecken und schrubbt sie mit kleinen verknoteten Strohbündeln. Jegliches Kochen – frische ölgebratene Sardinen, Tortillas aus Kartoffeln und Zwiebeln, Café con lèche – geschieht auf der blauen Flamme eines antiken Petroleumbrenners.

Benidorm, 15. Juli

Die Witwe Mangada trafen wir eines Mittwochmorgens im heißen, überfüllten Bus, der über die wüstenstaubigen Straßen von Alicante nach Benidorm rüttelt. Sie hörte unsere lauten Schwärmereien über die blaue Bucht und drehte sich vom Vordersitz zu uns, um zu fragen, ob wir Französisch sprächen. Wir sagten, ein bißchen, worauf sie explosionsartig in eine Beschreibung ihres wundervollen Hauses am Meer ausbrach; mit Garten, Balkonterrasse und Küchenbenutzung. Sie war eine kleine, dunkle Frau mittleren Alters, stilvoll in weiße gestrickte Spitze über einem schwarzen Unterrock gekleidet; weiße Sandalen mit Absätzen, ungeheuer comme il faut; ihr kohlschwarzes Haar war in vielen Wellen und Locken frisiert, die tuschnapfschwarzen Augen durch blauen Lidschatten betont und zwei bestürzend schwarze, geradegestrichelte Augenbrauen stiegen von ihrer Nasenwurzel schräg hoch zu den Schläfen.

Sie lief geschäftig umher und holte einheimische Jungen herbei, um ihr Gepäck auf Handwagen zu packen, und drängte uns auf die Hauptstraße, während sie etwas vor uns hertrabte und in ihrem eigenartigen Französisch plapperte: Über ihr Haus, wie allein sie sei und Wohnungen und Zimmer vermieten wolle und gleich gewußt habe, wir seien ›gentil‹. Als wir ihr dann sagten, wir seien Schriftsteller und suchten einen stillen Ort am Meer, um zu arbeiten, beeilte sie sich uns zuzustimmen; sie wisse genau, wie das sei: »Auch ich bin Schriftstellerin; ich schreibe Liebesgeschichten und Gedichte.«

Ihr Haus, das auf die kühle blaue Glut der Bucht schaut, war mehr, als wir erträumt hatten. Wir verliebten uns sofort in das kleinste Zimmer, dessen Fenstertüren auf eine Balkonterrasse gingen; perfekt zum Schreiben: Weinreben flochten grüne Blätter in das Geländer, eine Palme und eine Pinie beschatteten eine Seite, und eine Bambusmarkise konnte man als kleines Dach zum Schutz vor der Mittagssonne ausziehen. Wir handelten ihren Preis von zunächst einhundert Pesetas pro Nacht herunter, weil wir uns überlegten, daß wir enorm sparen würden, wenn wir das Einkaufen und Kochen selbst erledigen würden. Ihrem schnellen französischen Geplapper, von starkem spanischen Akzent entstellt, entnahmen wir, daß sie gern Spanisch- gegen Englischstunden tauschen wolle, daß sie Lehrerin gewesen war und drei Jahre in Frankreich gelebt hatte.

Sobald wir einzogen, wurde deutlich, daß Madame nicht gewöhnt war, ein »Maison« für Pensionsgäste zu führen. Es gab drei weitere leere Zimmer im ersten Stock, die sie offensichtlich zu vermieten hoffte, da sie laufend davon sprach, wie wir uns mit ›les autres‹ zu arrangieren hätten, wenn sie ankämen. Sie hatte eine große Zahl weißer Porzellanteller,

-tassen und -untertassen im offiziellen Speisezimmer angesammelt, und eine gleich große Menge von Aluminiumtöpfen und -pfannen hingen an Haken rundum an den Küchenwänden. Es gab aber absolut kein Besteck. Die Senora schien entrüstet, daß wir nicht Messer, Gabeln und Löffel mit uns führten, brachte aber schließlich drei kunstvolle Bestecke ihres besten Silbers hervor, die sie aufdeckte und sagte, dies wäre nur für uns drei und sie werde bald nach Alicante fahren und etwas einfaches Küchenbesteck kaufen und ihr gutes Silber wieder wegpacken. Außerdem schien ihr noch nicht aufgegangen zu sein, daß das kleine Badezimmer zwar gut für uns beide, aber kaum für acht gerüstet war und auch nicht der zu erwartende Ärger, die Koch- und Eßzeiten an einem einflammigen Petroleumbrenner zu arrangieren.
Wir hielten den Atem an und wünschten inbrünstig, sie werde keine Kunden haben, als sie das Schild »Zimmer frei« an unsere Balkonterrasse hängte. Wir hatten uns immerhin rückversichert, daß sie unseren Balkon, der noch an ein anderes, großes Zimmer grenzte, nicht als Verkaufsargument nutzen würde, wir hatten erklärt, das wäre der einzige Ort, an dem wir in Frieden schreiben könnten, da unser Zimmer zu klein für einen Tisch war und Strand und Garten gut und schön für Urlauber wären, aber nicht als Arbeitszimmer für Schriftsteller. Gelegentlich konnten wir von unserem Balkon hören (wo wir uns bald angewöhnt hatten, die Mahlzeiten einzunehmen: Dampfende Henkelbecher mit Café con lèche am Morgen, mittags ein kaltes Picknick aus Brot, Käse, Tomaten, Zwiebeln, Obst und Milch und ein warmes Abendessen mit Fleisch oder Fisch, Gemüsen und Wein in der Dämmerung unter Mond und Sternen), wie die Senora Leute ums Haus führte und stakkato französisch sprach. Aber während der ersten Woche, obwohl sie einige mögli-

che Mieter herumgeführt hatte, war niemand gekommen. Wir hatten unseren Spaß, mit deren möglichen Einwänden zu spielen: Kein Warmwasser, ein kleines Bad, ein einflammiger antiker Herd – bei so modernen Hotels in der Stadt war ihr Preis vermutlich zu hoch: Welche wohlhabenden Leute waren bereit, einzukaufen und zu kochen? Wer außer armen Studenten und Schriftstellern wie uns? Vielleicht entschieden die Gäste sich, in teuren Restaurants essen zu gehen, das war eine Möglichkeit. Wir hatten auch herausgefunden, daß, obwohl sie bei der Besichtigung des Hauses mit wilden, extravaganten Gesten auf einen leeren, eislosen Eisschrank gewiesen und pantomimisch von einer imaginierten elektrischen Maschine erzählt hatte, die das eiskalte Duschwasser warm machen sollte, keine dieser Annehmlichkeiten Gestalt annahm. Wir fanden das Leitungswasser ungenießbar und seltsam im Geschmack; als die Senora wundersamerweise einen Glaskrug wohlschmeckenden und funkelnden Wassers zu unserem ersten Abendessen brachte, fragten wir ungläubig, ob das Leitungswasser sei. Sie murmelte ausweichend über die gesundheitsspendenden Eigenschaften des Wassers, und es dauerte einen vollen Tag, bevor ich sie dabei erwischte, wie sie einen Eimer davon aus ihrer tief in der Küche eingelassenen Zisterne hochzog, auf der sonst ein blaues Brett lag. Es stellte sich heraus, daß das Leitungswasser »non potable« war.

Die Senora war fanatisch darauf aus, für zukünftige Bewohner das Haus »propre« zu haben. Wir hatten das Geschirr nach den Mahlzeiten abzuwaschen und wegzuräumen, das Bad in Ordnung zu halten. Sie gab uns zwei Geschirrtücher, um sie hinter die Tür zu hängen, und hängte mehrere saubere Handtücher als Köder für ›les autres‹ an die Wand. Wir sollten dann auch einen kleinen Petroleumofen für uns allein bekommen, für den wir Petroleum und Streichhölzer selbst besorgen sollten; eine weitere Delle in unserem verzweifelt knappen Essensbudget von täglich vierzig Pesetas für beide. Bei aller Sorge um den »propre« Zustand ihres Hauses wusch die Senora ihr fettiges Geschirr in kaltem Wasser, oft schmutziger als das Geschirr selbst und schrubbte es mit ausgefransten Strohknoten.

Unser erster Morgen war ein Alptraum. Ich wachte früh auf, immer noch erschöpft von unserem dauernden Herumreisen, unwohl in dem fremden Bett und fand kein Wasser in der Leitung. Ich ging auf Zehen die Steintreppe hinunter, um die eigentümliche Maschine mit merkwürdigen blaugestrichenen Hähnen und herausstehenden Drähten anzustellen, von der die Senora am Vortag gesagt hatte, sie »mache Wasser«, den Schalter gedreht hatte, worauf ein überzeugendes Rumpeln entstanden war, als die komplizierte Maschinerie in Gang kam. Ich drehte den Schalter, es gab einen blauen Blitz, und beißender Rauch strömte aus dem Kasten. Schnell drehte ich den Schalter wieder aus und ging, um an der Tür der Senora zu klopfen: Keine Antwort. Ich ging hinauf und weckte Ted, der vom vergangenen Tag in der Sonne scharlachrot verbrannt war. Verschlafen kam Ted in seiner Badehose herunter, um an dem Schalter zu drehen. Es gab einen weiteren blauen Blitz; kein Geräusch. Er versuchte den Lichtschalter. Kein Strom. Wir hämmerten an die Tür der Senora. Keine Antwort. »Entweder sie ist ausgegangen oder tot«, sagte ich und wünschte mir Wasser, um Kaffee zu machen, die Milch war noch nicht gekommen. »Nein, das Wasser hätte sie angestellt, wenn sie weggegangen wäre. Wahrscheinlich liegt sie da drinnen und weigert sich aufzustehen.« Schließlich gingen wir grantig zurück, hinauf ins Bett. Ungefähr um neun hörten wir das Öffnen der Eingangstür. »Wahrscheinlich ist sie hinten herum geschlichen, um vorne hereinzukommen, als wäre sie den ganzen Morgen aus gewesen.« Ich tappte barfuß hinunter, wo die Senora, frisch in ihrem weißen Strickkleid und gerade hergerichteten schwarzen Augenbrauen mich heiter begrüßte: »Sie haben gut geschlafen, Madame?« Ich qualmte noch: »Es gibt kein Wasser«, sagte ich ohne Vorrede. »Kein Wasser zum Waschen oder für Kaffee«. Sie lachte ein komisches, tiefes Lachen, das sie benutzte, wann immer irgend etwas schiefging, als ob ich oder der Wasservorrat sehr kindisch und dumm wären, sie aber alles in Ordnung bringen werde. Sie versuchte den Lichtschalter. »Kein Licht«, rief sie triumphierend aus, als wäre alles gelöst. »Das ist im ganzen Ort so.« »Das ist morgens üblich?« fragte ich kalt. »Pas de tout, de tout, de tout«, ratterte sie unter den erhobenen Augenbrauen und schien eben meine kühle Ironie zu entdecken. »Das müssen Sie nicht so schwer nehmen, Madame.« Sie eilte in die Küche, hob den blaugestrichenen Deckel neben der Spüle hoch, ließ einen Eimer an einer Strippe fallen und zog ihn schwappend voll mit klarem Wasser wieder hoch. »Reichlich Wasser«, gluckerte sie, »jederzeit.« Da also hielt sie ihren Vorrat gesundheitsspendenden Wassers, ich nickte grimmig und begann, Kaffee zu machen, während sie nach nebenan rannte, um den Stand der Dinge zu untersuchen. Ich war sicher, daß ich mit der mir angeborenen Unfähigkeit, mit Maschinen umzugehen, einen ›Kurzen‹ verursacht und die ganze Wasser- und Stromversorgung im Ort zerstört hatte. Offensichtlich war es nur örtlich, denn die Senora hantierte mit der Maschine, krähte, es gebe überall Wasser, und hieß mich, nie, nie wieder die Maschine anzurühren, sondern umgehend sie zu rufen, wenn wir uns um Wasser sorgten. Sie werde alles in Ordnung bringen.

Mit dem Petroleumherd hatten wir auch Ärger. Für unser erstes Abendessen plante ich eine von Teds Lieblingsmahlzeiten: Eine Platte grüne Bohnen und frisch gebratene Sardinen, die wir früh auf dem Fischmarkt zu acht Pesetas das Kilo gekauft hatten und in einem selbstgemachten Wasserbehälter aus mehreren Pfannen, bedeckt mit einem nassen Tuch und einem Teller, kühlten. Ich setzte die Bohnen zum Kochen auf, aber nach zwanzig Minuten waren sie immer noch so hart wie zu Anfang, und ich merkte, daß das Wasser nicht einmal kochte; Ted zweifelte, ob er überhaupt Hitze abgebe, und sagte, vielleicht sei das Petroleum alle; er drehte den Hahn weiter auf, und die Flamme brannte in einem dünnen, rauchenden Grün. Wir riefen »Senora«. Sie eilte gackernd aus dem Wohnzimmer herbei, zog Bohnentopf, Herdring und Brenner beiseite, um den verdammenden Anblick von mehr als zweieinhalb Zentimetern des zerfransten, verbrannten Dochts freizugeben. Wir hatten ihn zu weit hochgedreht, und aus Petroleummangel hatte der Docht selbst gebrannt. Nachdem wir den Tank mit Petroleum gefüllt und lange an dem Docht gefummelt hatten, um das übrige frische Stück hochzuziehen, setzte die Senora den Herd wieder in Gang und versuchte die Bohnen. Damit war sie überhaupt nicht zufrieden, rannte hinaus, kam zurück und warf eine Handvoll Pulver hinein, das schäumte und sprudelte. Ich fragte sie, was das war, aber sie kicherte nur, sie koche länger als ich und kenne einige »petites choses«. Zauberpulver, dachte ich, Gift. »Doppelkohlensaures Natron«, versicherte Ted.

Die Senora, begannen wir zu begreifen, war einen weit größeren Lebenszuschnitt als ihre jetzigen Verhältnisse gewöhnt gewesen. Jeden Abend machte sie sich auf den Weg in den Ort, um sich um eine »bonne« zum Reinemachen zu kümmern; Das kleine Mädchen, das an dem Tag, als wir ankamen, die Böden wischte, war nicht wieder aufgetaucht. »Es sind die Hotels«, erzählte die Senora. »Alle Hausangestellten gehen in die Hotels, sie zahlen so viel. Wenn man Hausangestellte hat, muß man heutzutage sehr nett sein und sehr zart mit ihren Gefühlen umgehen; sie zerbricht die beste Porzellanschüssel, und man muß lächeln und sagen: Machen Sie sich doch darüber keine Sorgen, Fräulein.« Als ich am zweiten Morgen herunterkam, um Kaffee zu machen, fand ich die Senora in einem fleckigen Frotteebademantel, ihre Augenbrauen waren noch nicht nachgezogen, wie sie die Steinböden mit einem nassen Mop wischte. »Ich bin das nicht gewöhnt«, erklärte sie. »Ich bin drei Hausangestellte gewöhnt: Eine Köchin, eine Putzfrau ... drei Hausangestellte. Ich arbeite nicht, wenn die Eingangstür offen ist und die Leute es sehen können. Aber wenn sie geschlossen ist«, sie zuckte die Schultern und gestikulierte allumfassend mit den Händen, »mache ich alles, alles.«

Im Milchladen versuchten wir eines Tages zu erklären, wohin wir die täglichen zwei Liter geliefert haben wollten. Die Häuser auf der Avenida waren nicht numeriert, und es war unmöglich, dem Lieferanten unser Anfängerspanisch verständlich zu machen; schließlich wurde eine Nachbarin hereingerufen, die Französisch sprach. »Oh«, lächelte sie, »Sie wohnen bei Witwe Mangada – jeder hier kennt sie. Sie kleidet sich sehr stilvoll und mit sehr viel Schminke.« Sie grinste, als wäre die Witwe ein stadtbekanntes Original.

»Kocht sie für Sie?«, fragte sie neugierig. Eine Art instinktiver Loyalität für die Senora und ihre schwierigen Verhältnisse stieg in mir auf. »Oh, natürlich nicht«, rief ich aus, »wir kochen alles für uns selbst.« Die Frau nickte und lächelte wie eine sahnegefütterte Katze.

## ROSE AND PERCY B.
*(1961/62)*

Unsere nächsten Nachbarn, Londoner im Ruhestand, wohnen am steilen, felsigen Hang über unserer Einfahrt und sehen durch ihre kleinen Vorderfenster in die Hecke an unserer Giebelseite. Das Häuschen, das an das der Watkins an der Ecke anschließt, grenzt wiederum an das winzige weiße Häuschen der buckligen Elsie, das zur Straße liegt. Eine Ruine, als sie es kauften: Zwei Jahre lang unbewohnt gewesen, nur Dreck und rieselnder Putz. Sie haben es so hergerichtet, daß es vor allem ihnen behagt. Ein Fernseher (auf Raten, fast abbezahlt), ein kleiner Hintergarten unterhalb unseres Reetdachhauses und des Erdbeerbeets, verborgen von einem dichten Wandschirm aus Stechpalmen und Gebüsch und einem aus Gerten geflochtenen Zaun und einer selbstgebauten Garage längs der Einfahrt. Winzige Räume, hell, modisch. Die typisch britische Tapete – ein blasses Beige mit eingeprägten zart glänzenden weißen Rosen, ein Eindruck von Sahnefettflecken auf dünnem Tee. Steife weiße Gardinen, gut zum Spähen. Eine pralle, bequeme Wohnzimmergarnitur. Ein Kamin, in dem Kohle und Holzscheite glühen. Bilder der drei Töchter im Hochzeitskleid, von der Mannequintochter ein Album. In der Mannequinschule stahlen sie ihr einen teuren Pullover, den ihre Mutter gekauft hatte. Zwei Enkelsöhne, je einen von den anderen Töchtern. Alle Töchter wohnen in London; ein Nebenzimmer voller greller Satinstoffe, als ich am ersten Tag zu Besuch kam, und eine Nähmaschine, auf der Rose Matratzenbezüge aus kirsch- und fuchsiaglänzendem Stoff mit wild wuchernden Mustern für eine Firma in Okehampton herunternäht. Percy geht einmal im Monat als Hausmeister zu einer Firma. Oben ein rosa Badezimmer, die Böden alle mit neuem Linoleum verdeckt, Volants und Spiegel und Chrom. Ein neuer Herd in der Küche (das andere Stück auf Raten), ein Käfig mit pistaziengrünen und hellblauen Wellensittichen, die krächzen und pfeifen, eine kleine Treppe oberhalb des Wohnzimmers.

Erste Begegnung: Rose brachte uns und den Arbeitern am Einzugstag ein Tablett mit Tee. Eine lebendige, jünger aussehende Frau, randvoll mit Geschnatter, die nicht einem selbst zuzuhören scheint, sondern einer anderen, unsichtbaren Person ganz leicht daneben, die ihr gerade etwas Interessantes und ein bißchen Ähnliches, nur viel Zwingenderes erzählt. Ihr hellbraunes Haar, ihr glattes Gesicht, der rund werdende Körper. Mitte Fünfzig? Percy scheint zwanzig Jahre älter, sehr groß, mager, beinah ausgezehrt. Trägt eine blaue Seemannsjacke. Ein verwittertes, humorvolles, ironisches Gesicht. War Wirt eines Pubs in London. Südlondon. Merkwürdig besorgt um Frieda und das Baby. Stellt ganz richtige Fragen. Singt Frieda vor. Ein tränendes Auge, verliert Gewicht, kein Appetit, nach Weihnachten Depressionen. Mrs. B. fing Dr. Webb eines Tages ab, als er von uns herunterkam. Sorgte für eine Kontrolluntersuchung für Percy; eine Röntgenaufnahme. Er war vom Röntgen wie die anderen herausgekommen, hatte aber, anders als sie, keinen Befund mit. »Wo ist dein Befund, Perce?« Oh, sagte die Schwester, er muß nach dem Mittagessen noch eine machen lassen. Jetzt ist er für vierzehn Tage im Lungenkrankenhaus von Hawksmoor in den Hügeln von Bovey Tracey. Roses Unwissenheit – warum eine zweiwöchige Kontrolluntersuchung? Ist es eine Untersuchung oder eine Behandlung? Sie

sagt, morgen, wenn die G.s sie zu einem Besuch hinüberfahren, werde sie fragen. Mein Erstaunen: Diese Leute fragen nach nichts, sie gehen geradeso wie milde Kühe, »um mit sich machen zu lassen«.
Bin mit Rose und Percy in der Kirche gewesen – ich hatte mich ihnen auf Geheiß des Pfarrers angeschlossen. Percy der Kirchgänger. Rose nicht so sehr. Sie gehen alle paar Wochen und sitzen in der gleichen Bank, links in der Mitte. Roses Sammlung raffinierter Hüte. Sie könnte auch Ende Dreißig sein. Andere Begegnungen – mit Ted und Frieda bei ihnen zum Tee. Ein gepflegter Tee, warmer Hering auf Toast, ein Teller aufwendiger Teekuchen, ganz Zucker und Glasur. Frieda war vom Feuer errötet und schüchtern genug, sich gut zu benehmen. Jeder bellte sie an, sie solle von dem blauglasierten Auge und den goldenen Knöpfen des Fernsehers wegbleiben, dem ungewöhnlichen großen stillen Begleiter, und in Tränen vergrub sie ihren Kopf im Polster des Lehnstuhls; aus welchem Grund denn all die harschen Stimmen? Sah das Album von allen Töchtern durch, fröhlich, lebhaft, hübsch, mit stattlichen Ehemännern. Die Mannequintochter posiert gespreizt vor einer Hochzeitstorte. Das Büffet, der Fernseher und die dreiteilige Sitzgarnitur nehmen jeden Zentimeter Platz ein. Dieser enge, dampfende, gemütliche Ort. Dann kamen sie zum Tee zu uns. Percy viel später, Rose feingemacht; aber bemängelnd »Uh, schauen Sie sich diese Strümpfe an, Sylvia« und schlug ihren Rock hoch, um ein schäbiges Paar dicker Strümpfe zu enthüllen. »Percy sagt, mein Kostüm hätte hinten eine Naht offengehabt, als es aus der Reinigung kam, macht aber nichts.«
Letztes Mal, als Rose zum Tee kam, hatte ich noch einen großen, aufwendigen Bisquitkuchen von sechs Eiern, der für die S.' am Sonntag bestimmt gewesen war. Sie kamen

aber nicht, George war im Bett geblieben. Ich schnitt ihn für Rose an. Sie machte eine rühmende Bemerkung. Verschlang ihn. Erschien sehr nervös und gedankenlos. Redeten weiter über Renten – Percy war ein Jahr krank gewesen und hatte nicht eingezahlt, nun war ihre Rente für immer gekürzt (sie bekam 29 Shilling pro Woche statt der vollen 30 Shilling), und sie konnten das Jahr nicht nachzahlen (»Oh«, sagte der unangenehme Beamte, »das würden ja alle machen, wenn wir sie ließen«, und warum auch nicht?). Schokkierend. Wie man einen Rentenanspruch erwirbt. Sie vermieten einer Tochter ihr Haus in London. Können nicht viel kaufen – nicht auf Raten. Das kann man machen, wenn man jung ist. Nach wenig mehr als einer halben Stunde sprang Rose auf ein Klopfen an der Hintertür auf. »Das ist Perce«, eine genuschelte Entschuldigung, sie müsse mit den G.s irgendwohin fahren. Die G.s, (Williams Eltern), schicke Leute, haben, scheint es, viel Geld, ein Haus auf dem Hügel, einen brandneuen Firmenwagen. Ich ärgerlich. »Es hat Sie nicht gestört, daß ich gekommen bin?« Ihre schlüpfrigen Augen. Sie erzählt den G.s alles weiter, was ich sage. Meine unschuldige Wiederholung der Bemerkung des Pfarrers »Wir können alles sehen, was in Ihrem Haus geschieht«, wird zu einem üblen Schlafzimmerwitz verdreht und kehrt durch Mary G. zu mir zurück.

Traf Percy vor dem Fleischer auf der Straße, seine wäßrigen Augen im mageren Gesicht irgendwohin in den Raum gerichtet. Erzählte, er müsse für eine Untersuchung ins Krankenhaus. Ich schaute bei Rose mit einem Teller absolut unverdaulicher Teekuchen mit Walnußgeschmack herein, aus einer Betty-Crocker-Fertigmischung, die Mrs. S. aus ihrem Küchenschrank (»George und ich essen weder Torte noch Kuchen«) gegraben hatte und die verdächtig historisch schien, dachte aber, das zuckrige Zeug könnte Percy reizen, der pro Woche ein Pfund Gummibärchen ißt. Klingelte ein-, zweimal. Verdächtige Verspätung. Rose kam, noch von Tränen geschüttelt, zur Tür. Frieda rannte mir von unserem Gartentor hinterher und kam mit hinein. Ich ertappte mich dabei, ermutigende Nichtigkeiten zu sagen. »Nehmen Sie es doch nicht so schwer, Liebe.« »Ich bin so einsam«, klagte Rose. Percy war am Sonntag ins Krankenhaus gegangen. Dies war letzten Dienstag. »Ich weiß, ich habe den Fernseher und Sachen zu erledigen, sehen Sie, ich habe gerade große Wäsche gehabt, aber man ist so gewöhnt, sie im Haus zugange zu haben.« Sie brach erneut in Tränen aus. Ich legte meine Arme um sie und drückte sie. »Ich hab heute kaum was gegessen, sehen Sie, ich schreibe einen Brief an Perce ...« Sie schnüffelte, zeigte mir eine gekritzelte Bleistiftmitteilung auf dem Küchentisch. Ich befahl ihr, Tee zu machen und jederzeit zu uns zum Tee zu kommen. Sie trocknete ihr Gesicht, das durch die nackte Sorge eigenartig leergewischt war. Frieda spielte mit kleinen Nippsachen herum, kletterte die Küchenstufen hoch und juchzte über die Vögel. Ich ging in Eile, um Marjorie S. abzufangen, die nach einem Wochenende in London zum Tee kam.

### Donnerstag, 15. Februar

Ging bei Rose vorbei, um sie zu fragen, ob sie am Wochenende zum Abendessen kommen könne. Hatte eine Lammkeule. Wollte freundlich sein und mich für das Roastbeef in Sauce und den weißen Strickanzug bedanken, den sie herüberbrachte, als ich vor einem Monat das Baby bekam. Ihre Unbestimmtheit. Sie erzählte noch einmal die Geschichte vom Arzt und Percys Auge. Flog weiter: Wie Percy angerufen und um eine Strickjacke gebeten hatte – er setzte sich hinaus auf den Balkon, hatte ein nettes Zimmer mit nur einem anderen Mann. Sie würde die Jacke am Freitag in Exeter besorgen, die G.s würden sie am Sonnabend zu einem Besuch hinfahren. Ich lud sie für Sonntag zum Essen ein. Sie hielt inne, schaute abwesend, wußte nicht, ob sie Sonntag zu den G.s zum Essen gehe (»gehen solle«), sie könne sich nicht leisten, sie im Stich zu lassen, sie hänge von ihnen wegen der Fahrten zu Percy ab. (Sie kann fahren, aber nicht ihr jetziges Auto, es ist zu groß.) Ich sagte ein bißchen kurz, vielleicht könne sie das ergründen und es mich dann wissen lassen. Bin meiner Unfähigkeit als Sozialarbeiter bewußt: Nimm verdammt mein Angebot an und sei dankbar. Sie sprach davon, daß Ted sie am Dienstag zu Percy fahren werde. Ich ein wenig im Zweifel – was hatte er gesagt? Wie weit war das Krankenhaus von Exeter entfernt? Sie schaute eingeschnappt – ich sagte, Ted hätte einen Zahnarzttermin; wann denn die Besuchszeiten seien. Zwei bis vier. Gut, würde ihm das denn Zeit für Einkäufe, Erledigungen und den Zahnarzt lassen? Ich wußte ganz genau, daß Ted vorhatte, früh am Tag angeln zu gehen, und zweifellos gedacht hatte, er könne sie für den Rest des Tages in der Umgebung des Krankenhauses absetzen. Sie sagte, sie habe keine Möglichkeit, dahin zu gelangen (es ist nämlich eine komplizierte Route). Ihre Gedankenlosigkeit. Ted sagte, er habe ihr erzählt, er nehme sie bis Newton Abbot mit, von wo aus, wie er es verstanden hatte, sie einen Bus zum Krankenhaus nehmen konnte. Ihre Übersetzung dessen: Er werde den Tag damit verbringen, sie zu fahren und auf sie zu warten. Ich sagte ihr, sie solle uns wissen lassen, ob sie zum Essen kommen könne. Dachte, sie könnte auch mal darüber nachdenken, ob sie nicht uns im Stich läßt. Rose, eine fahrige, unbeständige, schwatzhafte Dame und so ein gutes Herz.

### Freitag, 16. Februar

Ein hastiger Besuch von Rose. Ted ließ sie herein, und sie kam ins Spielzimmer, wo wir in Bergen ausgebreiteter Papiere vor der matten Zinnkanne mit dampfendem Tee einander gegenübersaßen und tippten. »Meine Güte, haben Sie es wunderbar und warm.« Wir nötigten ihr eine Tasse Tee auf. Sie saß in dem orange gestreiften Liegestuhl. »Meine Güte, ist der heiß.« Sie erwartete einen Anruf von »den Mädels« (ihren Töchtern). Neuigkeiten: Man hatte um ihre Einwilligung gebeten, Percy zu operieren – ihre Stimme zitterte. Sie sah nicht ein, wieso; er hatte keine Schmerzen. Wenn man einfach so operiert, bringt es sein ganzes System durcheinander; aber »wenn es sein Leben verlängert«. Ted brütete hoffnungslos über Karten von Exeter und Bovey Tracey, sein Angeltag verflüchtigte sich angesichts der offensichtlichen Unmöglichkeit einander entgegenzukommen. Die Vorstellung von sechs Wochen Krankenhaus für Percy gibt uns den Anstoß, einen halben Tag zu opfern – ihre Freundlichkeiten, unsere Langsamkeit. Also wird er sie hin- und herbringen und keinen Gedanken mehr an das Angeln verschwenden. Was ist dieser »Schatten« oder »Fleck«? Sie besucht ihn am Samstag, hat versprochen, alles herauszufinden. Sind es alte Narben, frische Narben? Er ist achtundsechzig. Sie sagte, sie gehe am Sonntag zu den G.s, käme aber Montag zum Mittag zu uns. Ich habe völlig vergessen zu beschreiben, was sie trug: Muß mich besser erziehen, von Kopf bis Fuß.

21. Februar

Mit Frieda bei Rose hereingeschaut, um meinen Kindergeldantrag bestätigen zu lassen. Sie und ihre Tochter aus London beim Mittag um eins. Ein gutaussehendes schmales Mädchen mit schwarzem kurzem Haar, dem Körper eines Rennpferds, scharfer Nase und Kinn. Kam herein, um die Mutter zu kommandieren. Zeigte ihr, wie man ein Formular unterschreibt. Rose Emma B., Mrs. in Klammern. Blauer Lidschatten von der Zugreise hierher. Percy operiert; wird an dem Abend operiert. Ging am nächsten Abend, dem 22. Februar vorbei – wegen Neuigkeiten – sie hatten ihm einen Teil der Lunge herausgenommen, und er befand sich wohlauf. Was es gewesen war? Sie wußten es nicht(!), wollten es am Sonnabend herausfinden, wenn sie ihn besuchten. Sie wollten nicht, daß Rose ihn am ersten Tag besucht. Was es gewesen war? Betty: »Entschuldigung, ich habe ein Furunkel an der Nase.« Der Fernseher schmetterte. Frieda weinte erschrocken. Dann gefesselt. Die Nahaufnahme eines Kipplasters, der Steine entlädt. »Ohhh.«

17. April

Furchtbare Schläge an der Tür gegen zwei. Ted, Frieda und ich aßen in der Küche zu Mittag. »Meinst du, das ist die Post«, fragte ich, dachte, Ted könnte irgendeinen legendären Preis gewonnen haben. Meine Worte wurden von Roses hysterischer Stimme abgeschnitten. »Ted, Ted, kommen Sie schnell, ich glaube, Percy hat einen Schlaganfall.« Wir rissen die Tür auf, und da stand Rose B. mit wilden Augen, hielt ihre offene Bluse zusammen, die den Unterrock sehen ließ, und brabbelte. »Ich habe den Arzt gerufen«, rief sie, im Umdrehen, und eilte zu ihrem Haus zurück, Ted ihr nach. Ich dachte, ich sollte bleiben und warten, aber dann sagte etwas in mir, nein, du mußt es sehen, du hast niemals einen Schlaganfall oder einen toten Menschen gesehen. Also ging ich. Percy war in seinem Sessel vor dem Fernseher, zuckte auf furchterregende Weise, völlig weggetreten, mümmelte – wie ich annahm – auf seinen falschen Zähnen, seine Augen zuckten seitwärts weg, und er wurde geschüttelt, als durchbohrten ihn schwache Elektroschocks. Rose klammerte sich an Ted. Ich starrte vom Türrahmen aus. Der Wagen des Arztes hielt sofort neben der Hecke am Fuß der Straße. Er kam sehr langsam und zeremoniell, den Kopf ernsthaft gesenkt, zur Tür. Bereit, dem Tod zu begegnen, vermutete ich. Er dankte uns, und wir verzogen uns nach Hause. »Darauf habe ich gewartet«, sagte ich. Und Ted sagte, er habe das auch. Bei dem Gedanken an sein furchtbares Mümmeln auf den falschen Zähnen wurde ich von trockenem Würgen heimgesucht. Ekel. Ted und ich umarmten einander. Frieda sah friedlich von ihrem Essen auf, ihre großen blauen Augen unbeschwert und klar. Später klopften wir an. Die ältere Mrs. G. war da und der schlurfende blonde William. Rose sagte, Percy schlafe, und das tat er, hinter uns auf der Couch. Er hatte fünf Schläge an diesem Tag gehabt. Einer mehr, hatte der Arzt gesagt, und er wäre nicht mehr. Ted kam später hinein. Percy sagte »Hallo Ted« und fragte nach den Kleinen.

Er war vor ein paar Tagen im Wind in seiner Seemannsjacke durch unsere Narzissen gegangen. Vom Husten hatte er einen doppelten Lungenriß. Spürte, sein Antrieb, sein Kampfgeist waren verschwunden. Er hatte hiermit aufgegeben. Es scheint, jeder geht oder stirbt in diesem kalten, gemeinen Frühling.

22. April, Ostermontag

Ted und ich pflückten am frühen Abend Osterglocken. Rose hatte mit Percy gestritten, und ich hatte mich diskret vom Pflücken an die Hecke vor ihrem Haus führen lassen, die über den Weg schaut. Ich hörte Rose mit ärgerlicher Stimme sagen: »Du mußt es leichter angehen, Perce.« Dann wurde sie leiser. Kam heraus und stand da. Ted hatte Frieda, das Baby und mich in die Osterglocken gesetzt, um Fotos zu machen. »Sylvia«, juhuhte sie herüber. Ich antwortete nicht gleich, weil Ted das Photo gerade aufnahm. »Sylvia!« »Einen Moment noch, Rose.« Dann fragte sie, ob sie einen Strauß Osterglocken kaufen könne. Ted und ich wußten, daß sie wußte, daß wir kein Geld von ihr nähmen. Mir mißfällt, wie sie versucht, bei uns abzustauben. Wir brachten einen Strauß vorbei. Percy saß aufrecht in dem Bett, das nach dem Schlaganfall im Wohnzimmer für ihn gerichtet worden war, wie ein zahnloser Vogel, strahlte ein brüchiges Lächeln, seine Wangen leuchtendrosa wie die eines Babys. Als wir hineingingen, tauchte ein Paar im Osterstaat auf, sie mit rosa Hut und einem Strauß roter, lila und rosa Anemonen, er schnurrbärtig und ernst. Sie ganz Taubenbrust und zärtliches Gurren. Sie hatte den »Fountains Pub« geführt. Jetzt wohnten sie »Im Nest« (Und da sitzen wir wieder auf der Stange), dem reizenden weißen Häuschen gegenüber dem »Ring o' Bells«. Sie erzählte beinah umgehend, daß sie Katholikin sei und an Sonnabenden nach dem Tanz im Rathaus den Altar aufbaute. Dies hieß lange aufzubleiben. Ein junges Mädchen, das auf eine Fahrgelegenheit nach Hause wartete, war einmal dazugekommen und hatte gesagt »Entschuldigen Sie, aber ich kann nicht aufhören, über diese Verwandlung nachzudenken. Erst ist es ein Tanzsaal und zurechtgeräumt wandelt sich alles zu einer Kirche.« Oder dergleichen. »Mein Mann ist nicht katholisch, aber mein Mann wartet auf mich und hilft mir.« Wie nett, sagte ich, wenn Gatten so großzügig sind. Percy versuchte in vokalhaltigem Lallen, etwas zu sagen, das Rose uns übersetzte: »Du kriegst ein Land mit Fisch nicht groß«, war einer der Sprüche.

25. April

Unterbrach kurz auf meinem Weg hinauf – hatte Elsie eine Ladung Osterglocken für die Beerdigung von Nancys Schwiegermutter heute nachmittag gebracht –, um mit Rose zu reden. Wir tauschten Babynachrichten aus: Daß Nicholas die vergangenen zwei Tage geschrien hatte und zahnen könnte (die Babys sind so viel weiter heutzutage, sagt Rose) und daß Percy sich selbst angezogen hat und ganz ums Haus bis nach hinten gegangen ist. Das war doch wunderbar! Das ist die moderne Medizin, sagte ich.

15. Mai

Hörte außerhalb des Gartentors ein Rauschen, während ich mit einer Ladung sauberer Wäsche ins Haus kam, und stürzte zum großen Küchenfenster, um zu sehen, wer da vorbeikam. Der gute Percy griff mit starrem, wütendem Blick und einer rostigen Sense die bambusartige japanische Kletterpflanze an, die auf dem Weg neben der Einfahrt grüne Schößlinge getrieben hatte. Ich war empört und ängstlich. Vor ein paar Tagen war er herübergekommen und hatte auf ernste, senile Weise mit einer Tüte muffiger

Gummibären für Frieda gewinkt, die ich sofort wegwarf; er warnte mich, diese japanische Kletterpflanze werde sich in unserem Feld breit machen und wir sollten sie besser stutzen. Ich erzählte Ted, daß Percy die hohen Schößlinge abschnitt, und wir rannten hinaus. Hey, Percy, Finger weg, sagte Ted. Ich stand mißbilligend hinter ihm und wischte die Hände am Handtuch ab. Percy lächelte töricht, murmelte. Dachte, ich tu Ihnen einen Gefallen, sagte er. Die Sense polterte aus seiner zitternden Hand und fiel auf den Schotter. Er hatte einen grünen Brei aus Stielen hinterlassen, fast unmöglich von den Wurzeln zu trennen nach seinem verpfuschten Schnitt. Kein Zeichen von Rose. Hatte den Verdacht, daß sie sich verbarg. Sie war vor ein paar Tagen vorbeigekommen, um für die gattenliebende Katholikin, die ihr im Haushalt geholfen hatte, ein paar Osterglocken zu kaufen. Ich dachte, für diese sollte ich sie aber ernstlich bezahlen lassen, da sie zum Verschenken bestimmt waren. Wieso sollte ich für kostenlose Geschenke anderer Leute sorgen? Sagte ein Schilling fürs Dutzend. Sie sah verblüfft aus. Ist Ihnen das zu viel, fragte ich ungerührt. Offenbar war es das. Sie mußte weiterreichende Großzügigkeit erwartet haben. Ich erzählte ihr, das sei das, was wir von allen verlangten, und pflückte ihr drei Dutzend für ihre zwei Schilling, während sie bei einer Tasse Tee saß und sich um Frieda kümmerte. Es hatte den ganzen Tag gegossen, und ich trug meine Gummistiefel. Jetzt hat sie mich für heute (17. Mai) zu einer Tasse Tee eingeladen, und bei dem Gedanken zu gehen wird mir schlecht, weil mir von Percy schlecht wird. Ich glaube, ich werde Frieda nicht mitnehmen. Rose erzählte Ted gestern, daß Percy ›komisch‹ wird, daß sein linker Arm und die ganze linke Seite baumeln. Sie hofft, der Arzt wird etwas dazu sagen, wenn Percy zur Nachuntersuchung geht.

17. Mai

Rose war am Vormittag aufgetaucht und hatte mich zum Tee eingeladen. Ich arbeitete hart im Garten, bis die Kirchenglocke vier schlug. Ging in meinen braunen Arbeitshosen hinunter. Sie war fein zurechtgemacht, in einem blauen Kostüm mit frisch frisiertem dunkelbraunem Haar (gefärbt?) und Strümpfen, die von Laufmaschen zerfressen waren. Hob angesichts meiner nassen Knie die Augenbrauen. Percy nicht schlecht, lebhafter, aber seine linke Hand stirbt ab, und er scheint ständig Anfälle zu haben. Sah, daß sie vier Tassen gedeckt und Heringe auf Toast hatte, rannte also nach Ted. Seine Anwesenheit eine Erleichterung. Rose maulte wegen Percys Zustand, sehr schlecht, sie hätte ihn anzuziehen, er nähme all ihre Zeit in Anspruch. Mir ekelte vor den kalten Heringen auf dem kalten Toast, ich hatte das Gefühl, sie nähmen Percys Verwesung an. Während wir die Heizkosten besprachen und den neuen Gasbrennstab im Kamin bewunderten, sahen wir Mrs. G., die strahlend in einer schwarzen pelzigen Kosakenkappe die verdrossene, im Juli drei werdende bubiköpfige Miriam hinter sich zog, einen flachen Silberring zur Schau stellte und aß, für immer und für ewig, aus einer Zellophantüte bunte Süßigkeiten. Ich nahm das zum Anlaß, zu gehen und mich um Nicholas (der im Wagen auf dem Rükken lag und schrie) und Frieda (die oben weinte) zu kümmern. Die G.s, Herbert sonderbar verstohlen und ausgelöscht, kamen herüber, vorgeblich um Nicholas zu sehen. Mrs. G. fand, ich sehe wie Joyce, Mary G.s Baby, aus. Ich fühlte mich geschmeichelt. Sie findet, Ted sieht genau wie ihr Sohn William aus. Ähnlichkeiten mit den Lieben sind die Gipfel des Lobes. Erörterten Williams neue Milchkuh (die ungefähr 75 Pfund gekostet hat), die Zukunft von Äpfeln.

7. Juni

Nun, Percy B. stirbt. Das ist das Urteil. Armer alter Perce, sagen alle. Rose kommt fast jeden Tag hoch. »Te-ed«, ruft sie in ihrer hysterischen, dröhnenden Stimme. Und Ted kommt aus dem Arbeitszimmer, vom Tennisplatz, aus dem Obstgarten, wo auch immer her, um den sterbenden Mann aus seinem Lehnstuhl ins Bett zu heben. Er ist danach sehr still. Er ist ein Sack Knochen, sagt Ted. Ich sah ihn in einem ›Anfall‹ oder ›Kampf‹, er lag auf dem Rücken im Bett, zahnlos, die ganze Spitzigkeit der Nase und des Kinns, die Augen gesunken, als wären sie nicht, fröstelnd und blinzelnd auf ängstliche Art. Und rundherum die Welt ist golden und grün, tropft vor Goldregen und Butterblumen und dem süßen Gestank des Juni. Im Haus ist das Feuer an; es ist ein dunkles Zwielicht. Die Hebamme meint, Percy werde dieses Wochenende ins Koma fallen und »dann könne alles geschehen«. Die Schlaftabletten, die der Arzt ihm gegeben hat, helfen nicht, sagt Rose. Er ruft die ganze Nacht: Rose, Rose, Rose. Es ist so schnell gegangen. Erst fing Rose im Januar, als ich das Baby bekam, den Arzt ab, damit er Percys tränendes Auge und seinen Gewichtsverlust überprüfte. Dann war er zum Röntgen der Lunge im Krankenhaus. Dann wieder hinein für die große Operation wegen »etwas an der Lunge«. Fanden sie den Krebs so weit fortgeschritten, daß sie ihn wieder zugenäht haben? Dann nach Hause, er lief, erholte sich, aber seltsam gedämpft in seiner Ausstrahlung und seinen Liedern. Ich fand gestern eine verknautschte weiße Papiertüte mit staubigen Gummibären von Rose im Auto. Dann seine fünf Schlaganfälle. Jetzt sein Dahinschwinden.

Jeder hat ihn so leicht aufgegeben. Rose sieht jünger und

jünger aus. Mary G. machte sich die Haare gestern selbst. Es war ihr nicht geheuer, sie ließ Joyce, das Baby, bei mir und kam zwischen den Spülungen in ihrer Rüschenschürze herüber: Dunkelhaarig, weißhäutig, mit ihrer hohen, süßen Kinderstimme. Percy sähe furchtbar aus, seit sie ihn zuletzt gesehen habe, sagte sie. Sie glaubte daran, daß Krebs wild zu wuchern beginne, wenn man ihn der Luft aussetzt. Die übliche Ansicht der Leute im Ort: Im Krankenhaus experimentieren die Ärzte an einem herum. Bist du erstmal drin, und auch noch alt, bist du weg vom Fenster.

9. Juni

Traf den Pfarrer, als er von der Baustelle seines Hauses gegenüber kam. Er kehrte um und kam mit mir die Straße hoch zum Haus. Ich konnte spüren, wie die berufliche Schwere über ihn kam. Er las die Notiz an Roses Tür, als ich weiter hochging, dann ging er hinten herum. »Sylvia!« Ich hörte Roses Pfeifen hinter mir und drehte mich um. Sie imitierte in Gesten die Ankunft des Pfarrers und zog eine Zitronenschnute und machte abwehrende Bewegungen mit einer Hand, sehr kregel.

2. Juli

Percy B. ist tot. Er starb genau um Mitternacht, am Montag, dem 25. Juni, und wurde am Freitag, dem 29. Juni, um halb drei beerdigt. Es fällt mir schwer, das zu glauben. Es begann alles mit dem Tränen seines Auges und daß Rose den Arzt dazurief; gleich nach Nicholas' Geburt. Ich habe ein langes

Gedicht: »Berck-Plage« darüber geschrieben. Sehr bewegt, einige schreckliche Einblicke.

Ted hatte vor ein paar Tagen damit aufgehört, Percy ins Bett und hinaus zu heben. Er konnte keine Schlaftabletten nehmen oder überhaupt schlucken. Der Arzt fing an, ihm Spritzen zu geben. Morphium? Er litt Schmerzen, wenn er bei Bewußtsein war. Die Schwester zählte 45 Sekunden zwischen einem Atemzug und dem nächsten. Ich beschloß, ihn zu sehen, ich mußte ihn sehen, also ging ich mit Ted und Frieda hin. Rose und die lächelnde Katholikin lagen auf Liegestühlen im Hof. Roses weißes Gesicht fiel in dem Moment in sich zusammen, als sie zu sprechen versuchte. »Die Schwester hat uns gesagt, wir sollen draußen sitzen. Es gibt nichts mehr, was wir tun können. Es ist doch schrecklich, ihn so zu sehen.« Sehen Sie ihn, wenn Sie wollen, sagte sie zu mir. Ich ging mit Ted durch die stille Küche hinein. Das Wohnzimmer war voll, still, heiß, und es fand eine furchtbare Übersetzung darin statt. Percy lag rücklings in seinem gestreiften Pyjama auf einem Haufen weißer Kissen, sein Gesicht hatte sich schon vom Menschsein entfernt, die Nase eine fleischlose Ausbuchtung, die in die dünne Luft ragte, das Kinn in einer Fluchtlinie darunter wie ein entgegengesetzter Pol und der Mund wie ein eingezogenes schwarzes Herz ins gelbe Fleisch dazwischen gestempelt, ein großer heiserer Atem kam und ging mit großer Anstrengung wie ein schrecklicher Vogel, der gefangen, aber im Abflug begriffen ist. Seine Augen guckten unter teilweise geöffneten Lidern hervor, wie aufgelöste Seife oder klumpiger Eiter. Mir wurde sehr schlecht davon und für den Rest des Tages hatte ich eine schlimme Migräne über dem linken Auge. Das Ende, selbst eines so unbedeutenden Mannes, ein Grauen.

Als Ted und ich am nächsten Morgen nach Exeter hinein fuhren, um am nächsten Morgen den Zug nach London zu nehmen, war das steinerne Haus stumm, betaut und friedlich, die Gardinen regten sich in der Dämmerluft. Er ist tot, sagte ich, oder wird tot sein, wenn wir zurück sind. Er war in der Nacht gestorben, sagte Mutter am Telefon, als ich sie am nächsten Abend anrief.

Fuhren am Tag nach seinem Tod, am 27., hinunter. Ted war am Morgen da gewesen und sagte, Percy läge immer noch auf dem Bett, sehr gelb und mit zugebundenem Kiefer und einem Buch, einem dicken, braunen Buch darunter geklemmt, bis er versteifte, wie es sich gehörte. Als ich hinunterging, hatten sie gerade den Sarg gekauft und ihn hineingelegt. Das Wohnzimmer, in dem er gelegen hatte, war völlig umgewälzt, das Bett von der Wand gerollt, die Matratzen auf dem Rasen, Laken und Kissen gewaschen und auf der Leine. Er lag im Nähzimmer oder Salon in einem langen Sarg aus seifenorangefarbener Eiche, mit silbernen Griffen und dem Deckel hinter seine Kopfwand geklemmt, mit einer silbernen Schriftrolle: Percy B., gestorben 25. Juni 1962. Das reine Datum war ein Schock. Ein Laken bedeckte den Sarg. Rose hob es an. Ein blasses Gesicht mit einem weißen Zacken wie aus Papier erschien unter dem Schleier, der das ausgeschnittene Loch in dem eingeklebten weißen Stoff bedeckte. Der Mund sah zugeklebt aus, das Gesicht gepudert. Sie ließ das Laken schnell wieder hinunter. Ich umarmte sie. Sie küßte mich und brach in Tränen aus. Die dunkelhaarige, rundliche Schwester aus London mit lila Augenringen klagte: Sie haben keinen Leichenwagen, sie haben nur einen Karren. Freitag, der Tag der Beerdigung, heiß und blau mit weißen vorbeiziehenden Theaterwolken. Ted und ich, in heißes Schwarz gekleidet, gingen an der Kirche vorbei und sahen die Männer in Bowlern mit dem hohen, spinnenräderigen schwarzen Wagen durch das Tor kommen. Sie werden die Leiche abholen, sagten wir; dann gaben wir eine Lebensmittelbestellung auf. Das furchtbare Gefühl eines riesigen Grinsens, das unaufhaltsam über das Gesicht kommt. Eine Erleichterung: Wenn das die Geisel des Todes ist, sind wir in der verbleibenden Zeit sicher. Wir strichen in der leuchtenden Hitze um die Kirche, die gekappten grünen Linden wie grüne Bälle, die fernen Hügel rot, gerade gepflügt und eines mit frisch glänzenden Weizengarben besetzt. Debattierten, ob wir draußen warten oder hineingehen sollten. Elsie mit dem Klumpfuß ging hinein. Dann Grace, Jims Frau. Wir gingen hinein. Hörten den Priester die Leiche am Tor empfangen, begann die Liturgie zu singen, kam nahe. Haarsträubend. Wir standen. Der blumenbeladene Sarg mit nickenden und schwankenden Blüten führte den Zug stattlicher Trauernder, die bis zu den Handtaschen und Handschuhen in Schwarz waren, an, in dem Rose, drei Töchter, das marmorschöne Mannequin eingeschlossen, ein Ehemann, Mrs. G. und die Katholikin lächelnd, nur nicht lächelnd, sondern das Lächeln ins Ungewisse vertagt, hinterher schwebten. Ich hörte kaum ein Wort des Gottesdienstes, Mr. Lane war für diesmal gestillt von der Mächtigkeit der Zeremonie, ein Gefäß, wie es sich gehört.

Dann folgten wir der Trauergemeinde hinter dem Sarg zum Seiteneingang hinaus auf die Straße, die den Hügel hinauf zum Friedhof führt. Hinter dem hohen schwarzen Karren, mit dem zusammen der Priester in schwingendem Schwarzweiß in dekorativem Schritt aufwärts den Anfang machte, folgten die Begräbnisautos – ein Auto, ein Taxi, dann Herbert G., der grün und ängstlich aussah in seinem großen neuen roten Auto. Wir stiegen bei ihm ein. »Ja, der gute Perce wollte immer in Devon begraben werden.« Man sah, daß er dachte, er wäre als nächster dran. Ich fühlte Tränen aufsteigen. Ted wies mich mit einer Geste die sich langsam hochreckenden Gesichter der Kinder im Hof der Grundschule anzusehen, alle saßen auf Pausenmatten, völlig ohne Trauer, nur ausdruckslose Neugier, drehten sich nach uns um. Wir stiegen am Friedhofstor aus, der Tag glühte. Folgten den schwarzen Rücken von Frauen. Die sechs Bowler der Träger lagen bei den ersten Eibenbüschen im Gras. Der Sarg auf Brettern, gesprochene Worte, Asche zu Asche, das ist, was blieb, nicht Ruhm, nicht Himmel. Der erstaunlich schmale Sarg in die schmale rote Erdöffnung gesenkt, verschwand. Die Frauen gingen in einer Runde, einer Art Abschiedskreis, Rose gespannt und schön und gefroren, die Katholikin warf eine Handvoll Erde, die polterte. In mir sprang ein starker Impuls auf, auch Erde zu werfen, aber es schien, als könnte es ungehörig sein und Percy ins Vergessen treiben. Wir verließen das offene Grab. Ein unfertiges Gefühl. Soll er da oben unbedeckt bleiben, ganz allein? Gingen über den hinteren Hügel nach Hause, sammelten unglaublich riesige Stiele fuchsienfarbenen Fingerhuts und schwenkten unsere Jacken in der Hitze.

## 4. Juli

Sah Rose, in einem geliehenen schwarzen Samthut, sich das Haus aufschließen. Sie geht nach London, kommt aber in einer Woche wieder. Sie war beim Friseur, schuldig, eine Frisur mit kleinen Löckchen. »Ich habe so entsetzlich ausgesehen.« Sie hatte zwei alte Bücher hergebracht (von denen eins, ich bin sicher, Percys Kinn gestützt hatte), einen Haufen Knöpfe, Tausende, die sie auf Karten nähen und hatten verkaufen wollen, einen Adressenstempel, auch für die Heimarbeit, und ein paar Notizbücher: Bemitleidenswerte Reliquien. Ich war einmal vorbeigekommen und hatte zwei Frauen gesehen, die, ihr Haar gegen den Staub in Kopftücher gebunden, auf den Knien im Salon lagen und verschiedene Gegenstände sortierten, eingemauert von hochkant stehenden lebhaft geblümten Matratzen und Bettgestellen. Rose sagte, sie habe ein Paar vor unserem Haus gehört: »Oh, es hat aber ein Strohdach und ist uns viel zu groß.« Sie ging hinaus. Ob sie ein Haus wollten? Ja, sie setzten sich zur Ruhe, außerhalb von London und suchten nun ein Häuschen. Wie seltsam, sagt Rose, ich würde dieses Häuschen verkaufen wollen. Oh, das ist ja genau, was wir suchen, sagen die Leute. Jetzt frage ich mich, ob sie kommen werden.

## CHARLIE POLLARD UND DIE BIENENZÜCHTER
*(Juni 1962)*

### 7. JUNI

Die Hebamme kam mittags um zwölf, um Ted zu sehen und ihn zu erinnern, daß die Imker von Devon um sechs bei Charlie Pollard ein Treffen abhalten würden. Wir hatten Interesse, uns einen Bienenstock zuzulegen, warfen also die Kleinen ins Bett, sprangen ins Auto und sausten den Hügel hinunter, an der alten Fabrik vorbei zur Mill Lane, eine Reihe Häuser mit blaßorangefarbenem Putz am Taw, die immer, wenn der Fluß steigt, überschwemmt werden. Wir fuhren auf den staubigen, häßlich gepflasterten Parkplatz unter den grauen Spitzen der Fabrikgebäude, die seit 1928 unbenutzt sind und nur noch als Wollager gebraucht werden. Wir fühlten uns sehr neu und gehemmt, ich umklammerte meine nackten Schultern in der Abendkühle; ich hatte nicht daran gedacht, eine Strickjacke mitzunehmen. Wir überquerten eine kleine Brücke zu dem Hof, in dem eine Gruppe verschiedener Devoner stand – ein Sortiment formloser Männer in braun gesprenkeltem ausgebeultem Tweed, Mr. Pollard in weißen Hemdsärmeln mit dunklen schönen braunen Augen, einem eigenartig jüdisch aussehenden Kopf, gebräunt, kahl werdend, dunkelhaarig. Ich sah zwei Frauen, eine sehr groß, lang, stämmig, in einem glänzenden wasserblauen Regenmantel, die andere ausgemergelt wie eine Bibliothekarin in einem dunklen Regenmantel. Mr. Pollard glitt auf uns zu und stand für eine Weile redend am Ende der Brücke. Er wies auf einen Stapel

Bienenstöcke, weiße und grüne Holzbauklötze mit kleinen Giebeln & sagte, wir könnten einen haben, wenn wir ihn in Ordnung bringen wollten. Ein kleines hellblaues Auto fuhr in den Hof: Die Hebamme. Ihr zerstreutes Strahlen traf uns durch die Windschutzscheibe. Dann kam der Pfarrer in einer Aura von Unfehlbarkeit über die Brücke & es entstand eine Stille, die um ihn wuchs. Er trug eine merkwürdige Konstruktion – einen dunklen Filzhut mit einem daruntergebauten Siebkasten und Stoff als Nackenschutz darunter. Ich fand die Imkerhaube kirchgemäß und, daß er sie für sich selbst gemacht haben müsse. Dann sah ich im Gras und in allen Händen Imkerhauben, manche mit Nylonnetzen, die meisten mit Fliegengitter; manche mit khakifarbenen runden Hüten. Ich fühlte mich bloß und blößer. Die Leute wurden besorgt. Haben Sie keinen Hut? Haben Sie keinen Mantel? Dann kam eine trockene kleine Frau, Mrs. P., die Sekretärin des Vereins, mit müdem blondem Haar. »Ich habe einen Arbeitskittel.« Sie ging zum Auto und kam mit einem kleinen durchgeknöpften seidigen weißen Kittel zurück; die Art, die Apothekenhelferinnen tragen. Ich zog ihn an, knöpfte ihn zu & fühlte mich besser geschützt. Letztes Jahr, sagte die Hebamme, hätten Charlie Pollards Bienen schlechte Laune gehabt und jeden zum Rennen gebracht. Alle schienen auf irgend jemand zu warten. Aber dann reihten wir uns langsam hinter Charlie Pollard auf dem Weg zu seinen Bienenkörben ein. Wir fädelten uns durch säuberlich vom Unkraut befreite Schrebergärten, einer mit Streifen aus Alufolie und einem Fächer schwarzer und weißer Federn auf einem Bindfaden, sehr dekorativ, um die Vögel zu verscheuchen, und Stützen aus Zweigen über den Pflanzen. Schwarzäugige wickenähnliche Blüten: Saubohnen, sagte jemand. Die grauen, häßlichen Rückseiten der Fabrik. Dann

kamen wir an eine grob gemähte Lichtung; mit einem Bienenstock; einem Zwillingsstock: zwei Rahmen. Aus diesem Stock wollte Charlie Pollard drei Völker machen. Ich verstand sehr wenig. Die Männer versammelten sich um den Stock. Charlie Pollard begann aus einem kleinen Trichter mit einem Blasebalg Rauch rund um den Eingang am Fuß des Stocks zu blasen. »Zuviel Rauch«, zischte die blaubemäntelte Frau neben mir. »Was macht man, wenn sie stechen«, flüsterte ich, als die Bienen, Charlie hatte jetzt den Deckel des Stocks abgehoben, heraussummten und wie an den Enden langer Gummibänder herumtanzten. (Charlie hatte einen schicken weißen italienischen Strohhut für mich angebracht, dessen schwarzer Nylonschleier schon im leichtesten Wind gefährlich in meinem Gesicht zusammenfiel. Der Pfarrer hatte ihn mir, sehr zu meiner Überraschung, in den Ausschnitt gestopft. »Bienen gehen nur aufwärts, niemals hinunter«, sagte er. Ich hatte ihn nur lose über die Schultern gezogen.) Die Frau sagte: »Stellen Sie sich hinter mich, ich werde Sie schützen.« Das tat ich. (Ich hatte vorher mit ihrem Mann gesprochen, ein stattlicher, eher sarkastischer Mann, der am Rande stand, Silberhaar, uniformblaue Augen. Schottisch karierte Krawatte, kariertes Hemd, schottisch karierte Weste, alle verschieden. Tweedartiger Anzug, marineblaue Baskenmütze. Seine Frau hätte zwölf Völker und sei der Experte, hatte er gesagt. Die Bienen stächen ihn immer. Seine Nase & Lippen, sagte seine Frau später.)
Die Männer hoben rechteckige gelbe Rahmen heraus, die von krabbelnden und schwärmenden Bienen verkrustet waren. Ich fühlte am ganzen Körper Prickeln & Jucken. Ich hatte eine Tasche und den guten Rat, die Hände darin zu behalten und mich nicht zu bewegen. »Sehen Sie nur all die

Bienen an den dunklen Hosenbeinen des Pfarrers!«, flüsterte die Frau. »Es scheint, sie mögen kein Weiß.« Ich war dankbar für den weißen Kittel. Der Pfarrer war irgendwie der Abgeschlagene, nur ab und zu wandte sich Charlie mit einem scherzhaften »Na, Herr Pfarrer« an ihn. »Vielleicht wollen sie in seine Kirche eintreten«, mutmaßte ein Mann, dreister geworden durch die Anonymität der Hüte.
Das Aufsetzen der Hüte war eine merkwürdige Zeremonie gewesen. In ihrer Häßlichkeit & Anonymität unwiderstehlich, als wären wir alle Teilnehmer eines Ritus. Zumeist waren sie aus braunem, grünem oder verblaßt grünem Filz, aber es gab auch einen weißen Strohhut mit Band. So verschattet wurden alle Gesichter gleich. Mit völlig Fremden wurde der Umgang möglich.
Die Männer hoben Rahmen, Charlie Pollard pustete Rauch in einen anderen Kasten. Sie suchten nach Königinnenwaben – lange, hängende honigfarbene Waben, aus denen die neuen Königinnen kommen würden. Die blaubemäntelte Frau wies darauf. Sie war aus British Guayana, hatte achtzehn Jahre lang allein im Dschungel gewohnt und dort mit ihren ersten Bienen 25 Pfund verloren – es hatte für sie keinen Honig als Nahrung gegeben. Mir waren die summenden und stehenden Bienen vor meinem Gesicht bewußt. Der Schleier schien halluzinatorisch. Momente lang konnte ich ihn nicht sehen. Dann wurde mir bewußt, daß ich in versteinerter Trance war, unerträglich angespannt und drehte mich, um besser sehen zu können, um. »Geist meines toten Vaters, schütze mich«, betete ich anmaßend. Ein dunkler, auf nette Art ungestüm aussehender Mann kam durch das geschnittene Gras. Jeder drehte sich um, murmelte »Oh, Mr. Jenner, wir dachten schon, Sie kommen nicht.«
Dies war also der erwartete Fachmann, der »Regierungs-

mensch« aus Exeter. Eine Stunde zu spät. Er zog einen weißen Overall und einen sehr fachmännischen Imkerhut an; eine lebhaft grüne Kuppel, ein schwarzer, quadratischer Gitterkasten für den Kopf, mit gelbem Stoff an den Ecken verbunden und einem weißen Nackenschutz. Die Männer murmelten, erzählten, was getan worden war. Sie begannen, nach der alten Königin zu suchen. Rahmen für Rahmen wurde hochgehoben und auf beiden Seiten überprüft. Vergeblich. Myriaden krabbelnder, kriechender Bienen. Wie ich von der blauen Bienendame erklärt bekam, würde die erste geschlüpfte Königin die alten töten, deshalb wurden die neuen Königinnenwaben in andere Stöcke gebracht. Die alte Königin blieb in ihrem Stock. Sie konnten sie aber nicht finden. Üblicherweise schwärmte die alte Königin aus, bevor die neue schlüpfte. Dies tat man, um das Ausschwärmen zu verhindern. Ich hörte Wörter wie »Stillstand«, »Königinnentrennscheibe« (ein metallenes Lattengitter, durch das nur die Arbeiterinnen kriechen konnten). Der Pfarrer verschwand unbemerkt, dann die Hebamme. »Er hat zuviel Rauch genommen«, war die allgemeine Kritik an Charlie Pollard. Die Königin haßt Rauch. Sie konnte schon vorher ausgeschwärmt sein. Sie konnte sich verstecken. Sie war nicht markiert. Es wurde später. Acht. Halb neun. Die Stöcke wurden aufeinander gestapelt, die Trennscheiben darauf gelegt. Ein strahlender brauner alter Mann streckte weise seinen Zeigefinger aus, als wir gingen: »Sie ist in dem da.« Die Imker hingen mit Fragen in einer Traube um Mr. Jenner. Die Sekretärin verkaufte Lose für ein Bienenfest.

FREITAG, 8. JUNI

Ted und ich fuhren gegen neun zu Charlie Pollard hinunter, um unseren Stock abzuholen. Er stand an der Tür seines Hauses in der Mill Lane, dem an der Ecke, weiße Hemdsärmel, offener Kragen mit Blick auf schwarzes Brusthaar & ein weißes Netzunterhemd. Seine hübsche blonde Frau lächelte & winkte. Wir gingen über die Brücke zum Schuppen, in dem an der Wand ein orangefarbener Kultivator stand. Sprach über Fluten, Fisch, Ash Ridge: Der Taw überschwemmte seinen Besitz wieder und wieder. Er wollte gern weiter hoch ziehen, hatte ein Auge auf das Forsthaus in Ash Ridge, hatte Völker dort oben. Sein Schwiegervater war dort Obergärtner gewesen, als sie noch sechs Gärtner hatten. Erzählte von großen Heizlüftern, mit denen man künstlich Heu trocknen und häckseln kann, die Maschinen hatten zweitausend, viertausend gekostet und standen jetzt kaum gebraucht herum. Es war ihm nicht möglich, höhere Hochwasserversicherungen abzuschließen, nachdem er sie einmal in Anspruch genommen hatte. Hatte seine Teppiche reinigen lassen, sie wurden aber nicht wieder flauschig: Sie können damit leben, aber ich nicht, hatte er dem Versicherungsinspektor gesagt. Hatte das Sofa neu polstern lassen müssen und den Boden aller Stühle erneuern. Ging eines Nachts die Treppe aus dem ersten Stock hinunter und stieg auf der ersten Stufe ins Wasser. Ein großer Lachs lebte in seiner Reichweite im Taw. »Um ehrlich zu sein«, sagte er wieder und wieder. »Um ehrlich zu sein.« Zeigte uns seine großen dunklen scheunenartigen Büros. Ein Gerät zur Honigreifung mit einem wunderbar wohlriechenden, trägen goldenen Schlag Honig am Boden. Lieh uns ein Bienenbuch. Wir luden unseren knarrenden alten Holzbienenstock ein. Er sagte, wenn wir den Stock über Pfingsten säuberten und strichen, würde er einen Schwarm zahmer bestellen. Hatte uns am Tag vorher seine wunderschöne rotgoldene italienische Königin gezeigt, ich glaube, mit einem glänzenden grünen Zeichen auf der Brust. Er hatte es angebracht, um sie besser zu sehen. Die Bienen waren allerdings schlechtgelaunt. Sie werden eine Menge zahmer Bienen hervorbringen. Wir sagen: Zahme, gehen Sie sicher & fuhren nach Hause.

*Diese paar Zeilen waren auf die obere Kante des Original-Manuskripts getippt*

Bemerkt: Eine Umgebung aus hohem weißen Wiesenkerbel, fette gelbe Stechginsterblüten, ein alter Christbaum, Weißdorn, stark duftend.

## NACHWEISE

Grundlage der deutschen Übersetzungen in diesem Band ist die zweite Auflage der englischen Ausgabe: Sylvia Plath, »Johnny Panic and the Bible of Dreams and other prose writings. With an Introduction by Ted Hughes.« London: Faber and Faber 1982.

*Der Tag, an dem Mr. Prescott starb* (The Day Mr. Prescott Died); entstanden 1956; Erstdruck: »Granta«, 20. Oktober 1956.
*Das Wunschkästchen* (The Wishing Box); entstanden 1956; Erstdruck: »Granta«, 26. Januar 1957.
*Johnny Panic und die Bibel der Träume* (Johnny Panic and the Bible of Dreams); entstanden 1958; Erstdruck: »Atlantic«, September 1968.
*Der Fünfzehn-Dollar-Adler* (The Fifteen-Dollar Eagle); entstanden 1959; Erstdruck: »Sewanee Review«, Oktober 1960.
*Die Töchter der Blossom Street* (The Daughters of Blossom Street); entstanden 1959; Erstdruck: »London Magazine«, Mai 1960.
*Der neunundfünfzigste Bär* (The Fifty-Ninth Bear); entstanden 1959; Erstdruck: »London Magazine«, Februar 1961.
*Mütter* (Mothers); entstanden 1962; Erstdruck unter dem Titel »The Mother's Union«: »McCall's«, Oktober 1972.
*Ocean 1212-W* (Ocean 1212-W); entstanden 1962; Erstdruck: »The Listener«, 29. August 1963.
*Schneeangriff* (Snow Blitz); entstanden 1963; Erstdruck 1977 in »Johnny Panic and the Bible of Dreams«.
*Ein Vergleich* (A Comparison); entstanden 1962; Erstdruck 1977 in »Johnny Panic . . .«.
*›Context‹* (›Context‹); entstanden 1962; Erstdruck: »London Magazine«, New Series, Februar 1962.
*America! America!* (America! America!); entstanden 1963; Erstdruck: »Punch«, 3. April 1963.
*Cambridge Notizen* (Cambridge Notes); *Witwe Mangada* (Widow Mangada); *Rose und Percy B.* (Rose and Percy B.); *Charlie Pollard und die Bienenzüchter* (Charlie Pollard and the Beekeepers): Erstdrucke in »Johnny Panic and the Bible of Dreams«.

Das Gedicht »In einer Station der Metro« von Ezra Pound (S. 164) wird in der autorisierten Übersetzung von Eva Hesse wiedergegeben. (Ezra Pound, Perso-

nae. Masken. Der Ausgewählten Werke erster Teil. Zürich: Verlags AG »Die Arche« 1959, S. 173.)
Sabine Techel übersetzte den Gedichtauszug von Matthew Arnold (»The Forsaken Merman«) S. 137 und »Ein Vergleich«, »Cambridge Notizen«, »Witwe Mangada«, »Rose und Percy B.«, »Charlie Pollard und die Bienenzüchter«. Alle anderen Übersetzungen stammen von Julia Bachstein.

SYLVIA PLATH

| | |
|---|---|
| 1932 | geboren am 27. Oktober in Jamaica Plain, Massachusetts. Eltern: Aurelia und Otto Plath |
| 1935 | Geburt des Bruders Warren |
| 1937 | Die Familie Plath übersiedelt nach Winthrop, Massachusetts |
| 1940 | Otto Plath stirbt |
| 1942 | Aurelia Plath übersiedelt mit ihren beiden Kindern nach Wellesley, Massachusetts |
| 1950 | Sylvia Plath studiert mit einem Begabtenstipendium am Smith College |
| 1952 | August: Ihre Erzählung »Sunday at the Mintons« wird in der Zeitschrift »Mademoiselle« veröffentlicht und preisgekrönt. |
| 1953 | Sommer: Sylvia Plath geht als Gast-Redakteurin zu »Mademoiselle«, New York City |
| | 24. August: Suizid-Versuch in Wellesley, Massachusetts |
| 1954 | Winter: Rückkehr an das Smith College, 2. Semester |
| | Sommer: Besuch der Harvard Summer School |
| 1955 | Mai: Hochschulabschluß bei Smith mit Auszeichnungen für ihre Lyrik |
| | Oktober: Fulbright Jahr am Newham College, Cambridge University |
| 1956 | 25. Februar: Sylvia Plath lernt Ted Hughes kennen |
| | April: Reise durch Deutschland und Italien mit Gordon Lameyer |
| | 16. Juni: Heirat mit Ted Hughes |
| | Sommer: Flitterwochen in Benidorm, Spanien |
| 1956–57 | Zweites Fulbright Jahr |
| 1957 | Juni: Rückkehr nach Amerika mit Ted Hughes; Ferien in Cape Cod, Massachusetts |
| 1957–58 | Sylvia Plath lehrt Englisch am Smith College |
| 1958–59 | Sylvia Plath arbeitet halbtags am Massachusetts General Hospital, besucht als Gasthörerin das Lyrikseminar von Robert Lowell |
| 1959 | Sommer: Ferienreise durch Amerika, wo nach einem Besuch des Yellowstone National Parks ihre Erzählung »Der neunundfünfzigste Bär« entsteht |
| | Herbst: zweimonatiger Aufenthalt in der Schriftstellerkolonie Yaddo in Saragota Springs, New York |
| | Dezember: Sylvia und Ted Hughes verlassen Amerika, um in England zu leben |
| 1960 | 1. April: Geburt der Tochter Frieda Rebecca in London |
| | Oktober: »The Colossus«, ihr erster Lyrikband wird in London veröffentlicht |

| | |
|---|---|
| 1961 | Februar: Fehlgeburt<br>August: Umzug nach Devon |
| 1962 | 17. Januar: Geburt des Sohnes Nicolas Farrar<br>Mai: »The Colossus« erscheint in den USA<br>Oktober: Trennung von Ted Hughes |
| 1963 | Januar: »Die Glasglocke« erscheint in England unter dem Pseudonym Victoria Lucas<br>11. Februar: Freitod in London |

Sylvia Plath

***Briefe nach Hause***
***1950 – 1963***

Ausgewählt und herausgegeben
von Aurelia Schober Plath

Aus dem Englischen von Iris Wagner

Band 10783

Sylvia Plath war eine ungeheuer produktive Schreiberin, nicht nur von Gedichten und Prosa, sondern auch von Briefen. Obwohl sie nur dreißig Jahre alt wurde – sie nahm sich 1963 das Leben –, hat sie fast 700 Briefe hinterlassen: an ihre Familie, zumeist an die Mutter, und an ihre Freundin und literarische Mentorin, die Romanautorin Olive Higgins Prouty. Die Sammlung ihrer Briefe – beginnend mit Sylvia Plaths Collegezeit und schließend mit einem Brief an die Mutter, acht Tage vor ihrem Tod – spiegelt die erschreckenden Strapazen einer jungen Frau, die in einem extrem leistungs- und wettbewerbsorientierten System ständig um Anpassung und Erfolg ringt. »Das Leben und der Tod von Sylvia Plath wurden zu einem Symbol für den tragischen Widerspruch, in den Frauen geraten können, wenn sie sich darauf einlassen, beides ganz und total sein zu wollen: eine Frau, wie die Norm es diktiert, und eine Schriftstellerin, wie es der Begabung entspricht« (›Emma‹). Ihre ›*Briefe nach Hause*‹ sind ein einzigartiges Dokument eines Frauenlebens in den fünfziger Jahren.

Fischer Taschenbuch Verlag

fi 1971 / 4

Sylvia Plath

## *Zungen aus Stein*

Erzählungen

Aus dem Amerikanischen
von Julia Bachstein und Susanne Levin

Band 10783

Die amerikanische Schriftstellerin Sylvia Plath, »eine der beunruhigendsten, wichtigsten Poetinnen dieses Jahrhunderts« (Eva Demski), schreibt in den 16 Erzählungen aus den Jahren 1949 bis 1962 von Frauen und weiblichem Bewußtsein. Kleine Mädchen mit einem frühen Gefühl der Trauer über das Unwiederbringliche, junge Mädchen in der Erfahrung von Krankheit und Einsamkeit, oder, wie in ›*Einführung*‹, inmitten des Gruppenterrors einer High-School-Verbindung; komplizierte Beziehungen zwischen Mann und Frau, mit den Schrecken des Unausgesprochenen und ihren schlimmen Ritualen, aber immer wieder auch unerwarteten Glücksmomenten – in welche Situationen Sylvia Plath ihre Heldinnen auch stellt, immer scheint sie selbst anwesend, nicht nur mit ihrem melancholischen Temperament und ihrer Sensibilität, sondern auch mit ihrer konkreten Lebenserfahrung. »Sylvia Plath weiß souverän zu erzählen. Ihre Geschichten sind bisweilen auch komisch, ja satirisch; sie sind spannend, und sie sind vor allem eines: aus einer gut beobachteten Realität intelligent übertragen in eine mehrdimensionale und vieldeutige Fiktion. Mehr können Erzählungen nicht leisten, als von der Wirklichkeit abzuweichen, um diese noch genauer wiederzugeben.« (*Süddeutsche Zeitung*)

Fischer Taschenbuch Verlag

fi 1582 / 5

Anne Stevenson

*Sylvia Plath*

Eine Biographie

Aus dem Amerikanischen
von Manfred Ohl und Hans Sartorius

Die Gedichte übertrug Friederike Roth

Band 10780

Sylvia Plath, geb. 1932 in Boston, nahm sich im Alter von dreißig Jahren in ihrer Londoner Wohnung das Leben. Mit ihren Gedichten, in denen sie den selbstzerstörerischen Kräften ihrer Psyche Ausdruck gab, traf sie den Nerv der desillusionierten Generation der sechziger und siebziger Jahre. Sie wurde zum Mythos, und ihr früher Tod schien vielen eine »tragische Notwendigkeit« zu sein. Ihre Hinterlassenschaft war ein großes literarisches Werk – zwei Romane, über 70 Erzählungen, 300 Gedichte, Essays, Berichte und Interviews sowie ein umfangreiches Tagebuch –, von dem ein wesentlicher Teil noch über 20 Jahre nach ihrem Tod der Öffentlichkeit verborgen blieb, begründet durch den verständlichen Wunsch des Ehemanns Ted Hughes und aller noch lebenden Freunde und Verwandten, ihre Privatsphäre zu wahren. Anne Stevenson, die erstmals auch Zugang zum Nachlaß der Familie hatte, zeichnet ein differenziertes Bild der Dichterin, die sich nach außen hin den Anschein gab, eine zwar talentierte, aber »normale«, den Konventionen angepaßte Frau zu sein. Gleichzeitig liefert sie eine scharfsinnige Analyse ihres Werks, in dem die innere Zerrissenheit dieser Schriftstellerin auf geradezu beklemmende Weise zum Ausdruck kommt. Die beigefügten Zeugnisse ihrer Zeitgenossen runden dieses bewegende Porträt ab.

Fischer Taschenbuch Verlag

fi 1584 / 5

Linda Gray Sexton

*Auf der Suche nach meiner Mutter, Anne Sexton*

Aus dem Amerikanischen
von Silvia Morawetz

Band 13009

Was es bedeutet hat, als Tochter der amerikanischen Lyrikerin Anne Sexton aufgewachsen zu sein, einer psychisch hochkomplizierten, manisch-depressiven Frau und Künstlerin, die exaltiert, extrovertiert, unberechenbar und alles andere als eine Mutter war, das schildert Linda Gray Sexton in ihrem Erinnerungsbuch. Bereits als kleines Mädchen fühlt Linda die Gefährdung der Mutter, die ihr Leben lang von Suizidgedanken verfolgt wird. Schon früh verkehren sich die Rollen und das Kind wird zur Beschützerin der Mutter. Als Anne Sexton der Selbstmord 1974 schließlich gelingt, ist Linda 21 und gerade dabei, sich aus der Verstrickung in die Probleme der Mutter zu lösen. In einem mühevollen Prozeß der Erinnerung gelingt es ihr, mit ihrer Kindheit und ihren Gefühlen für ihre Mutter ins reine zu kommen.

Anne Sexton

***Werkauswahl in vier Bänden***

Herausgegeben von Elisabeth Bronfen

Band 1

***Liebesgedichte/Verwandlungen***

Gedichte

Zweisprachige Ausgabe

Aus dem Amerikanischen von Silvia Morawetz

*1995. 366 Seiten. Leinen*

Band 2

***All meine Lieben/Lebe oder stirb***

Gedichte

Zweisprachige Ausgabe

Aus dem Amerikanischen von Silvia Morawetz

*1996. 392 Seiten. Leinen*

Band 3

***Selbstportrait in Briefen***

Aus dem Amerikanischen von Silvia Morawetz

*1997. 464 Seiten. Leinen, Fadenheftung.*

Band 4

***Buch der Torheit/Das furchtbare Rudern hin zu Gott***

Gedichte

*(in Vorbereitung)*

S. Fischer

fi 207 / 5

Leonard Woolf

# *Mein Leben mit Virginia*

Erinnerungen

Herausgegeben von Friederike Groth
Aus dem Englischen von Ilse Strasmann

Band 5686

Leonard und Virginia Woolf heirateten im August 1912; ihre Ehe dauerte beinahe dreißig Jahre, und in diesem Zeitraum erschienen ihre großen Romane, die Erzählungen, Kritiken und Essays. Ein authentisches Zeugnis vom Leben und Schreiben Virginia Woolfs vermittelt die Autobiographie ihres Mannes, auf der dieser Band basiert. Er beginnt mit dem Jahr 1911, als Leonard Woolf aus dem Kolonialdienst aus Ceylon zurückkehrt, und endet 1941, dem Jahr von Virginias Freitod. Leonard Woolf berichtet von ihrer Familie, ihren Freunden und der berühmten Bloomsbury Group sowie von der Gründung ihres eigenen Verlages, der Hoghart Press. Seine Erinnerungen fügen dem Bild der Schriftstellerin wichtige biographische Einzelheiten hinzu und sind das Zeugnis eines liebenswerten, klugen und mutigen Mannes, der ihr immer wieder Kraft gab, ihre Depressionen zu überwinden und ihre schriftstellerische Arbeit wieder aufnehmen zu können. Ihm gehörte ihr ganzes Vertrauen, und so schreibt sie denn auch in ihrem Abschiedsbrief: »Du weißt, daß ich alles Glück in meinem Leben nur Dir verdanke.«

Fischer Taschenbuch Verlag

fi 1537 / 5

Angelica Garnett

***Freundliche Täuschungen***

Eine Kindheit in Bloomsbury

Aus dem Englischen und mit
einem einführenden Essay von Kyra Stromberg

Band 11428

Selten dürfte die Künstlergruppe um Virginia und Leonard Woolf, berühmt geworden unter dem Namen *Bloomsbury*, aus einer so intimen und ungewöhnlichen Perspektive beschrieben worden sein wie in diesem Buch. Angelica Garnett schrieb es nicht nur, um ihre Kindheit inmitten berühmter und exzentrischer Menschen zu beschreiben, sondern auch, um sich davon zu befreien. Schon die Konstellation bei ihrer Geburt erzählt einiges über die Belastungen, unter denen diese Kindheit von Anfang an stand: Geboren wurde Angelica Garnett als Tochter von Vanessa Bell, der Schwester von Virginia Woolf. Ihr Vater, Duncan Grant, bedeutender Maler und bewunderter Lebensgefährte ihrer Mutter, hatte bei der Geburt seiner Tochter eine Liebesaffäre mit dem jungen Schriftsteller David Garnett, der wiederum zwanzig Jahre später Angelica heiratete. Mittelpunkt dieser Erinnerungsarbeit ist das Porträt von Vanessa Bell – eindrucksvoll als Frau und Künstlerin, schwierig in ihrer Rolle als Mutter eines geplanten Wunderkinds und als Schwester von Virginia. Die problematische Beziehung dieser beiden Frauen ist einer der Leitfäden durch eine scheinbar unbeschwerte Kindheit und eine gefährdete Biographie.

Fischer Taschenbuch Verlag

fi 1636 / 4

## *Amerikanische Erzähler*

Ernest Hemingway
***Wem die Stunde schlägt***
Roman
Aus dem Amerikanischen von Paul Baudisch
Band 408

Arthur Miller
***Laßt sie bitte leben***
Short Stories
Aus dem Amerikanischen von Harald Goland
Band 11412

Sylvia Plath
***Die Bibel der Träume***
Erzählungen, Prosa aus den Tagebüchern
Aus dem Amerikanischen von
Julia Bachstein und Sabine Techel
Band 9515

Thornton Wilder
***Theophilus North***
***oder Ein Heiliger wider Willen***
Roman
Aus dem Amerikanischen von Hans Sahl
Band 10811

Tennessee Williams
***Moise und die Welt der Vernunft***
Roman
Aus dem Amerikanischen von Elga Abramowitz
Band 5079

Fischer Taschenbuch Verlag

fi 540 / 8

## *Amerikanische Erzähler*

Mark Helprin
***Eine Taube aus dem Osten***
und andere Erzählungen
Aus dem Amerikanischen von Hans Hermann
Band 9580

Richard Ford
***Der Frauenheld***
Novelle
Aus dem Amerikanischen von Martin Hielscher
Band 12919

Bobbie Ann Mason
***Shiloh und andere Geschichten***
Erzählungen
Aus dem Amerikanischen von Harald Goland
Band 5460

Jayne Anne Phillips
***Überholspur***
Short Stories
Aus dem Amerikanischen von Karin Graf
Band 10172

Anne Tyler
***Nur nicht stehenbleiben***
Roman
Aus dem Amerikanischen von Günther Danehl
Band 11409

Fischer Taschenbuch Verlag

fi 541 / 11

**Sylvia Plath**
***Die Tagebücher***

*»Nichts fällt mir wohl schwerer im Leben, als zu akzeptieren, daß ich nicht auf irgendeine Weise ›vollkommen bin‹, sondern auf verschiedenen Gebieten nur um Ausdruck ringe: im Leben (mit Menschen, und auf der Welt überhaupt) und im Schreiben.«*

*»Warum kann ich nicht verschiedene Leben anprobieren wie Kleider, und sehen, welches mir am besten paßt und steht?«*

* * *

Sylvia Plath – die »beste, aufregendste und maßgeblich rücksichtsloseste Dichterin ihrer Generation«.
*John Updike*

»Eine der beunruhigendsten, wichtigsten Poetinnen dieses Jahrhunderts« *Eva Demski*

»Ohne jede Rücksicht der eigenen Hülle, der psychischen Haut gegenüber, haben ihre Mitteilungen den Charakter der Unbarmherzigkeit. Sie liefern das Ich an Instanzen aus, deren oberstes Gebot es ist, die eigene Biographie wie ein Leuchtfeuer zur Geltung zu bringen.«
*Die Zeit*

**Sylvia Plath. »Die Tagebücher«.**
Dt. Erstausgabe. Deutsch von Alissa Walser

**Neue Literatur in der Frankfurter Verlagsanstalt**